Adieu Paris

Emma Lechapt

Adieu Paris

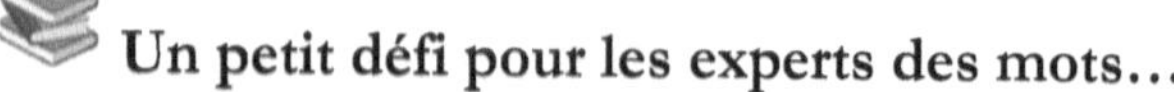 **Un petit défi pour les experts des mots…**

Au fil des pages, vous croiserez peut-être des échos de grands auteurs : une réplique, un vers familier, la réécriture d'une scène célèbre… Saurez-vous les repérer ?

Si vous voulez des indices, voici les numéros de page où ils se cachent : 31, 57, 62, 82, 91, 117, 131, 149, 161, 166-67, 204, 218, 237. Rendez-vous en fin de livre pour la solution !

Quand tout part en vrille!

1

Jean Messini, professeur de cardiologie à l'hôpital européen Georges Pompidou terminait de dicter un compte-rendu. Il avait rendez-vous avec un de ses jeunes chefs de service qu'il laissait patienter afin de lui signifier l'infériorité de sa position hiérarchique. Au bout d'une vingtaine de minutes, il ouvrit la porte.

— Je vous en prie, docteur Miller. Je suis désolé de vous avoir fait attendre mais j'avais un dossier urgent à traiter.

Le docteur Miller pénétra dans la pièce. C'était un cardiologue à peine trentenaire, suffisamment doué pour porter ombrage à son supérieur. A la faveur d'une réorganisation des services, le professeur Messini avait subtilement manœuvré pour décourager ce charismatique jeune collègue : le docteur Miller aimait le contact humain et la consultation généraliste, qu'à cela ne tienne, il allait dorénavant devoir se spécialiser en rythmologie et consacrer tout son temps à la lecture, l'analyse ainsi qu'à la rédaction de comptes rendus les plus ennuyeux possibles. Jean Messini avait évidemment présenté ce nouveau poste comme une opportunité, voire une promotion puisque l'étude du rythme cardiaque était un « chaînon central dans le nouveau process du service ».

Le professeur de médecine se cala confortablement dans son fauteuil.

— Vous vouliez me voir ?

— Oui, reprit Moïse Miller, je voulais discuter des opportunités possibles dans le service. Cela fait maintenant plus de deux ans que je suis spécialisé en rythmologie, j'aimerais prendre de nouvelles responsabilités.

— Vous aimeriez…, reprit Jean Messini. Et vous avez une idée plus précise ?

— J'ai appris qu'un poste de coordonnateur se libérait. Pour tout vous dire, le contact direct avec les patients me manque, la rythmologie est une spécialisation utile mais je me sens parfois un peu… un peu… comment dire, un peu fatigué de passer mes journées à analyser des courbes.

On y était, l'ennui, le docteur Miller s'ennuyait.

— Votre désir d'être au plus près du patient est tout à fait louable mais vous n'êtes pas sans ignorer que les services de cardiologie de l'hôpital ont été profondément remodelés. Il ne s'agit plus de faire de la cardiologie « comme avant » et la rythmologie est une spécialisation essentielle : l'hôpital a besoin de rythmologues.

Jean Messini observa le visage du jeune médecin se crisper.

— Je ne remets pas en question la place de la rythmologie dans la nouvelle organisation du service. Mais je pense avoir certaines qualités relationnelles qui me permettraient de gérer efficacement une équipe.

Le professeur de médecine regarda paisiblement son interlocuteur. Ces impatiences de la jeunesse l'amusaient autant qu'elles résonnaient à ses oreilles comme une lointaine menace. Il s'agissait maintenant de remettre cet ambitieux à sa place. A cette fin, il avait conservé une dernière cartouche, un mail de son confrère de l'hôpital Bichat. Il lui tardait d'asséner à ce jeune blanc bec ses quatre vérités.

— Votre ambition est tout à fait louable et je n'en n'attends pas moins des personnels de mon équipe. Je suis persuadé, d'ailleurs, que vous ferez une belle carrière, que vous deviendrez coordonnateur et puis à votre tour chef de service. Mais vous savez, en médecine et plus particulièrement à l'hôpital, la patience est une vertu cardinale. La pratique est exigeante et pour accéder à certains postes, on se doit l'irréprochabilité.

Il se pencha vers son ordinateur tandis que Moïse Miller restait muet.

— J'ai reçu un mail du professeur Rambert, le responsable des urgences de l'hôpital Bichat. Permettez-moi de vous en lire quelques extraits : *« Madame Dangrémont a été prise en charge aux urgences de l'hôpital Bichat le 3 septembre pour une fatigue persistante, une difficulté à respirer et des nausées. Suite aux examens effectués, elle a été hospitalisée pour un infarctus du myocarde. Elle a expliqué être allée aux urgences de l'hôpital Georges Pompidou deux jours plus tôt. On ne lui a pas fait d'électrocardiogramme. Le cardiologue qui l'a reçu, le docteur Moïse Miller, s'est montré très rassurant et lui a dit qu'elle faisait une « petite crise d'angoisse » et lui a prescrit « du magnésium et du yoga ».*

Jean Messini interrompit sa lecture et leva des yeux interrogateurs.

— Du magnésium et du yoga ?

— Je suis désolé mais je n'ai aucun souvenir de cette patiente, balbutia le docteur Miller, je vais aller consulter son dossier aux urgences. Je…

— Madame Dangrémont n'est pas morte, reprit Jean Messini en le coupant sèchement. Rassurez-vous, elle a été correctement prise en charge à l'hôpital Bichat. J'aurais préféré qu'elle le soit dans notre service mais bon… aucun médecin n'est infaillible.

Le professeur savoura la détresse qui se lisait maintenant sur le visage de son confrère.

— Ne vous inquiétez pas, je vous ai soutenu mais je ne vous cache pas qu'il s'agit d'une erreur de débutant : vous auriez dû lui faire passer un électrocardiogramme. Et puis, vous connaissez les hôpitaux parisiens, la cardiologie est un petit monde… On s'est moqué de vous, on s'est moqué du service de cardiologie de l'hôpital Georges Pompidou.

Moïse Miller était maintenant blême.

— Votre prescription de magnésium et de yoga, reprit Jean Messini, est devenue la blague favorite des cardiologues de Bichat. Vous comprendrez que je ne puisse pas vous confier, à l'heure actuelle, la coordination d'une équipe. J'ai clairement annoncé mon ambition de faire de ce service, un service d'excellence à la pointe de la cardiologie européenne. Alors, confier un poste à responsabilités à quelqu'un qui vient de le ridiculiser.

Jean Messini leva les yeux au ciel.

— Contentez-vous de progresser dans votre nouvelle spécialité et soyez patient. On oubliera vos errements thérapeutiques. Dans quelques mois, vos confrères seront passés à autre chose. D'ici-là, faites preuve de discrétion et surtout, revenez aux fondamentaux : alerter, anticiper, agir. Je me suis laissé entendre dire que vous montrez beaucoup de sensibilité pour le cœur des femmes… alors approfondissez vos connaissances sur le sujet.

D'un geste Jean Messini indiqua la porte au docteur Miller.

Moïse sortit du bureau assommé. La perspective d'avoir fait une erreur le terrorisait. Pendant plusieurs minutes, il eut l'impression que tous les visages croisés dans les couloirs de l'hôpital le dévisageaient, puis progressivement il reprit contenance. Jusqu'à présent son début de carrière s'était déroulé sans accroc. Il avait brillamment réussi l'internat de médecine et choisi la spécialité qui l'intéressait. A la faveur d'un stage, il avait su entrer dans les bonnes grâces de sa cheffe de service, la professeure Martine Cabau, une femme austère mais bienveillante. Grâce à elle, il avait trouvé un poste dans un service de cardiologie réputé. En trois ans, il s'était fait sa place à la consultation généraliste de cardiologie.

Lorsqu'elle était partie à la retraite, son successeur Jean Messini avait initié une profonde restructuration des services. La consultation généraliste avait été réduite, Moïse Miller avait accepté un poste de rythmologue mais il s'était rapidement rendu compte que lire des examens à longueur de journée l'ennuyait à mourir. Aussi espérait-il beaucoup de cet entretien avec son supérieur. Les choses ne s'étaient pas du tout déroulées comme prévu. Jean Messini ne lui avait laissé aucun espoir.

A la pause déjeuner, Moïse fila aux urgences récupérer le compte-rendu de sa consultation avec Madame Dangrémont. Son téléphone vibra, il venait de recevoir un message d'Agathe, sa petite amie.

« J'ai réussi à avoir deux places à l'opéra Bastille le 28 novembre pour *La Bohème* mis en scène par Bjorn Ulvfjodsen !!!»

C'était le nom du metteur en scène norvégien « très tendance » qu'adorait Agathe. Il nota la date sur son agenda en pensant par avance aux plaintes poussives sur fond de fjords déprimants qu'il allait devoir écouter. Décidément, ce n'était pas sa journée !

Il poursuivit la lecture du dossier de Madame Dangrémont qui ne lui apprit pas grand-chose. C'est vrai qu'il prescrivait du magnésium et du yoga à toutes les femmes angoissées. C'était sa petite touche personnelle…

Il réfléchit : qu'avait-il fait la nuit du 1ᵉʳ septembre ? Pour le savoir, il devait vérifier l'historique de son appli de rencontre.

Il mit plusieurs minutes avant d'arriver à la bonne date. *Décibelle.* Il avait eu un rendez-vous avec *Décibelle.* Mais qui était cette *Décibelle* ?

3

Rentré chez lui, Moïse partit se réfugier dans sa chambre. Comment avait-il pu oublier ? « *Décibelle* ». Une jeune femme brune, journaliste sur France Inter. Elle lui avait proposé un rendez-vous entre deux émissions radio. Impossible de rater l'opportunité qui s'offrait à lui ; quitte à s'arranger avec la déontologie de l'hôpital. Maintenant il se remémorait parfaitement le déroulé de sa nuit du 1ᵉʳ septembre. La consultation un peu rapide d'une femme d'une cinquante d'années qui se plaignait de difficultés à respirer. L'examen clinique était rassurant, elle était mince, sans antécédents, il avait décidé de ne pas procéder à des examens complémentaires. Tout ça pour rejoindre *Décibelle* à la Maison de la Radio. La cadre infirmière avait l'habitude de ses petites absences. Il restait joignable sur son téléphone. De toutes les façons, il n'était pas le seul cardiologue aux urgences de l'hôpital Georges Pompidou.

Etait-il devenu un dragueur compulsif, un infidèle chronique au point de mettre en danger sa carrière, son couple ? Il pensa à tous les mensonges qu'il racontait à Agathe, toutes ses objections pour repousser leur date d'emménagement dans un appartement commun. Il était incapable de supprimer son appli de rencontre. Il mentait aussi à l'hôpital. Il avait frôlé la catastrophe avec cette Madame Dangrémont. Un sentiment de honte l'envahit. Il resta prostré une dizaine de minutes jusqu'à ce que le son d'une notification le sorte de sa léthargie. *Lovelace* lui proposait un rendez-vous. Il baissa la tête, désemparé : Paris était un immense marché du rêve amoureux et de la chair. Comment résister ? Il y en avait pour tous les goûts.

Estelle, sa colocataire toqua à la porte. Il ne manquait plus qu'elle ! Moïse la connaissait assez bien pour redouter sa perspicacité.

— Alors ? Comment s'est passé ton rendez-vous ?

— Jean Messini est un con ! Il n'a rien voulu entendre !

La jeune femme vint s'assoir sur son lit. Elle le regarda d'un air désolé.

— Et puis, je n'en peux plus de l'hôpital ! reprit Moïse. Ces petits chefs qui ne veulent qu'affirmer leur pouvoir. La rythmologie… tous ces kilomètres de graphiques à avaler !

— C'est vrai que ton chef de service est caractériel, mais tu peux trouver un autre poste.

Moïse fit la moue.

— Et puis Paris… le périphérique à 50 à l'heure… les embouteillages. Tu sais que j'ai encore failli me prendre un vélo qui a brûlé un feu rouge ! Je n'en peux plus de Paris !

— Mais qu'est-ce que tu as à être si grognon ? dit Estelle en l'enlaçant tendrement. Tu pourrais postuler à Bichat ? Il y a un excellent service de cardiologie.

Moïse regarda sa colocataire d'un air hagard. Mais qu'est-ce qu'ils avaient tous avec l'hôpital Bichat aujourd'hui ?

— Mais tu n'as rien compris, Estelle ! J'en ai assez ! J'en ai assez de l'hôpital, répéta-t-il en détachant chaque syllabe. J'en ai assez des attentes d'Agathe, j'en ai assez de ma mère qui vient encore faire mon lit et qui me demande si je mets des préservatifs !

Le jeune cardiologue était maintenant debout.

— J'ai envie de changer d'air ! J'ai envie de démissionner.

Comme Estelle le regardait d'un air perplexe, il continua.

— J'ai envie qu'on me foute la paix : je vais aller faire une retraite dans un monastère.

— Bon, je te laisse tranquille. Je ne sais pas ce que tu as ce soir ! dit Estelle en se relevant du lit.

— Au fait, ta mère est passée, elle a laissé des lasagnes.

Moïse ne répondit pas. Il était de nouveau plongé dans ses pensées. Les rires condescendants de ses collègues de Bichat résonnaient dans son cerveau. Il les voyait se tordre de rire en se moquant de lui. *Vous reprendrez bien un peu de magnésium, docteur Miller ?* Le jeune homme ferma les yeux. Il pensa aussi à Agathe qui ignorait tout de ses infidélités. Sa rencontre avec cette ravissante jeune femme n'avait rien changé ; pourtant il avait espéré devenir un homme fidèle ! Ses amis pensaient qu'il avait trouvé « la femme qu'il lui fallait » mais il était incapable d'imaginer un avenir commun avec elle. Tous ces mensonges ! Comment arrivait-elle encore à les croire ? Il n'avait même pas le courage de mettre un terme à leur relation. Décidemment rien n'allait !

Deux jours plus tard, Moïse déjeunait avec son meilleur ami, Fabien. Ils s'étaient rencontrés sur les bancs de l'école de médecine, avaient préparé les concours ensemble et partagé la même colocation. Il décida de tout lui raconter.

— Tu te rends compte, j'ai failli la tuer.

— N'exagère pas. Elle est encore vivante ta patiente. Et puis l'erreur est humaine.

— Oui mais tu sais…

Moïse hésita.

— J'étais pressé, j'avais un plan Tinder avec une journaliste. Une fille super mignonne, ajouta-t-il comme pour s'excuser.

Fabien arrêta de manger.

— Ne me dis pas que tu as préféré bâcler une consultation aux urgences de Pompidou pour...

Moïse ne répondit pas.

— Faut que tu arrêtes ! Ce n'est plus possible. Et Agathe ?

— Je ne sais pas, répondit le jeune cardiologue en se repoussant au fond de sa chaise. C'est compulsif. Je n'arrive pas à m'arrêter.

Il baissa les yeux d'un air désolé.

— C'est devenu tellement facile.

Fabien le regarda d'un air sévère.

— Tu en es à combien ?

Cette question plongea Moïse dans la perplexité. Combien sur une année ? Peut-être qu'en faisant une moyenne à partir du dernier mois… Il essaya de rassembler ses souvenirs puis levant les yeux au ciel, il avoua :

— Je n'arrive même pas à me souvenir de leur visage.

— Moïse, reprit Fabien sur un ton sérieux, je sais que c'est difficile à entendre mais tu es malade. Il faut que tu te fasses soigner. Tu ne peux pas continuer comme ça.

Fabien avait raison, il devait en convenir : il ne pouvait pas rester dans le déni. Son ami lui conseilla de consulter un spécialiste en addictologie. Pourquoi pas le docteur Loewen, un ancien chef de service de l'hôpital Henri Mondor ? Il avait ouvert une clinique privée et recevait en libéral. Ce serait plus discret. Moïse qui avait toujours refusé de se considérer comme malade avait, cette fois-ci, noté ses coordonnées.

Trois semaines plus tard, il débuta une thérapie. Le docteur Loewen avait accepté de le prendre comme patient. Il se rendait chaque semaine à sa clinique et en ressortait encore plus perdu. Le psychiatre lui avait suggéré un traitement médicamenteux mais il l'avait refusé. Il n'était pas déprimé mais simplement ennuyé par son addiction qui lui gâchait la vie. Les semaines passèrent. Il continuait à mentir à Agathe, à lire des électrocardiogrammes qui l'ennuyaient au plus haut point. Il ruminait, se demandant comment trouver une issue à ses problèmes affectifs et professionnels.

Puis un matin, lassé par sa vie qui continuait sans que rien ne changeât vraiment, angoissé par les demandes d'emménagement de plus en plus pressantes d'Agathe, Moïse Miller prit de grandes résolutions : il devait quitter l'hôpital, Paris, Agathe et sa mère. Il voulait recommencer ailleurs, quelque part en France, loin de la ville et de ses facilités, là où on aurait besoin d'un médecin. Rien ne pourrait le faire changer d'avis.

Le professeur Jean Messini avait feint la surprise quand Moïse lui avait soumis sa lettre de démission. Ne souhait-il pas prendre le temps de réfléchir ? Quitter le monde de l'hôpital et ses possibilités d'évolution pour faire de la médecine libérale était un choix engageant. Toute l'équipe le regretterait. Malgré le petit incident dont il lui avait fait part, personne n'avait remis en cause ses compétences. C'était un rythmologue apprécié.

Moïse n'était cependant pas dupe. Son chef de service ne faisait rien pour le retenir. Se plaindre ou lui faire part de son mécontentement ne servirait qu'à faire plaisir à cette vieille bique. Il préféra donc critiquer en creux les choix de réorganisation du service. L'hyperspécialisation ne risquait-elle pas de déshumaniser le service de cardiologie ? Certes la compétence était essentielle mais que devenaient les rapports humains ? N'était-ce pas une manière pour certains médecins de se débarrasser du patient ?

Jean Messini fulminait mais il était suffisamment satisfait de se débarrasser de ce jeune collègue arrogant pour ne pas lui chercher querelle. Il se vengea en lui lançant une dernière pique : démissionner de l'hôpital Georges Pompidou, renoncer à la cardiologie à cause d'un petit moment de ridicule… il l'avait cru plus persévérant et moins sensible. Il transmettrait néanmoins sa demande de démission à la direction de l'Assistance publique des hôpitaux parisiens.

Quelques semaines plus tard, celle-ci reçut le docteur Miller. On l'écouta, on comprit qu'il avait des difficultés à s'adapter à la nouvelle organisation des services. Certes on perdait un cardiologue mais on préféra éviter les problèmes avec le professeur Jean Messini. On accepta sa démission sans chercher à le retenir : quand on ne se sentait pas bien, mieux valait partir.

6

Trois mois plus tard, le 30 mars, Moïse mit un terme à sa carrière hospitalière. Il avait invité à son pot de départ l'ensemble des équipes avec lesquelles il avait travaillé durant trois ans. Ses confrères avaient été surpris par sa brusque décision. Mais on avait évité le sujet, leur collègue semblait tellement sûr de son choix. Cette soudaine attirance pour la campagne avait fait germer dans les esprits de multiples supputations. On s'imagina une charmante bergère altermondialiste qui attendait le docteur Miller dans sa chaumière ou bien encore un ashram dont il allait devenir le guide spirituel. Moïse acceptait toutes les propositions. Ces idées chimériques satisfaisaient les esprits et lui évitaient de confesser une vérité moins romanesque.

Quand l'heure fut arrivée de ranger et de partir, Moïse alla chercher les deux bouquets de fleurs qu'il réservait à Léopoldine et Antoinette. Les deux secrétaires antillaises du service l'avaient épaulé dans l'organisation de son pot de départ, elles l'avaient d'ailleurs toujours aidé. La larme à l'œil, elles embrassèrent leur chouchou. Quelle mouche l'avait piqué de quitter l'hôpital et Paris ? Moïse éluda les questions et promit de leur donner des nouvelles.

C'en était fait : le lendemain il rangea son bureau et quitta définitivement l'hôpital Georges Pompidou avec pour seul objet le stéthoscope de compétition offert par ses collègues. Avant de démarrer son scooter, Moïse Miller se retourna pour regarder une dernière fois l'immense ruche en verre.

7

Le docteur Raphaël Loewen raccompagna Moïse Miller à la porte du cabinet. C'était un psychiatre renommé qui avait ouvert depuis quelques années une clinique privée spécialisée en addictologie. Il avait accepté de suivre son confrère qui souffrait visiblement d'une dépendance affective primaire. Bien sûr, celle-ci était médiée par des mécanismes défensifs inconscients. Après l'avoir écouté, le psychiatre avait conclu que son addiction sexuelle n'était qu'un processus compulsif de recherche de satisfaction immédiate, mais qui n'arrivait jamais à combler le manque fondamental. Rien que du très classique ! Raphaël Loewen griffonna quelques notes supplémentaires.

Patient : Moïse Miller.
Age : 30 ans
<u>31 mars</u>
Dernière séance au cabinet.
Le patient s'apprête à s'installer dans le village de Marolles dans le Loir-et-Cher et à prendre un poste de médecin généraliste.
Ces perspectives de changement l'exaltent et l'angoissent en même temps.
Se demande s'il est normal.
A supprimé toutes ses applications de rencontre et veut se lancer dans un jeûne sexuel

Propos misogynes réactionnels : les femmes sont chiantes. Elles veulent toujours tout contrôler, tout comprendre, tout améliorer.
Sa mère ne comprend pas son départ, elle lui fait la tête.
Personne ne comprend son choix de devenir généraliste.
Espère beaucoup de sa nouvelle aventure : la présente comme une planche de salut.
Envie de solitude. Qu'on arrête de l'emmerder.
A besoin de se sentir utile, de faire de la médecine au service de patients en chair et en os.
Veut résolument renouer avec sa vocation de médecin.
Je lui propose de continuer les séances par vidéo et renouvelle ma proposition de traitement.
Fin de la séance.

8

Affalée dans le canapé, Estelle observait Moïse plongé dans un guide touristique du Val de Loire. Elle allait regretter son colocataire. Deux ans plus tôt, elle avait mis une affichette à l'hôpital et il l'avait contactée. Au début, leurs relations avaient été assez froides. Certes ils étaient médecins tous les deux, elle gynécologue, lui cardiologue mais Moïse était un peu tout ce qu'elle n'aimait pas : blond, sûr de lui, apprêté, peu engagé politiquement, parfois réactionnaire et prétentieux. Et puis progressivement, elle avait découvert des traits de caractère qui le lui avaient rendu plus sympathique.

Il était bordélique et flemmard comme elle. En conséquence, il ne faisait aucune remarque sur ses propres manquements : Estelle pouvait laisser traîner ses assiettes sales sur la table du salon, n'était pas obligée d'enlever systématiquement ses cheveux de la bonde de la douche, pouvait piquer dans ses courses et vider sa bouteille de lait sans qu'il fasse une crise de nerf. Elle devait se l'avouer, ce colocataire se montrait très tolérant. Certes il passait des heures dans la salle de bain, usait les miroirs et sa maman l'appelait encore « mon chéri ».

C'était peut-être ce qui l'avait le plus surpris, l'amour fusionnel qui unissait Moïse à sa mère. Lucia passait plusieurs fois par semaine, remplissait le frigo, lançait une machine, rangeait la chambre de son fils. Au début, Estelle avait trouvé cette situation étrange, voire intrusive d'autant plus que Lucia possédait une clé de l'appartement. Cela la dérangeait. Quand elle avait voulu y mettre des limites, Moïse avait mollement défendu sa mère. Il était son fils unique, elle lui avait consacré beaucoup de temps, elle ne faisait rien de mal. Mais surtout il avait proposé à Estelle de partager les *lasagna verde* et les *Linguine al ragù au veau, au citron et à la sauge* que sa mère avait cuisinées. Les semaines passant, Estelle avait fini par trouver agréable d'arriver le soir dans un salon rangé, une cuisine nettoyée. Ils en plaisantaient ensemble : Moïse avait raison, cet amour entre une mère et son fils n'avait rien de pathologique. Tout en sauçant une délicieuse sauce au pesto faite maison, Estelle avait concédé qu'elle avait été dans l'erreur.

Depuis, ils avaient vécu en bonne entente, partageant même des moments de tendresse en toute amitié. Estelle connaissait sa relation avec Agathe, n'ignorait pas qu'il multipliait les aventures mais ne le jugeait pas. De son côté, Moïse se montrait à l'écoute de ses positions engagées et féministes. Il ne la contredisait jamais et soutenait sa vision nouvelle de la gynécologie-obstétrique. Elle ne supportait plus ces arrogants patrons masculins qui s'occupaient encore des femmes en les considérant comme des objets sexuels ou des poules pondeuses.

Décidément, son colocataire allait lui manquer.

Un cabinet à la campagne

Une secrétaire en or

1

Moïse se gara dans la rue du Bout d'en Haut. A midi, le village était désert. Il ferma sa voiture puis se dirigea vers la maison du docteur Maurice. C'était une large bâtisse blanche construite en pierres de tuffeau, ce calcaire aux teintes claires qui apporte tant de cachet aux villages du Loir-et-Cher. Le gazon, fraîchement tondu, répandait encore une odeur tenace, parfum exotique pour le citadin qu'il était. Lorsqu'il poussa la grille d'entrée, celle-ci émit un grincement léger. La marquise en verre surplombant la porte d'entrée était recouverte d'une clématite bleue qui s'enroulait comme un ruban cadeau. Moïse mit la main dans la poche de sa veste et sortit une paire de clés. Voilà, c'était fait, il avait un nouveau domicile.

Quand il y réfléchissait, cela n'avait pas été très difficile de le trouver. Les jeunes médecins étaient recherchés comme le Graal dans ces calmes provinces qui vivaient à l'écart des grands flux touristiques. Il avait suffi de quelques clics sur internet, d'un coup de téléphone à la mairie et Moïse s'était décidé très rapidement. Marolles, village de 1738 habitants, lui avait ouvert les bras. Le médecin qui y avait officié pendant plus de quarante ans avait pris sa retraite, et depuis, on attendait, avec une impatience croissante, un remplaçant.

Personne ne s'était présenté jusqu'alors. Aucun médecin, jeune ou vieux, n'était tenté par l'aventure. Les champs de colza avaient beau ourler d'un jaune engageant la route départementale qui conduisait au village, Marolles n'avait suscité aucune nouvelle vocation. Pourtant le bourg ne manquait pas de charme. On y vivait bien. Les rues étaient bordées de belles maisons en pierres, les jardins étaient tirés à quatre épingles. Le village bénéficiait des services essentiels : la supérette, l'école, la boulangerie, un bureau de poste et le bar-restaurant. Pour conserver les trois classes de son école, le maire avait attiré des familles avec des enfants en bas âge en leur vendant des terrains pour des sommes modiques ainsi que des promesses de service. Aussi le départ en retraite du docteur Maurice était une tuile. Le cabinet médical le plus proche était à une quinzaine de kilomètres et le médecin n'acceptait que les urgences, il ne voulait pas prendre en charge de nouveaux patients.

Lorsque Moïse avait appelé le maire du village, celui-ci lui avait fait des offres alléchantes. On lui louait pour une somme modique une maison avec un cabinet médical qu'on aménagerait à son goût, il n'aurait qu'à poser ses valises. Pour les tâches administratives, on s'arrangerait, le comptable de la mairie n'était pas débordé. Oui, la vue de la maison du docteur était charmante ; d'ailleurs un agent municipal viendrait tondre le gazon et faire le jardin. La patientèle était nombreuse, sympathique et très impatiente. Ici, c'était une qualité de vie assurée, pas les problèmes de la capitale, sa circulation, son bruit infernal, le ciel gris, le stress… Et puis on mangeait bien à Marolles, le gibier, la truite, les champignons !

Moïse amusé, n'avait rien dit, il avait laissé le maire achever son discours publicitaire. Il avait vite compris que, dans tous ces petits villages, on attendait un médecin comme le messie. Alors peu importait le lieu exact, les us et coutumes locales, il s'en fichait. Sa seule exigence était de pouvoir s'installer rapidement pour tirer un trait sur sa vie parisienne. Il voulait débuter son activité sans s'embarrasser d'autres soucis et le maire de Marolles lui semblait très motivé, prêt à l'aider dans la réalisation de ses nouveaux projets.

2

Moïse introduisit la clé dans la serrure et poussa doucement la porte. Le maire lui avait laissé la clé de la maison pour qu'il puisse s'y projeter. Un couloir en carreaux de faïence noirs et blancs conduisait à une première pièce assez spacieuse, peut-être l'ancienne salle à manger. Le docteur Maurice en avait fait sa salle d'attente. Quelques chaises dépareillées, un canapé en velours marronâtre entouraient une table basse en osier sur laquelle étaient encore posées des revues poussiéreuses. Moïse feuilleta la pile : quelques exemplaires de revues féminines, des revues de chasse. Dans un angle de la pièce, un bac en plastique contenait des livres pour enfants ainsi qu'un boulier en bois jauni. Il faudrait donner un coup de fraîcheur au mobilier !

La salle d'attente communiquait directement avec le cabinet : une grande pièce rectangulaire d'environ quarante mètres carrés. Moïse s'y sentit immédiatement bien. Cela le changeait de son bureau étriqué au 6eme étage du bloc sud de l'hôpital. Il pourrait facilement installer ses livres, ses revues médicales et avoir un véritable espace pour exercer agréablement. Il remarqua deux orchidées blanches qui avaient survécu à l'abandon et qui semblaient l'attendre, libres et curieuses, du haut de l'armoire. Dans le centre de la pièce, le bureau du docteur, en noyer acajou, brillait. Son prédécesseur avait également laissé un fauteuil en cuir confortable et une table d'examen. Moïse ouvrit les tiroirs d'une armoire en inox couleur crème qui devaient contenir toutes les fiches de ses patients. Des centaines de fiches classées par ordre alphabétique… Cela lui rappela sa dermatologue préférée, le docteur Lagrange. Certains médecins avaient conservé cette habitude du papier, une sorte de savoir ancestral qui ne pouvait s'écrire qu'au stylo bille. Pas sûr qu'il conserve cependant ces armoires. Il avait l'habitude de l'informatique.

Une grande baie vitrée occupait le mur qui se trouvait derrière le bureau. Il s'approcha et admira la vue sur le jardin. Le gazon laissait poindre des massifs de fleurs dont il ignorait le nom, il reconnut cependant des rosiers et des pommiers savamment taillés pour que l'on puisse facilement cueillir les fruits. Le cabinet était orienté plein sud et disposait d'une seconde fenêtre côté est. Il serait parfaitement éclairé. Moïse emprunta un escalier en chêne qui conduisait à l'étage, entra dans une première chambre haute de plafond. Après avoir ouvert le volet déroulant, il découvrit un papier peint fascinant : des fleurs anciennes sur fond carmin avec des oiseaux exotiques posés sur des ramures. C'était d'un goût à la fois suranné mais enchanteur. La décoration lui plut. Il n'aurait besoin que d'un lit. A côté de sa future chambre, deux pièces débarras. Elles resteraient des débarras. Il était venu en célibataire et comptait le rester. Moïse s'approcha de la fenêtre, Paris lui sembla loin. Ce serait donc ici. A Marolles. Cette fois, les choses étaient concrètes, il avait sauté le pas. Pas question de revenir en arrière. Il descendit rapidement l'escalier, ses chaussures en cuir martelant les marches comme pour laisser une première empreinte.

Moïse ? Le prénom avait bien fait rire au café-bar de la place. Marco Vandelli avait quitté le conseil municipal après l'annonce du maire et rejoint l'un des lieux névralgiques du village, *l'Atelier*, café-bar restaurant sur la place de la Nayade. Une dizaine de gars étaient au comptoir sans compter les membres du club tricot-crochet réunis au tour de son professeur émérite : Madeleine Grenache. Marco Vandelli avait refermé la porte du café, commandé un demi et lancé à la cantonade :

— Moïse, il s'appelle Moïse, le nouveau médecin ! Si c'est pas incroyable !

Déjà les habitués du café s'agglutinaient autour de l'adjoint au maire. Le maire avait enfin réussi à faire une touche ! Il était temps ! Dix-huit mois sans cabinet médical : la situation n'était plus tenable. Il fallait faire des dizaines de kilomètres pour trouver un médecin ! Alors Moïse, on l'attendait comme le messie. C'était bien le prénom d'un sauveur ! Celui qui sortirait les habitants de Marolles du désert médical. Et les gars de s'esclaffer en tapant des mains sur le comptoir. Il portait bien son nom, ce nouveau docteur.

— Moïse Miller, précisa Marco Vandelli.

C'était pas d'ici, pour sûr. Pour tout dire, c'était pas complètement français… Et on ricanait autour de Marco. En même temps Vandelli, c'était pas très français non plus. Fallait bien s'y faire. La France changeait. Valait peut-être mieux celui-là qu'un autre… On n'allait pas faire la fine bouche. Moïse… Les éclats de rire fusaient au comptoir. André Marcon le propriétaire du bar sortit une bouteille de blanc et décida d'offrir la tournée. Ma foi, fallait fêter la bonne nouvelle.

Assise aux tables du fond Madeleine Grenache esquissa une moue. Se sentant observé Marco regarda la sexagénaire qui le fixait sévèrement sans lâcher son tricot. Mémoire vive du village, elle en connaissait les moindres chemins mais aussi toutes les histoires, ragots et rumeurs. Ici, tout le monde la respectait. Elle ne faisait pas d'histoires et était toujours disponible pour rendre un service. On s'arrêtait volontiers prendre le café à sa maison. Madeleine était aussi la présidente de l'association Tricot-Crochet de Marolles. Contrairement à ce que l'on aurait pu s'imaginer, le club Tricot-Crochet était composé principalement de sémillantes trentenaires, parfois même plus jeunes. Ses membres se réunissaient tous les jeudis soirs à *l'Atelier* qui faisait office de salle municipale. Marco Vandelli leva son verre vers elle et s'approcha du groupe de jeunes femmes qui faisaient danser leurs aiguilles autour des pelotes de laine.

Elle était là.

Lila Duteil.

Il pouvait donner l'impression de les regarder toutes mais dans son champ de vision, Lila Duteil avait rempli tout l'espace. Elle portait un pull à col roulé vert qui suivait le contour souple et rond de ses seins ; sa chevelure rousse ondulait sur ses épaules. Elle lui faisait un de ces effets, à chaque fois c'était la même chose. Son cœur battait la chamade, il ne savait pas comment lui plaire et se sentait idiot. Il rentra son ventre, se redressa et posa doucement sa main sur la table guettant une réaction.

Madeleine le sermonna gentiment :

— C'est pas bien de parler comme ça du nouveau docteur.

Posant une main affectueuse sur l'épaule de la vieille femme, il la rassura :

— Ne vous inquiétez pas, Madeleine, on va bien l'accueillir ce docteur.

Il savait qu'avec quelques paroles affectueuses, il saurait se faire pardonner. Pendant ce temps-là, les habitués du bar avaient repris leur conversation, on était passé à autre chose. Les aiguilles tricotaient sans relâche et les yeux de Lila Duteil ne quittaient plus leur ouvrage.

4

S'il existait un endroit qui était toujours le même mais qui réussissait à vous donner le tournis, c'était le grand magasin suédois de meubles en kit. Moïse venait de passer deux heures dans le monobloc jaune et bleu, au milieu de couples qui se faisaient la tête ou se disputaient. Au fil des rayons il avait péniblement glané les différents ustensiles de sa cuisine ainsi que ceux de sa salle de bain. L'appartement qu'il partageait avec Estelle était meublé, il n'avait pu rien emporter. Si sa mère le voyait, elle aurait été furieuse. Elle qui lui achetait toujours des objets raffinés ! D'ailleurs, si Lucia avait été là, elle se serait chargée de ces tâches bassement matérielles. Il avait des choses plus passionnantes à faire. Pendant qu'il patientait aux caisses, Moïse se remémora les longues séances de shopping avec sa mère. Elle tenait absolument à lui transmettre le goût des « *cose belle* », ce raffinement qu'elle associait à l'Italie dont elle était originaire. Une fois les dizaines d'objets scannés, rangés dans les sacs bleus, il poussa son caddie jusqu'à sa voiture, chargea son coffre puis reprit la route en direction de Marolles.

La départementale était vide. C'en était fini du métro et des embouteillages parisiens. Voilà, il roulait vers sa nouvelle vie au bord de sa Dacia d'occasion. Tandis qu'il conduisait en s'efforçant de respecter scrupuleusement les limitations de vitesse, il observa le paysage. La vie rurale prenait toute sa dimension. Le paysage défilait, il ne comptait plus les champs de colza ou de blé, les pancartes de villages, les maisons isolées, les hameaux. Le concept de route n'existait pas vraiment à Paris. La capitale se ramifiait en rues, avenues, boulevards, périphérique. Ici, il devait lutter pour ne pas s'assoupir, la route défilait à un rythme presque constant ; on raisonnait en kilomètres et non plus en minutes. Conduire était une sensation continue qui n'était plus soumise aux poussées d'adrénaline. Fini le temps où il remontait en scooter les files de voiture dans les embouteillages, fini les démarrages en trombe au feu rouge pour dépasser les bus. La hargne de passer avant les autres ne vous tenait plus éveillé. Sa vie allait enfin pouvoir s'apaiser.

5

Le maire, Pierre Coudon, attendait le médecin devant sa maison. Il était accompagné d'Eric Masurel le plombier du village ainsi que de Georges Pradier qui avait une entreprise de rénovation. Les trois hommes aidèrent Moïse Miller à décharger les quatre sacs remplis à ras bord puis ils s'installèrent sur le vieux sofa en velours autour d'une bière fraîche. Il était temps de discuter des aménagements intérieurs de la maison. Pierre Coudon s'était réjoui que le docteur soit célibataire. Pas d'épouse compliquée qui discutaillerait la hauteur des placards et le nombre d'étagères.

On réfléchit tout d'abord aux espaces de travail : la salle d'attente et le cabinet. Comme à son habitude Georges Pradier était rapide, il dessinait, modifiait les plans au fur et à mesure des idées des uns et des autres. Visiblement, le docteur avait une imagination débordante mais il ne savait ni planter un clou, ni visser une étagère ou fixer une tringle à rideaux. Au bout d'une demi-heure, le maire commença à déchanter. Le plombier, Eric Masurel, rigolait en douce en regardant le visage de plus en plus crispé de Pierre Coudon qui écoutait les désidératas du petit Parisien. On lui avait promis de financer les travaux : cela allait coûter un bras à la mairie.

La salle d'attente devait être revue de fond en comble, c'était le premier contact avec les patients. Il fallait supprimer une cloison et créer un meuble sur mesure qui ferait une transition avec l'entrée. Le vieux parquet en chêne avait du charme mais des tapis épais rendraient les pièces plus chaleureuses. Le docteur trouvait le canapé marron peu appétissant ; un nouveau canapé et des chaises revêtues d'un tissu chiné étaient indispensables. Les rideaux grisâtres avaient besoin d'être remplacés, Moïse suggéra du lin ou du coton, le polyester était vraiment démodé. Quant à la table basse en rotin, elle n'était pas vilaine, encore assez solide, il était d'accord pour la conserver mais il avait besoin d'étagères et de renouveler entièrement le coin dédié aux enfants. Quand le docteur réclama une machine à café à grains, le cou du maire se tendit. La municipalité avait quand même un budget limité.

Pendant plus d'une heure, Pierre Coudon, Georges Pradier et Eric Masurel essayèrent de satisfaire les demandes du nouveau docteur tout en l'amenant vers des solutions moins coûteuses. Qu'est-ce que ce célibataire citadin avec ses douze paires de chaussures était venu faire dans leur coin ? Tandis qu'ils réfléchissaient à l'aménagement de son dressing pour sa dizaine de chemises, de pulls, de pantalons, de chaussettes, de boxers, les trois hommes finirent par se sentir un peu mal à l'aise dans leur jean délavé et informe. Ils avaient affaire à un homme un peu trop raffiné à leur goût.

A la fin de la journée, Pierre Coudon était vidé mais serein. Certes les caprices du bobo parisien allaient lui coûter cher, mais on lui avait fait plaisir, il allait se sentir bien dans sa maison. C'était important pour le village de Marolles. Voilà dix-huit mois que ses administrés réclamaient un médecin ! La réouverture du cabinet était indispensable. Et puis, il avait tout de même l'air sympathique, ce nouveau docteur : après tous leurs efforts, il avait insisté pour partager un apéritif et avait ouvert une excellente bouteille de Chianti.

6

Une fois seul, Moïse s'installa confortablement dans le vieux canapé en velours marron et se laissa envahir par le silence de la maison. Il se remémora le pénible SMS envoyé à Agathe. Pour la première fois, il lui avait dit la vérité : ses multiples aventures, la honte qu'il éprouvait, son incapacité à arrêter. Sa confession avait eu un effet immédiat. Agathe l'avait aussitôt appelé. Il entendait encore ses cris de colère : « Hypocrite ! », « Menteur ! », « Tu me dégoûtes », « Comment as-tu pu me faire ça ? ». Et puis elle l'avait démoli avec tout son talent d'avocate. Il n'était qu'un petit cardiologue prétentieux sans cœur et sans envergure, une incarnation de la médiocrité, un type minable et vulgaire… Il avait raccroché abasourdi. S'il lui restait encore un soupçon d'estime de soi, cela tenait du miracle. En même temps ; il le méritait. A Marolles, sa décision était prise : il ne fréquenterait aucune femme. Adieu

la gente féminine ! C'était autant une punition qu'une vo-
lonté de guérir. Et, sur son téléphone, il avait rageusement
supprimé son application de rencontre.

A 19 heures, Moïse n'avait plus rien à faire, il décida de se rendre à *l'Atelier* pour dîner. Le restaurant dont
lui avait parlé le maire se trouvait sur la place centrale. Il
descendit lentement la rue du Bout d'en haut, laissant aux
habitants tout le loisir de l'épier aux fenêtres. Il les sentait
curieux, ces futurs patients qui le reluquaient derrière les
rideaux. Cela l'amusait d'être ce personnage si attendu.
Après ce qui s'était passé avec Jean Messini et Agathe, il
ressentait le besoin de devenir un homme nouveau. Il ne
pouvait imaginer ni hostilité, ni malice derrière ces fenêtres. Le maire l'avait assuré qu'on avait besoin de lui :
« Ils vous attendent comme le Messie ». Cette plaisanterie
l'avait fait rire.

Les mains enfoncées dans ses poches, Moïse continua à descendre tout en inspirant avec plaisir l'air frais.
Il devait être bien moins pollué qu'à Paris. A cette heure
tout le monde était chez soi. Derrière les porte-fenêtres
des maisons, il devinait les téléviseurs allumés, la table
mise, les dîners qui se préparaient dans la cuisine. Les enfants avaient dû prendre leur bain, les devoirs étaient faits.
Fin avril, les journées étaient plus longues mais la température encore trop fraîche pour profiter des jardins. Il fris-
sonna, regrettant de ne pas avoir pris son manteau. Arrivé
sur la place, il resta quelques instants immobile observant
les différentes rues qui partaient de ce point central. « Marolles, à nous deux maintenant » se dit-il en souriant puis
il se dirigea vers *l'Atelier*. Quelques tables se trouvaient encore dehors mais l'animation était plus perceptible à l'intérieur. Il poussa la porte et entra.

7

Tous les regards convergèrent vers lui. Un jeudi soir, en semaine, en dehors des congés scolaires, le restaurant du village ne recevait que des habitués, des célibataires qui avaient posé ici leur rond de serviette à défaut d'être attendus autour d'une table avec femme et enfants.

— On vous sert quelque chose ? demanda le patron.

— Une pression, répondit aimablement Moïse en s'installant au comptoir.

Il observa l'établissement. Le lieu était spacieux et se divisait en plusieurs pièces : une grande salle avec un flipper et une dizaine de tables qui donnaient sur la Grand-Place, une salle au fond qui ouvrait vers une cour intérieure. Il dégusta lentement sa bière tandis que les habitués le dévisageaient du coin de l'œil. Trois ou quatre retraités avec de vieilles chemises à carreaux, des gilets en polaire et des baskets ressemblant à des chaussures de randonnées. En les observant, Moïse pensa qu'il avait eu raison de laisser à Paris ses costumes. Avec ses sneakers blancs, son chino slim et sa veste worker, il avait déjà l'impression d'être un extra-terrestre. Quand il eut terminé son verre, le patron lui demanda :

—Vous êtes de passage dans la région ?

— Je suis le nouveau médecin, c'est moi qui vais reprendre le cabinet du docteur Maurice.

Un brouhaha éclata. C'était donc lui le nouveau médecin !

— Et vous venez d'où ?

— De Paris.

— C'est pas trop difficile de quitter la capitale pour s'installer dans un petit village ?

Moïse expliqua qu'il appréciait le calme et la douceur de vivre du Loir-et-Cher. On comprenait. Ah, le

Loir-et-Cher ! C'était un coin tranquille et puis la région regorgeait de merveilles. Tous se pressaient maintenant pour lui poser des questions auxquelles il répondait de manière évasive. Au bout de quelques minutes, Moïse s'enquit du menu. On lui recommanda chaudement la blanquette aux champignons. Le soir, en semaine, le plat du jour était unique mais toujours cuisiné maison par la cheffe. Paule fut appelée de la cuisine et on lui présenta le docteur. Elle le salua d'une poignée de main ferme et l'installa à une table en bordure de fenêtre. Il avait certainement faim après cette journée d'installation. Moïse confirma et prit entrée, plat et dessert.

Quand son plat arriva, on reluqua sa blanquette avec envie et on chambra la patronne. Alors comme ça certains avaient le droit à une petite salade et une double ration de champignons ? Moïse plaisanta avec bonne humeur et défendit la légitimité de son traitement de faveur. La patronne savait accueillir les nouveaux clients. Tandis qu'il mangeait, il observa l'assiette de ses voisins, c'est vrai que la cheffe l'avait gâté. Cette attention le toucha. Les morceaux de veau étaient tendres sans gras, les champignons goûteux. Cela lui faisait du bien de manger quelque chose de bon.

Maintenant, on n'entendait plus que le cliquetis des fourchettes et les bruits de masticage. Le patron terminait de nettoyer le bar. Moïse avait l'impression d'être entré dans la quatrième dimension, lui qui avait l'habitude des restaurants animés de la capitale. Il se rendait compte qu'en plus du défi professionnel, il allait devoir aussi relever un défi personnel. Cette grande maison vide, au milieu du silence et des champs… Il ne pourrait plus scroller des heures sur ses applis, il n'écouterait pas d'une oreille distraite les élucubrations féministes d'Estelle tout en rêvassant de lui caresser les seins, il ne trouverait pas dans son frigo les spécialités italiennes cuisinées par sa mère.

Après qu'il eut terminé sa crème brûlée, il se leva, salua la compagnie et promit de revenir tant la cuisine était bonne. On lui demanda quand le cabinet allait rouvrir. Moïse annonça quatre semaines de travaux, ensuite le cabinet ouvrirait à plein temps.

— On vous garde votre serviette, déclara le patron, vous serez toujours le bienvenu.

Quand le docteur sortit, la nuit était tombée. Les rues étaient désertes, pas une voiture. Il replia le col de sa veste et se dirigea d'un pas leste vers sa maison.

8

La partie administrative était lourde pour un médecin installé en libéral. A l'hôpital Pompidou, les deux secrétaires du service, Léopoldine et Antoinette géraient tout : les prises de rendez-vous, le matériel, les renseignements, les patients soucieux ou râleurs. Comment allait-il faire tout seul ? Sans compter que les trois jours passés dans ses deux cents mètres carrés avec comme seuls interlocuteurs un couple de rosiers et des milliers de brins d'herbe l'avaient un peu déstabilisé. Non, il devait absolument avoir une secrétaire médicale. Cela relevait de l'évidence.

Comme il ne pouvait pas financer à lui seul cette charge, il s'était adressé au maire. Les négociations avaient été rudes. Il avait dû expliquer pourquoi l'utilisation d'une plateforme de rendez-vous n'était pas adéquate pour le démarrage du cabinet. Le conseil municipal rechignait… Où trouver l'argent ? La municipalité n'avait pas les moyens mais on avait tellement peur que le docteur Miller ne change d'avis. Comme d'habitude, Marco Vandelli, l'adjoint au maire avait trouvé une solution : un « ZRR », une aide pour les zones de revitalisation rurale. La commune était éligible, elle pourrait financer pour moitié le salaire de la secrétaire. Il ne restait plus que le recrutement. Pierre Coudon avait suggéré de faire paraître une annonce dans le journal régional ; il s'agissait de faire vite s'il voulait trouver la perle rare avant l'ouverture du cabinet.

9

A Marolles, la nouvelle s'était répandue comme une traînée de poudre : le docteur recherchait une secrétaire médicale, il allait faire paraitre une annonce dans *La Nouvelle République*. Le buraliste s'en amusait, ses ventes quotidiennes du journal avaient augmenté depuis quelques jours. Chacun attendait la parution de l'annonce en se demandant qui allait candidater et quels seraient les critères de sélection. On plaisanta sur les futures candidates soupçonnées d'être autant intéressées par le poste de travail que par la personne du médecin. Avec son physique de beau gosse, le docteur pouvait ratisser large…

A la mairie, Pierre Coudon n'avait pas du tout envie de plaisanter. Son amuseur public d'adjoint avait fait courir la rumeur que les critères de sélection du docteur seraient le tour de poitrine des candidates et leur état de fraîcheur. Le maire n'était pas complètement rassuré. Moïse Miller était célibataire, séduisant, il n'avait aucune envie que les débuts du cabinet médical soient entachés par des histoires égrillardes. Aussi à l'issue d'un conseil municipal, il avait vertement rabroué son adjoint.

— Marco, qu'est-ce que c'est que cette histoire de tour de poitrine ?

— C'est juste pour plaisanter, Pierre. Pas la peine de faire une tête d'enterrement.

— Tu sais bien que maintenant la moitié du village croit que c'est vrai.

— Et alors… Que ce soit vrai ou pas, quelle importance ?

— C'est que j'ai envie que ça se passe bien avec Monsieur Miller. On a eu assez de mal à trouver un médecin. Je ne suis pas sûr qu'il aime tes blagues. Tiens d'ailleurs, reprit le maire, je connais une candidate qui remplit tous les critères.

Il regarda son adjoint qui haussait les épaules.

— Lila Duteil. Tu vois qui c'est ? La jeune femme rousse qui vient chaque semaine pour le dossier de subvention de son père.

— Lila ?

— Oui, Lila, dit le maire en observant avec satisfaction la mine déconfite de son adjoint.

— Lila est assistante commerciale chez Percotec, elle n'a pas besoin de trouver un nouveau travail.

— Evidemment elle n'a pas besoin de trouver un nouveau travail. Mais le contenu du poste est intéressant… C'est une promotion et puis…

— Et puis quoi… ?

— Elle a le tour de poitrine adéquat ! reprit le maire avec un air goguenard.

Marco Vandelli quitta la pièce en lui lançant un regard noir. Ça allait lui faire passer le goût des mauvaises blagues, pensa le maire tout en fermant la salle du conseil municipal. Décidément, gérer la mairie d'un petit village n'était pas simple !

Comme tous les matins, Madeleine Grenache buvait son café dans sa cuisine en compagnie de son chat Biscotte. Sa maison se trouvait à l'entrée du village. Depuis que sa fille était partie, elle y vivait seule. Maintenant que les chicaneries autour de la pension alimentaire étaient terminées, elle n'avait quasiment plus de contact avec son mari dont elle était séparée depuis des années. Elle s'était toujours sentie heureuse à Marolles : c'était son village, ses racines, elle y avait été à l'école, connaissait chaque virage des départementales pour les avoir parcourus à vélo du temps de sa jeunesse. Aucun habitant ne lui était inconnu. Madeleine se sentait intimement liée à l'histoire de son village et lui portait une affection particulière. Cet attachement avait été renforcé par les souvenirs heureux qui avaient marqué sa vie ; il l'avait aussi aidé à surmonter des événements plus douloureux. Même si tous les matins se ressemblaient, elle n'éprouvait pas le besoin d'autre chose.

Ce matin-là, comme à son habitude, elle parcourut *La Nouvelle République*. Elle était curieuse de lire l'annonce du docteur. Tout à coup, son regard se figea. Elle était là, juste en dessous des avis d'obsèques.

Le cabinet du docteur Moïse Miller établi à Marolles cherche un(e) secrétaire médical(e)

Parmi vos missions, vous serez en charge de :

- *l'accueil physique et téléphonique,*
- *la gestion des rendez-vous des patients,*
- *la rédaction des comptes rendus de consultation,*
- *le suivi et le classement des dossiers médicaux*
- *l'entretien du cabinet médical.*

Madeleine prit le temps de relire l'annonce. Pour sûr, cela allait créer des vocations ! Ce n'était pas tous les jours qu'il y avait une offre d'emploi aussi alléchante au village. Elle décida de la lire une troisième fois. C'est alors que l'idée surgit dans son cerveau. Elle se morigéna, ce serait ridicule, on se moquerait d'elle. A soixante ans... postuler... Il ne voudrait jamais d'une vieille ! En même temps, elle était au chômage depuis presque deux ans et ne pourrait pas prendre sa retraite avant trois ans. On ne lui proposait que des postes de caissières à temps partiel à plus de trente kilomètres de son domicile ! Elle relut à nouveau l'annonce et réfléchit. Au moins, elle ne faisait pas de fautes d'orthographe, c'était un atout par rapport à la jeune génération. Son expérience dans la partie administrative d'une grande surface pouvait lui être utile. Elle replia le journal, toujours hésitante. Après tout, elle n'avait rien à perdre à part quelques moqueries et un refus. Au moins elle aurait tenté sa chance. Elle grattouilla le menton de Biscotte et décida d'appeler Farida Bouaïche.

A 18h, la Clio de Farida se gara devant la maison de Madeleine. « Carrément », « Mais carrément » fut la réponse de Farida pour mettre un terme aux dernières hésitations de son amie. Et elles se préparèrent deux Virgin mojitos pour se mettre d'attaque et préparer le CV de Madeleine. Rien ne prédisposait ces deux femmes à une rencontre amicale et pourtant elle avait eu lieu pendant une grève en représailles d'une décision patronale de leur gérant de magasin. Les deux femmes étaient toutes les deux « responsables de caisse », c'est-à-dire caissières. Leur patron s'était mis en tête de supprimer les sièges des caisses et de réduire tout temps mort. Dès que la fréquentation du magasin diminuait, les caissières devaient quitter leur poste pour faire de la mise en rayon. C'était « s'adapter à la productivité et aux exigences de la compétitivité ».

Cette décision avait profondément inquiété les employées. Le travail était dur physiquement, il fallait aller vite, passer chaque jour des kilos de produit devant le scanner ; les filles se sentaient méprisées mais elles redoutaient le licenciement. Le travail restait une denrée rare dans la région. Le sang de Farida n'avait fait qu'un tour, elle s'était rapprochée de l'antenne CGT et avait mené tambour battant la mobilisation. Madeleine avait été épatée par son énergie, son pouvoir de conviction et son audace. L'équipe de caisse s'était mise en grève mobilisant dans sa lutte les clients qui avaient trouvé le magasin fermé. Rapidement le gérant avait fait marche arrière non sans vouer une haine féroce envers Farida.

En revanche, il ne se méfiait pas de Madeleine qu'il avait toujours connu discrète et ne faisant pas de politique. Aussi il ne fit pas attention à elle quand il se mit à déverser sa rancœur dans les bureaux. « Cette race de bicot qui venait prendre le boulot des Français et en plus qui foutait la merde. Cette salope de Farida devait en plus être lesbienne, on ne lui connaissait aucun mec. » Ces propos maintes fois répétés et déclinés sous de multiples variations finirent par être enregistrés sur le portable de Madeleine, qui, outrée, alla porter plainte au commissariat contre le gérant pour propos racistes et homophobes.

La plainte n'aboutit pas mais on convoqua le gérant qui reçut un rappel à la loi et en prit pour son grade. Humilié, il finit par prendre ses clics et ses clacs et quitta la gestion du magasin. Cet événement scella une amitié durable entre les deux femmes. Elle perdura après le départ de Madeleine, deux ans plus tard, après que la direction a décidé de réduire le personnel. On avait proposé à Farida un poste de préparatrice de commande alors que Madeleine avait saisi la possibilité d'être licenciée avec une bonne indemnité. Bien que leurs chemins professionnels se soient séparés, elles continuaient d'entretenir un profond lien d'amitié.

Farida déposa son Virgin mojito sur la table basse et repoussa délicatement Biscotte.

— Mais bien sûr que tu es légitime !

— Oui, mais je n'ai pas envie qu'on sache que je postule.

— Tu t'en fiches, reprit Farida, de toute façon, le village est une pépinière à cancans alors un de plus ou un de moins !

— J'ai peur de me ridiculiser.

— Arrête de t'inquiéter, Madeleine, je suis sûre qu'il a reçu une quantité de lettres de greluches débiles. Tandis que quelqu'un de confiance qui connaît les gens du village, ça ne court pas les rues.

Madeleine écoutait. Farida n'avait pas tort mais elle redoutait aussi d'être trop âgée.

— Tente ta chance. En plus, il a l'air sympa, affirma Farida sur un ton catégorique.

Une heure plus tard, Madeleine était convaincue, sa lettre de motivation et son CV étaient prêts. Il ne lui restait plus qu'à les poster.

12

Moïse tendit son téléphone à sa colocataire :

— Regarde les photos de mon nouveau cabinet médical !

Pendant tout le mois d'avril, Eric Masurel et Georges Pradier avaient travaillé d'arrache-pied : la maison du docteur Maurice avait subi un sacré lifting afin que le nouveau docteur soit installé comme un coq en pâte. Tout était prêt pour une réouverture du cabinet courant mai. Estelle fit défiler les images.

— J'y crois pas : ils t'ont même créé un dressing sur mesure ! Pourtant tu m'as dit que tu me laissais tes costumes…

— Hors de question, je suis sûr que tu vas les refiler à une association caritative.

Déçue, la jeune femme le suivit pourtant dans la salle de bain. Moïse rangeait maintenant son service à rasage dans du papier bulle : trois blaireaux, un rasoir en bois de bruyère ainsi que son bol de rasage en porcelaine blanche.

— Tu sais où est mon rasoir en laque noire ?

— Aucune idée, répondit Estelle d'un air innocent.

Elle lui avait piqué, pensa Moïse qui ne voulait pas en faire toute une histoire. Bien qu'elle refuse de s'épiler pour ne pas se soumettre aux « diktats du désir masculin », sa colocataire était fascinée par ses longues séances de rasage. Moïse avait fini par lui montrer les étapes de son rituel avec, en premier lieu, le choix de la touffe du blaireau : le blanc européen pour un rasage tout en douceur, le gris de Russie pour des poils plus robustes et longs, enfin le gris européen pour une plus grande précision. Il émulsionnait la mousse d'un geste précis et étalait par cercles successifs cette chantilly blanche. Devant le regard ébahi de sa colocataire, il achevait son rasage en se mettant de la crème hydratante et de l'eau de toilette d'une grande marque italienne. Que croyait-elle ? Si elle revendiquait son droit à rester une australopithèque attachée à chacun de ses poils, tous les hommes n'aspiraient pas à ressembler à des bûcherons virils et poilus. Il la taquinait en lui expliquant que le nouveau patriarcat avait la peau douce et parfumée et qu'elle devait réactualiser son manuel de la parfaite féministe.

Leur cohabitation allait donc s'achever. C'était dommage car, au fond, ils partageaient tout de même certaines valeurs : la capacité d'attendre qu'un autre fasse les choses ennuyeuses à leur place, un sens parfaitement organisé du désordre où chaque chose a sa place, le goût de regarder des séries en dégustant des pâtes italiennes cuisinées par la mère de Moïse.

13

— Et voilà, il suffisait d'un petit coup de tournevis, expliqua le facteur. Avec toutes ces lettres, ça vous a bloqué le loquet de la boîte !

Moïse le remercia et s'efforça d'abréger la conversation. Visiblement, l'embauche de sa secrétaire médicale était sur toutes les lèvres. Derrière ses rideaux, sa voisine d'en face, Madame Raguenaude l'observait avec attention. Il lui fit un petit signe amical mais elle se rétracta telle une murène dans son trou. Il rentra avec son gros paquet à la main. Avant l'ouverture du cabinet, le recrutement de sa secrétaire était la dernière tâche qui lui restait. Il n'avait pas d'idées très arrêtées sur le profil du candidat à l'exception du critère d'âge : toutes les candidates de moins de cinquante ans seraient éliminées. Il n'avait pas envie de retomber dans de nouvelles histoires. Installé à son bureau, Moïse commença à lire. Quelques postulantes avaient envoyé des photos qui les mettaient très à leur avantage… Il s'en amusa.

Au bout d'une heure, il avait sélectionné trois candidates. Le critère d'âge avait été efficace. Une personne avait attiré plus particulièrement son attention. Elle habitait le village, son nom improbable « Grenache » était le même qu'un apéritif démodé. La photo d'identité montrait un visage souriant. La candidate avait des cheveux blancs attachés en chignon et des lunettes écailles avec un fil en perles de couleur. Moïse lui trouva un petit air de Melle Rose du Cluedo. Visiblement elle était très disponible puisque divorcée et que sa fille vivait à la Réunion. Elle ne serait pas réquisitionnée du jour au lendemain pour garder des petits-enfants fiévreux ! Elle n'avait aucune expérience en secrétariat médical mais c'était aussi le cas des autres candidates. Le choix de Moïse était fait, il donnerait suite aux trois candidates et leur proposerait chacune un entretien.

Avant son entretien d'embauche, Madeleine déjeunait avec son amie Farida. Elles s'étaient retrouvées dans le parc Suzanne Marsollier près du centre commercial.

— Une dernière question, dit Farida qui avait imaginé un jeu de rôle. Je suis un patient qui arrive en retard à son rendez-vous, que fais-tu ?

— Tout dépend si le docteur a lui-même du retard… J'écoute et j'essaie de trouver une solution.

— Tu ne l'engueules pas comme du poisson pourri ?

Madeleine la regarda d'un air surpris.

— On ne se fâche pas avec la clientèle, c'est essentiel.

La sexagénaire se sentait de plus en plus en confiance mais plusieurs questions continuaient de la tarauder.

— Le problème, c'est l'âge…

— Oui mais l'âge, c'est aussi l'expérience et puis les allégements de charge pour l'employeur, répondit Farida du tac au tac.

— Au village, tout le monde va être au courant…

— Et alors ?

— Et alors…, répéta Madeleine qui se surprit à ressentir une pointe d'ego. Et alors… ? Si je suis recalée, c'est humiliant !

Farida haussa les épaules.

— De toute façon, c'est trop tard : Tu ne peux plus reculer, tu as rendez-vous dans deux heures. Laisse ta vanité de côté et fonce.

Son amie avait raison. Maintenant qu'elle s'était embringuée dans cette histoire, elle devait aller jusqu'au bout. A la fin du déjeuner, elle remercia chaleureusement Farida puis la quitta. En se dirigeant vers la sortie du parc, elle profita du délicieux soleil de mai pour se détendre. Les cerisiers en fleurs déployaient au-dessus d'elle leurs branches couvertes de pompons dodus. Des milliers de confettis roses se découpaient dans le bleu lumineux du ciel. Elle longea les allées en gravillons blancs bordées de tilleuls, d'érables et de jeunes frênes qui arboraient de tendres bourgeons verts. Tout portait à l'optimisme, elle devait s'en convaincre.

Arrivée chez elle, Biscotte vint tourner autour de ses jambes.

— Tu crois que j'ai raison ? lui demanda-t-elle en se préparant une tasse de café.

Celui-ci cligna des yeux, et prenant son rôle de conseiller personnel très au sérieux, vint ronronner sur ses genoux. Madeleine se détendit en écoutant les bruyants ronrons. Son cher Biscotte… Quel chat adorable ! Il comprenait tout !

15

Quand Madeleine arriva chez le docteur Miller, il était devant sa maison en grande discussion avec la Raguenaude, sa voisine d'en face. Madeleine, agacée, se fit une raison. Elle n'y échapperait pas : d'ici la fin de l'après-midi, cette vipère aurait répandu la nouvelle de sa candidature dans tout le village. D'un mouvement de la tête, elle la salua rapidement puis se posta devant la grille de l'entrée de la maison du docteur. Il sentit sa présence et après avoir poliment salué sa voisine, la rejoignit. Pendant quelques secondes, le cœur de Madeleine se serra. Même s'il ne lui ressemblait pas, son fils aurait eu à peu près le même âge. Il était si jeune, si différent … Son nom « Moïse Miller » avait déjà suscité des médisances. Il avait

l'air tellement confiant. Pour de nombreux Marollais, il serait considéré au mieux comme un « Parisien ». Madeleine
était même au courant de remarques plus nauséabondes :
encore un qui ne s'intéresserait qu'à l'argent ! Un sentiment de compassion l'envahit : elle était sûre de pouvoir
lui être utile.

Comme préambule à leur entretien, le jeune médecin proposa une visite du cabinet. Quelle métamorphose !
Il ne ressemblait plus du tout à celui du docteur Maurice
qu'elle connaissait pourtant si bien. Madeleine apprécia à
sa juste valeur les travaux intérieurs. La salle d'attente était
agréable avec ses tons beiges. Une bonne idée, cette bibliothèque en bois clair qui égayait la pièce. Et puis tous
les aménagements pour les enfants : le coin lecture, les
kaplas, le labyrinthe à billes et, bien sûr, la valise de docteur. Il n'avait rien oublié. Les enfants, c'était important ;
le départ en retraite du docteur Maurice avait causé bien
du souci aux parents !

Après avoir terminé la visite, le docteur proposa de
débuter leur entretien dans son bureau. Tout à coup, Madeleine se sentit stressée. Le docteur expliqua avoir besoin
d'une personne polyvalente. Il commença par énumérer
les différentes tâches du secrétariat : gérer les rendez-vous,
répondre au téléphone, filtrer les appels, s'occuper de la
partie règlement et assurer un peu de ménage le matin
avant l'ouverture du cabinet. Après avoir évoqué cet aspect domestique, il s'arrêta. Avait-elle bien compris ? Il
n'avait malheureusement pas de budget supplémentaire
pour prendre une femme de ménage alors.... Madeleine
était d'accord, elle pourrait arriver une bonne demi-heure
avant l'ouverture du cabinet pour tout nettoyer et désinfecter. Est-ce que cela conviendrait ? Rasséréné, le docteur avait poursuivi. Il voulait se renseigner sur ses futurs
patients et commença à évoquer les premiers Marollais

qu'il avait côtoyés. Madeleine, prudente, l'écouta poliment, se contentant de répéter ses propos mais sans lui en dire davantage. Oui, le maire pouvait se montrer parfois irascible. C'est vrai, Monsieur Pradier était vraiment doué pour la décoration. Oui, Madame Raguenaude était charmante mais aussi bavarde.

Au bout de cet interrogatoire serré, le docteur aborda enfin le sujet qui lui tenait à cœur : le secret médical. Il ne dérogerait pas sur ce point. En travaillant au cabinet, Madeleine serait inévitablement au courant des pathologies des patients. Les gens seraient curieux et chercheraient à lui extorquer des informations. Il était hors de question que le moindre renseignement sorte du cabinet. Madeleine confirma, elle serait une tombe mais expliqua que les nouvelles circulaient vite au village. Les rumeurs sur les maladies des uns et des autres allaient bon train du temps du docteur Maurice. La pharmacie était un haut lieu d'informations, peu de choses restaient ici très secrètes. Il devrait s'y faire. Néanmoins elle comprenait fort bien le message, il pouvait compter sur elle, elle n'était pas du genre à commérer. Ils se séparèrent au bout d'une heure après que le docteur lui a dit qu'elle aurait rapidement une réponse.

16

Après avoir terminé ses entretiens. Moïse fit le point. Madame Gardet, une des trois candidates, lui avait adressé une lettre de candidature qui n'avait rien à voir avec ses réelles compétences : encore une qui avait utilisé l'IA ! Madame Sarriette lui avait déballé en long et large toutes les maladies dont son mari souffrait. Quel ennui ! Seule la discrète Madeleine Grenache avait marqué des points en se refusant à toutes confidences sur les Marollais. Il faut dire que les discussions de voisinage avec Madame Raguenaude avait inquiété Moïse : en moins de dix minutes il avait appris que le maire était irascible depuis qu'il avait divorcé, que Georges Pradier avait du goût pour la décoration « parce qu'il était de la jaquette », que Marco Vandelli, l'adjoint au maire avait fait courir le bruit qu'il sélectionnerait les candidates en fonction de leur tour de poitrine. Le citadin, habitué à l'anonymat des grandes villes, s'interrogeait : employer une habitante du village, était-ce vraiment une bonne idée ?

Comme il hésitait encore, il se résolut à demander conseil au maire du village. Il l'appela sur son portable. Sans l'ombre d'une hésitation, Pierre Coudon lui recommanda chaudement Madeleine Grenache. C'était une personne fiable, appréciée par les habitants et qui savait garder les secrets. Et puis Madeleine était une ancienne du village, elle lui serait d'une grande utilité pour cerner certains patients. Sans compter qu'elle était sexagénaire, cela flanquerait un coup de froid aux imaginations débridées. Le seul ennui c'était Biscotte. Elle ne lui en avait pas parlé ? Sacrée Madeleine… Le maire lui avait alors raconté la relation fusionnelle que Madeleine Grenache entretenait avec son chat. Un matou de la SPA, gros, neurasthénique dont elle était gaga et qui faisait pipi dans son salon dès qu'elle s'absentait plus de deux heures. Conclusion, elle le trimballait un peu partout.

Après avoir raccroché, Moïse avait réfléchi encore quelques minutes. Finalement cette histoire de chat lui rendait la candidate plus sympathique. Il l'appela pour lui dire que sa candidature était retenue. Madeleine était tout émue, elle le remercia et ils fixèrent un nouveau rendez-vous. Quand Moïse raccrocha, elle ne lui avait toujours pas parlé de son chat. Le maire avait dû lui raconter n'importe quoi. Mais une dizaine de minutes plus tard, le téléphone sonna. C'était Madeleine, elle s'excusait mais elle avait un petit problème... Elle avait un chat très mignon, très gentil, très calme mais qui ne pouvait pas rester seul la journée parce qu'il avait été abandonné par ses précédents maîtres et souffrait d'un traumatisme. Moïse écoutait avec amusement ce portrait pathétique. Pour terminer, sa future secrétaire lui demandait la faveur d'emmener Biscotte avec elle au cabinet, au moins les premiers temps.

Moïse temporisa : il ne trouvait pas que la présence d'un chat soit très hygiénique dans un cabinet médical. Mais, sentant des trémolos dans la voix de Madeleine Grenache, il se radoucit. Bon, la période d'essai pouvait être élargie au félin dont il attendait cependant un comportement exemplaire avec les banquettes ainsi que la moquette en velours bleu marine et le canapé en lin. Madeleine promit, Biscotte était une adoration. Quand il raccrocha, Moïse avait hâte de rencontrer la fameuse bestiole.

Voilà, sa nouvelle vie prenait forme : le cabinet était prêt pour l'ouverture, il avait choisi sa collaboratrice. Après le dîner, il s'installa sur la terrasse. La vue s'étalait jusqu'en bas de la vallée où coulait le Cher ; on apercevait le quadrillage régulier des champs, ainsi que le frêle contour de plusieurs hameaux. Deux grosses pies noires et blanches rebondissaient sur le gazon. Jamais Moïse n'avait été aussi sensible aux détails de la nature : le ballet incessant des nuages, le vol des oiseaux, l'ondulation continue des feuillages. Pendant de longues minutes, il observa en silence. Le calme était prenant, les secondes se détachaient les unes des autres, palpables. Dans cette immobilité, il se sentait enfin en harmonie avec lui-même.

La nouvelle de l'embauche de Madeleine Grenache fit le tour du village en quelques heures. Madame Lepic et Monsieur Bulaton l'apprirent par le boucher dont le frère était ambulancier qui, lui-même, l'avait appris par les pompiers qui étaient venus retirer un nid de guêpes chez Madame Raguenaude. La boulangère avait disséminé l'information avec chaque baguette vendue. Le soir-même, quand Moïse vint dîner à *l'Atelier,* on le félicita.

— Je vois que les nouvelles vont vite, dit le docteur en s'installant à sa table habituelle.

— C'est qu'ici, c'est un petit village, expliqua le patron, rien ne reste secret très longtemps.
Il s'approcha du médecin pour lui servir sa bière.

— En tout cas, vous avez embauché la bonne personne. Madeleine est appréciée.

— Elle est presque retraitée… osa remarquer un habitué probablement déçu par le choix du médecin.

— C'est que j'ai privilégié l'expérience, répondit Moïse sans en dire plus.

La cheffe, Paule, mit fin à la discussion en apportant les premières assiettes. Ceux qui ne l'avaient encore fait déplièrent leur serviette. Le patron s'assura que chacun avait une corbeille de pain et son pichet de vin. Le parfum du boeuf bourguignon envahit la salle du restaurant, on avait faim. Avant d'attaquer son plat, Moïse informa l'assemblée que le cabinet ouvrait le 1er juin. Tout le monde se réjouit : les Marollais allaient enfin pouvoir se soigner correctement ! Moïse acquiesça puis se consacra entièrement à son bœuf carotte.

Le seul être du village qui n'avait pas encore compris que Madeleine Grenache allait être la secrétaire médicale du docteur était son chat. Biscotte ressentait l'agitation inhabituelle de sa maîtresse : elle n'arrêtait pas de produire des sons suraigus en le regardant avec des pupilles dilatées. Que mijotait-elle ? Ce ne fut que le lendemain que le gros matou commença à comprendre. Madeleine le fourra dans sa cage qu'elle déposa sur la plage arrière de la Clio. Allait-on encore chez ce sadique en blouse blanche qui lui fourrait un truc pointu dans les oreilles ? Biscotte se sentit stressé. Enfin Madeleine le libéra, il avança prudemment dans un lieu inconnu. Un étranger se dressait devant lui qui le regarda d'une manière faussement amène. L'énergumène se baissa pour essayer de lui caresser la tête. Quelle familiarité ! Biscotte cracha de dégoût. Pour qui se prenait-il ?

L'inconnu hoqueta de rire. Biscotte était vraiment très contrarié, il hésita à faire pipi sur la moquette bleue mais elle sentait une odeur de synthétique qui lui coupa toute envie. Heureusement Madeleine lui présenta son panier avec ses doudous. Il décida de s'y réfugier pour bouder.

— Ce n'est pas tout à fait le charmant félin que vous m'avez décrit, s'amusa Moïse.

— Je ne comprends pas, il n'est pas comme ça d'habitude.

Mortifiée, Madeleine Grenache observait son nouvel employeur, très élégant avec son pantalon en lin écru, sa chemise blanche et se demanda s'il supporterait que Biscotte s'oublie sur la moquette ou le canapé.

— Madeleine, j'ai peut-être une idée. Que penseriez-vous de faire une période d'adaptation pour votre chat ?

— Une période d'adaptation ?

— Comme pour les bébés à la crèche. Vous restez une heure aujourd'hui, demain deux heures puis une demi-journée et vendredi la journée complète.
Le docteur avait l'air très fier de sa proposition.

— Mais je ne veux pas vous compliquer la vie, murmura Madeleine.

— Mais pas du tout, affirma Moïse, je suis sûr que c'est une très bonne solution pour nous trois.

Dans son panier, Biscotte acquiesçait. Cet inconnu n'avait pas l'air aussi méchant que l'autre diable en blouse blanche. Les jours suivants se passèrent à merveille. Biscotte observa sa maîtresse. Elle avait l'air de s'amuser. Quant à l'inconnu, non seulement il renonça à toute caresse mais il lui apporta ses croquettes préférées. Ce qui était sûr, c'était que sa maîtresse et ce grand hurluberlu s'entendaient à merveille. Biscotte devait l'accepter !

Il faut sauver le maire

1

Comme prévu le cabinet ouvrit le 1ᵉʳ juin. L'activité débuta doucement. A Marolles, on avait pris l'habitude de peu se soigner : plutôt faire la politique de l'autruche que de voir l'ombre d'une maladie. Moïse l'avait bien compris, il ne pressait pas les choses. C'était tout un art de soigner les récalcitrants. Une de ses premières patientes fut sa voisine Madame Raguenaude. Elle consulta pour une vilaine écorchure qu'elle s'était faite en cueillant des framboises. Il la fit monter sur la table d'auscultation et nettoya soigneusement la plaie.

— C'est une belle éraflure ! Je ne vous prescris pas d'antibiotiques mais il faudra faire un rappel de vaccin contre le tétanos. Vous pouvez le faire à la pharmacie.

Comme la vieille dame faisait la moue, il insista :

— Vous connaissez les symptômes du tétanos ? Les crampes, l'impossibilité d'ouvrir la bouche, les contractions musculaires entraînant la rétention urinaire et fécale.

Moïse vit progressivement l'inquiétude gagner sa patiente.

— La mort survient dans seulement 20 à 30 % des cas : vous pouvez y réchapper.

Cette fois-ci, il était sûr qu'elle irait faire son vaccin. Il lui prit ensuite la tension, elle était parfaite. Quand il la pesa puis la mesura, Madame Raguenaude plaisanta :

— Je ne suis plus une adolescente !

— Vous avez fait une mammographie dernièrement ? enchaîna-t-il.

Elle ne se souvenait plus de la date de sa dernière mammographie, il lui fit une ordonnance. Enfin, il lui prescrivit un bilan sanguin.

— Vous m'avez l'air en parfaite santé mais ce serait bien de faire ces examens rapidement. S'il y a un problème, je vous appelle sinon on se revoit tranquillement à la rentrée pour faire le point. D'accord ?

Madame Raguenaude acquiesça, rassurée, mais déjà pressée d'aller au laboratoire.

— Je passerai en voisin pour voir l'évolution de votre blessure. Mais n'oubliez pas de désinfecter matin et soir pendant cinq jours. Et le rappel de tétanos, conclut-il sur un ton affirmatif.

Il la raccompagna à la porte. Madeleine allait s'occuper d'elle pour le règlement. Madame Raguenaude le remercia et promit de lui apporter un petit panier de framboises, elles étaient bien sucrées cette année.

Très satisfaite de son rendez-vous, Madame Raguenaude fit la publicité des consultations « approfondies » du docteur Miller. Cela changeait du docteur Maurice qui vous expédiait en dix minutes. Le bouche à oreilles fonctionna à merveille et les patients commencèrent à affluer ; c'était une bonne chose que d'avoir un jeune médecin avec des méthodes modernes. La défiance qu'avait pu inspirer à certains son prénom à consonance hébraïque finit par s'envoler aussi vite qu'elle était apparue.

De son côté, Madeleine Grenache se montra une secrétaire efficace. Elle arrivait vers 9h, commençait par un ménage soigneux du cabinet puis de la salle d'attente. Elle gérait l'accueil, les prises de rendez-vous, les règlements, assurant ainsi le service avant et après-vente. On la connaissait, cela rassurait les Marollais qui trouvaient toujours un moment pour discuter des affaires du village.

Comme il avait encore du temps libre, Moïse profita de ce merveilleux mois de juin à la campagne. Lui qui avait toujours vécu à Paris appréciait les déjeuners à l'ombre sous la tonnelle de sa terrasse, les dîners à la fraîche quand la lumière commençait à décliner. Le jardin était un paradis. Les lavandes butinées par les abeilles exhalaient leur parfum apaisant ; les pivoines s'épanouissaient dans des tons de rose cassis tandis qu'une dizaine d'iris bleus dressaient fièrement leur corolles le long de la façade de la maison. Le gazon ressemblait à du velours, les pattes de Biscotte s'y posaient délicatement lorsque le quadrupède pistait férocement une mésange ou un mulot.

Avant la consultation du matin, Moïse prenait son café à *l'Atelier*. Il écoutait les conversations. L'année précédente, à cause de la sécheresse, le maire avait promulgué des arrêtés interdisant l'arrosage des jardins, le lavage des voitures ainsi que le remplissage des piscines. Dans le village, l'ambiance s'était dégradée. Chacun observait son voisin, jasait sur des tomates qui restaient pleines ou des haricots bien verts. Certains villageois arrosaient au milieu de la nuit ! Le maire pouvait critiquer la nouvelle conseillère municipale écologiste, Camille Delattre, mais elle avait trouvé des subventions pour financer l'achat collectif de citernes individuelles. Avec les pluies de l'hiver, celles-ci étaient pleines et on pourrait arroser son potager ! Après avoir bu son expresso un peu fade, le docteur quittait les râleurs du comptoir, les « yaka faucon » qui parlaient fort.

Le midi, il avait insisté pour que Madeleine déjeune avec lui. Pendant qu'il mangeait ses pizzas ou croque-monsieur de supermarché, il lorgnait sur les petits plats maison confectionnés par Madeleine. Au bout de deux semaines, il avait réussi à lui faire pitié car elle avait fini par lui proposer de cuisiner pour deux. Moïse s'était d'abord récrié puis avait confessé qu'il était extrêmement peu doué pour cette activité et qu'il acceptait volontiers.

En plus de ses consultations, le docteur préparait deux conférences autour du sommeil des enfants et des risques liés à l'utilisation des écrans. Le maire l'avait sollicité pour les réunions de rentrée de l'école. La présence d'un médecin à Marolles était un atout considérable pour rassurer les jeunes parents et motiver l'installation de nouvelles familles. Moïse avait compris que la menace d'une fermeture de classe pesait encore comme une épée de Damoclès. Il était prêt à épauler la municipalité.

3

Le premier événement médical grave arriva en fin de journée au début du mois de juillet. Madeleine réceptionna l'appel de Constance de Mareuil à 18 heures juste au moment où elle s'apprêtait à partir.

— Bonjour Madeleine, je suis désolée de vous déranger mais je voulais savoir si docteur Miller pouvait passer ce soir. Ludivine a une forte fièvre depuis trois jours, je la trouve très affaiblie.

— Vous ne pouvez pas aller aux urgences à l'hôpital de Blois ?

— C'est impossible, j'attends un couple d'Anglais qui a loué une chambre d'hôtes. Mon mari ne va pas rentrer avant 21 heures.

— Très bien, je comprends, répondit Madeleine qui n'était pas étonnée par la réponse. Je vois avec le docteur et je vous rappelle.

Moïse pensait avoir terminé sa journée quand Madeleine lui fit part de ce dernier appel.

— Comme ça, on m'a caché la présence d'un château avec un vicomte et une vicomtesse ! s'exclama-t-il. Je n'ai jamais eu l'occasion de soigner des enfants de châtelains.

Madeleine lui brossa le portrait de la famille de Mareuil.

La propriété familiale, que tous appelaient ici « le château », appartenait à la même famille depuis huit générations. Tous se souvenaient du grand-père de Constance de Mareuil, un royaliste farouche, ardent nationaliste qui avait accepté de cacher en 1943 des résistants communistes. « Il préférait une France rouge à une France qui rougisse » avait-il proféré au chef de réseau qui s'était étonné. La formule était restée célèbre, malheureusement l'histoire s'était mal terminée : avant la fin de la guerre, le vicomte avait été arrêté et fusillé.

Si le grand-père avait marqué l'histoire de la commune, ce n'était pas le cas du reste de la famille. Celle-ci ne fréquentait que rarement le village, aucun enfant n'était allé à l'école publique. La famille de Mareuil ne faisait pas vivre les petits commerces du bourg et se contentait de venir parader avec leur progéniture tous les dimanches à la messe. Le couple discutait avec quelques notables du village dont le docteur Maurice, Madame Perdrichoux la pharmacienne et Monsieur Lequoy le vétérinaire. Constance avait toujours aussi un mot aimable et intéressé pour Eric Masurel, le plombier. Il faut dire que les fuites d'eau au château étaient un problème récurrent. Quant au maire, il ne fallait pas lui parler des de Mareuil. Il avait cherché à les convaincre de scolariser leurs deux plus jeunes enfants à l'école du village mais avait été éconduit d'une façon qui l'avait ulcéré. Seule Blandine de Mareuil, la fille aînée, était sympathique, elle faisait d'ailleurs partie du club Tricot-Crochet.

Moïse était curieux de découvrir le « château » mais il aurait préféré prendre un bon bain et une bière plutôt que de rouler une dizaine de kilomètres. Il demanda à sa secrétaire s'il devait considérer le cas de cette petite Ludivine comme une urgence. Madeleine fut catégorique. Si Constance de Mareuil appelait, c'était que la petite devait être au plus mal. Généralement les petits de Mareuil étaient soit en bonne santé soit à l'hôpital. Avec huit enfants, Constance n'était pas une mère inquiète. Moïse nota l'adresse et prépara sa sacoche.

Il roula pendant environ huit kilomètres se laissant guider par la voix artificielle de son GPS. Les moissons débutaient tôt car la météo avait été clémente. Dans les champs, les grosses machines laissaient d'imposantes meules blondes derrière elles. Moïse reconnut André Soulebaille, juché sur sa moissonneuse-batteuse, qui le salua de la main ; il lui avait détecté un nodule à la thyroïde. Il continua tranquillement sur la départementale pendant une quinzaine de minutes puis apercevant une pancarte indiquant « Château de la Flacelière », il bifurqua sur une petite route. Cinq minutes plus tard, sa voiture passait les grilles ouvertes du château et il se gara sur le parking visiteur.

4

Une femme d'une cinquantaine d'année apparut sur le seuil. Elle semblait hésiter.

— Vous êtes le docteur Miller ?

Moïse répondit avec amabilité.

— C'est vraiment adorable de venir aussi vite au chevet de ma petite Ludivine. Je vous en prie, entrez.

Tout en la suivant, Moïse observa discrètement Constance de Mareuil. Elle portait un pantalon blanc assorti d'un twin set vert émeraude. Ses cheveux poivre et sel finement rehaussés par un serre-tête retombaient impeccablement sur ses épaules. Ils montèrent un bel escalier en marbre blanc, longèrent un couloir desservant plusieurs pièces pour arriver dans une petite chambre. Ludivine était alitée, le médecin s'approcha du lit et l'examina. Madeleine ne s'était pas trompée, l'état de la malade lui parut immédiatement préoccupant. Sa peau laissait transparaître une multiplicité de petites taches rouges évocatrices d'un purpura. Elle était très affaiblie et la vicomtesse précisa :

— Malgré le paracétamol la fièvre ne baisse pas depuis trois jours. Elle mange très peu aussi.

— Quel âge a-t-elle ?

— Sept ans.

— Vous aviez remarqué les taches rouges sur la peau des bras ? demanda le docteur.

— Non. C'est probablement apparu aujourd'hui.

Moïse poursuivit son examen : la nuque de l'enfant était raide, elle avait encore une forte fièvre. Après ce qui s'était passé à l'hôpital Georges Pompidou, il ne pouvait pas se permettre un mauvais diagnostic.

— Il va falloir lui faire une ponction lombaire en urgence. On ne peut pas exclure une méningite. Je vais appeler les urgences pédiatriques à Blois.

Le visage de Constance de Mareuil se figea.

— Vous êtes sûr ? Parce que je ne peux pas quitter le château, j'attends des clients… Un couple d'Anglais qui prévoit d'organiser son mariage.

— Je suis désolé mais je crois qu'il faudra accompagner votre fille même si le SAMU la prend en charge.

— Je vais appeler Blandine, ma fille aînée, finit-elle par concéder après quelques secondes de réflexion. Vous comprenez, je ne peux pas annuler, ce serait inconvenant.

A 19h l'ambulance arriva au château. Blandine de Mareuil avait préparé quelques affaires pour sa sœur, elle discuta avec sa mère qui s'éclipsa rapidement. Tandis que Moïse échangeait avec le médecin régulateur, les ambulanciers mettaient la petite en coque, elle ne devait pas être trop secouée en route. Tout était prêt. Blandine grimpa dans l'ambulance et remercia le docteur. Après avoir regardé l'ambulance partir, Moïse pénétra à l'intérieur du château. Il entra dans une vaste salle à manger, revint dans le hall d'entrée… Constance de Mareuil avait disparu. Personne ne lui avait parlé de ses honoraires, il n'insista pas. En repartant, il croisa sur la route une Tesla avec un volant à droite. Probablement le couple d'Anglais tant attendu.

5

Moïse rentra chez lui. Madeleine lui avait laissé un gâteau de pommes de terres. Il dîna en regardant une série sur son ordinateur. A onze heures, son téléphone sonna.

— Vous êtes le docteur Miller ? Je suis le médecin urgentiste du service pédiatrique de l'hôpital de Blois.

— Oui, c'est bien moi, répondit Moïse un peu inquiet. Vous m'appelez pour la patiente que je vous ai adressée, Ludivine de Mareuil ? Tout va bien ?

— Tout va bien. Rassurez-vous. Je voulais juste vous prévenir que vous aviez fait le bon diagnostic. C'est très certainement une méningite bactérienne. Vous avez eu raison de nous l'adresser.

— J'aurais préféré me tromper mais elle présentait des signes cliniques inquiétants.

— Absolument. J'attends encore les résultats complets de la ponction, mais j'ai déjà mis en place une antibiothérapie à large spectre. Je vous tiendrai au courant. Vous êtes bien le nouveau généraliste qui s'est installé à Marolles ?

— Oui, c'est bien moi.

— Les de Mareuil peuvent vous remercier. Je les connais très bien. On aurait pu frôler la catastrophe.

Après avoir terminé la conversation, Moïse éprouva un sentiment de fierté : grâce à lui Ludivine de Mareuil avait échappé à une septicémie générale qui aurait pu être fatale. Il se coucha soulagé. Le lendemain matin alors qu'il racontait les événements de la veille à Madeleine, on sonna à la porte du cabinet. C'était François de Mareuil. Le vicomte tenait absolument à remercier le docteur de vive voix. L'hôpital de Blois les avait appelés, le chef de service de pédiatrie, qu'il connaissait, n'avait pas tari d'éloge sur son confrère. Ludivine, en véritable casse-cou, avait la fâcheuse habitude de fréquenter régulièrement les urgences. Le plus souvent, elle en sortait avec une attelle ou un plâtre mais, cette fois-ci, on avait échappé au pire grâce au docteur Miller. Les habitants de Marolles pouvaient être rassurés, ils étaient entre de bonnes mains. C'était ce que lui avait dit le professeur Arbois. Moïse joua l'humilité et accepta la bouteille de grand cru que le vicomte lui tendit. Quant à Madeleine, elle en profita pour lui faire régler la visite à domicile de la veille.

En moins d'une semaine, l'hospitalisation de Ludivine et la rumeur de son sauvetage « in extremis » furent sur toutes les lèvres. Cet épisode devint le premier insigne glorieux affiché sur le blason du docteur qui se sentit de

nouveau important et apprécié. Il retrouvait un statut qu'il
avait eu l'impression de perdre à Paris.

6

Le dimanche, Moïse s'accordait une grasse matinée
puis partait courir sur les chemins de campagne. Il avait
repéré un parcours agréable qui passait par la forêt et lui
faisait longer un étang bordé de saules et de fleurs sau-
vages. Pour se détendre, il partait ensuite nager au com-
plexe nautique près du centre commercial. A cette heure-
là, les familles déjeunaient, les enfants débutaient leur
sieste, la piscine était calme. Les habitués enchaînaient les
longueurs dans les lignes. Moïse était un bon nageur. Sa
mère l'avait inscrit dès son plus jeune âge dans un club de
natation. Il avait tout arrêté pendant ses études de médecine ; aussi était-il content de reprendre et de sentir à nouveau le plaisir de glisser dans l'eau. Après la course à pieds
et la piscine, Moïse avait convenu de demeurer en repos
avec lui-même. Ne disait-on pas que tout le malheur des
hommes vient d'une seule chose, qui est de ne savoir pas
demeurer en repos, dans une chambre. En quittant Paris,
il avait volontairement cherché à vivre cette expérience. Il
sentait qu'il devait en passer par là pour arriver à se débarrasser de ce besoin de fuite en avant permanent. Pourtant
les fins de dimanche après-midi étaient devenues les pires
moments de la semaine. Il était seul et ne pouvait s'empêcher de penser à sa vie.

Moïse avait cinq ans quand ses parents s'étaient séparés. Dans un grand fracas de larmes et de colère, Lucia
avait mis un terme définitif à une union qu'elle ne supportait plus. Deux ans plus tard, Sacha Miller, le père de
Moïse, avait pris la décision de quitter Paris et Lucia avait

obtenu la garde de son fils. Moïse conservait un souvenir confus de la période où il avait vécu avec son père. Après le divorce de ses parents, il allait le voir pendant les vacances d'été, parfois aussi les petites vacances. Sacha Miller n'avait eu aucun autre enfant.

Leurs relations s'étaient tendues lorsque Moïse était devenu adolescent. Autodidacte, son père ne comprenait rien à ses études et se montrait autoritaire. Moïse s'était mis à le détester. Généralement leurs discussions se terminaient par une gifle. Moïse était presque soulagé par cette brutalité : cela lui donnait une raison de haïr son père et de le mépriser. Après ses dix-huit ans, il avait décidé de ne plus aller le voir et Sacha lui avait donné raison de rester « dans les jupes de sa maman ». Ses paroles l'avaient vexé à l'époque mais, les années passant, il avait compris que son père l'enviait : lui seul vivait encore avec Lucia.

Au fond, une fois son père parti, la situation à la maison avait été plus facile. Lucia était une mère aimante, un roc sur lequel il avait toujours pu s'appuyer. C'était d'ailleurs la seule personne qui attendait réellement de ses nouvelles. Elle lui envoyait régulièrement des messages auxquels il ne répondait pas toujours. Elle était probablement éprouvée par son départ et inquiète. Qu'il mette un terme à sa « prometteuse carrière médicale à Paris » pour s'installer dans un « trou perdu », elle n'avait pu le comprendre et il n'avait pas voulu entrer dans les détails d'une explication.

7

Au mois de juin, la vie municipale de Marolles connut un événement malheureux. Pierre Coudon, le maire, avait été assommé : le dossier de subvention pour la nouvelle médiathèque avait été refusé. Le délégué à la culture du conseil régional n'avait même pas eu le courage de l'appeler pour le prévenir. On reprochait notamment au futur projet la « non-budgétisation » d'un salarié qui aurait permis « une plus grande amplitude d'ouverture au public ». Le dossier de subvention ne pouvait aboutir sans qu'un « projet plus élaboré en termes de diversité des services soit développé et présenté ». Néanmoins le conseil régional avait été sensible à la qualité du projet architectural, au respect des normes de sécurité et à l'accessibilité des locaux y compris aux personnes handicapées. Le maire était écœuré !

Jusqu'à présent la bibliothèque municipale était installée dans une des salles de la mairie. Alizée Coudon, la fille du maire, tenait une permanence d'ouverture le samedi de 15h à 18h tandis que René Boudot, un retraité qui était également le président du club de bridge, assurait l'ouverture du jeudi de 17h à 21h. La fille du maire s'occupait des nouveautés en littérature générale, en sciences humaines mais aussi des collections enfants. Elle était aidée par Madame Claudel, la directrice de l'école. Quant à René Boudot, il avait enrichi le catalogue avec un rayon bricolage, guide de voyage et cuisine. La bibliothèque avait ses habitués, on venait aussi pour papoter avec l'un des bibliothécaires. Alizée notait les souhaits des lecteurs et s'arrangeait pour obtenir rapidement les ouvrages auprès de la bibliothèque départementale. Tous rêvaient d'une véritable médiathèque, avec un coin enfant, des ordinateurs, une offre numérique.

Ce rêve avait tout à coup semblé possible quand la caserne des pompiers avait déménagé laissant une belle surface proche de l'école et du centre-ville. Fini les escaliers en colimaçon pour atteindre la petite salle de mairie où se nichait la bibliothèque, on pourrait dorénavant entrer dans un vaste espace de plain-pied. Le maire, aidé du conseil municipal et d'une poignée de bénévoles avait réfléchi au projet, établi des devis pour les aménagements intérieurs. Cette future médiathèque participait au projet de développement du village, elle serait un véritable atout pour motiver l'installation des familles et permettrait d'augmenter l'offre culturelle et associative.

Lorsque le maire avait lu la lettre de refus, il avait ressenti une colère si vive qu'il avait éprouvé le besoin de s'asseoir. La tête lui tournait, il se sentait confus et respirait mal. Comme ce n'était pas la première fois, le secrétaire de mairie, Kevin Rouvax, lui proposa d'appeler le nouveau docteur. Le maire refusa. Kevin insista. Le maire le rabroua sèchement.

— De quoi tu te mêles ? Tu crois que je n'ai pas assez de souci ? Faut en plus que tu me harcèles !

Et le maire avait claqué la porte de son bureau en bougonnant. C'était sans compter sur le caractère têtu de Kevin. Le jeune secrétaire de mairie avait pris son téléphone et composé le numéro de Madeleine.

8

Madeleine Grenache n'hésita pas un instant. Elle partageait l'avis de Kevin. Bien qu'il soit le plus fantasque membre de son club tricot-crochet, elle savait que le secrétaire de mairie était réellement inquiet pour la santé de « son petit maire ». Depuis son divorce et le départ de ses deux fils, Pierre Coudon avait changé. La mairie était devenue sa seule raison de vivre. Il se dépensait corps et âme pour la commune. Aujourd'hui sa santé était en jeu. Madeleine promit à Kevin de trouver une solution Elle avait sa petite idée, il ne restait plus qu'à convaincre le docteur.

Pendant le déjeuner, elle lui raconta que le maire s'était senti mal au point de s'évanouir, ce n'était pas la première fois.

— C'est un obstiné ! Jamais il ne voudra venir consulter de lui-même. Vous devriez trouver un prétexte quelconque pour le faire venir au cabinet.

— Je suis désolé mais cela me paraît impossible. On ne force pas un patient à venir consulter.

— C'est sûr, il ne viendra jamais de lui-même, c'est ce que je vous dis. Il faut que vous trouviez un prétexte. Par exemple, vous lui dites que vous avez un problème, que vous avez absolument besoin de le voir…

— Mais Madeleine, c'est contraire à toute déontologie, expliqua Moïse en se servant un deuxième morceau de veau.

— Tous ses collaborateurs sont inquiets. Il a déjà fait plusieurs malaises, insista-t-elle.

— Je suis désolé : le maire est assez grand pour venir consulter tout seul.

Le ton péremptoire de son employeur vexa Madeleine.

— Vous êtes bien un Parisien ! Incapable de rendre un petit service. Manger ma blanquette, ça vous pose moins de cas de conscience.

Stupéfait par la remarque acide de sa secrétaire, Moïse arrêta de manger.

— Le docteur Maurice aurait trouvé une solution. Il avait à cœur de sauver les gens du village, continua Madeleine d'un air peiné.

— Vous exagérez…

— Et si le maire meurt d'un infarctus ? Vous voulez avoir un mort sur la conscience ?

Mais quelle peste ! pensa Moïse. Il n'aurait jamais imaginé que sa secrétaire soit aussi coriace.

— Puisque vous le prenez comme ça, débrouillez-vous pour lui fixer un rendez-vous.

Et il quitta la table furieux. La fin de l'après-midi fut glaciale. Moïse ne digérait pas ces remarques injustes. Il ne s'attendait pas à ses clichés éculés sur les Parisiens.

9

— C'est quoi ce rendez-vous à 18 heures avec le médecin ? demanda le maire à son secrétaire de mairie.

— Je crois qu'il a besoin de vous voir...

— J'ai autre chose à faire en fin de journée ! Tu peux appeler Madeleine pour savoir ce qu'il me veut.

— Pas de problème, répondit Kevin.

A la fin de la journée, Kevin n'avait pas plus d'informations. Tout ce que le secrétaire de mairie savait, c'est que c'était : URGENT.

Contrarié, le maire monta dans sa voiture pour se rendre chez le docteur Miller. Quand il arriva au cabinet, Madeleine était sur le pas de la porte. Il voulut lui parler mais elle était pressée. Il n'avait qu'à s'asseoir, le docteur allait arriver. Elle fila en emportant Biscotte dans son sac.

Le maire s'assit sur le canapé et prit une revue qu'il feuilleta pour calmer sa nervosité. Tout maire qu'il était, le docteur l'impressionnait, c'était un intellectuel, un Parisien. Que signifiait cette convocation ? La mairie lui avait déjà fait un pont d'or pour le convaincre de s'installer. C'était hors de question, qu'elle en fasse davantage. Pourvu que ce ne soit pas une mauvaise nouvelle.

Moïse ouvrit la porte de son cabinet. Pierre Coudon entra et resta gauchement debout. Que diable allait-il lui annoncer ? Le docteur débuta par une petite introduction générale sur le plaisir qu'il avait d'être à Marolles. Il lui demanda ensuite si tout allait bien à la mairie. Tout allait pour le mieux, Pierre Coudon évoqua brièvement le refus de la subvention pour la médiathèque, un coup dur dont il se relèverait. Mais il n'imaginait pas que le docteur lui ait demandé de venir pour parler de la mairie. Le docteur acquiesça et annonça qu'il allait en venir aux faits.

— Pour être tout à fait franc, vos collaborateurs se font du souci pour votre santé.

En quelques secondes le maire flaira l'entourloupe.

— C'est ce petit mouchard de Kevin qui a manigancé le coup ! Il me tanne depuis deux jours à cause d'un petit étourdissement de trois secondes. Il commence vraiment à me faire suer. Oui, j'ai fait un petit malaise mais c'est sous le coup de l'émotion.

Moïse écouta poliment en affectant un certain détachement. Maintenant qu'il s'était embringué dans cette histoire, il devait aller jusqu'au bout. Il se leva, indiqua au maire la table d'auscultation. Pierre Coudon lui jeta un regard noir mais obéit.

A leur décharge, Madeleine et Kevin avaient raison. Le maire avait 18 de tension.

— Vous faites de l'hypertension. Vous le saviez ?

Le maire accusa le coup. Il se rappelait que le docteur Maurice l'avait déjà alerté mais comme il ne ressentait aucune douleur, il avait laissé courir.

— C'est une maladie sournoise. Vous n'avez pas de symptômes et puis tout à coup c'est un infarctus ou un AVC. Votre secrétaire de mairie a eu parfaitement raison. Il faut absolument vous surveiller.

Pierre Coudon ne répondit pas.

— Je vais vous mettre en contact avec une société spécialisée qui vous fournira un appareil pour surveiller votre tension pendant vingt-quatre heures. Je vous fais aussi une ordonnance pour un bilan sanguin.

Moïse sentit que la partie était gagnée. Comme le maire avait l'air abattu, il s'efforça de lui remonter le moral.

— Vous êtes svelte, vous ne fumez pas, ce sont des points positifs. On se revoit, dès que vous avez fait ces examens. D'ici-là, si vous ressentez des vertiges, des troubles visuels, une fatigue soudaine, il faut impérativement m'appeler. Et puis doucement sur le travail, le stress c'est vraiment très mauvais.

A sa surprise le maire changea de sujet.

— Vous ne seriez pas libre le 14 juillet ? J'ai besoin de monde au stand frites.

Moïse le regarda d'un air surpris. Est-ce qu'il avait une tête à faire des frites ?

— Je suis désolé mais je n'ai jamais fait de frites de ma vie, répondit Moïse, et je n'ai pas du tout envie de tenir un stand frites. A la rigueur, je peux faire acte de présence, en tant que médecin. S'il y a des brûlures, un accident...

Pierre Coudon accepta. Il prit les deux ordonnances et se leva pour partir. Les petites manigances de Kevin l'avaient irrité au plus haut point et il s'était promis la vendetta.

10

Ludivine de Mareuil courait dans tous les sens sur la place du village qui était fermée à la circulation pour les festivités de la fête nationale. Elle venait juste de terminer son année de cours préparatoire et savourait le plaisir d'être en vacances. A l'insu de ses parents, elle s'était glissée au milieu des enfants de l'école du village. Michel, l'animateur du centre de loisirs, avait organisé un grand jeu « les paysans contre les nobles » qui devait voir le sacre des paysans.

En ce début d'après-midi, les enfants tiraient au sort leur appartenance sociale avant de se déguiser. Si la majorité des petites filles avaient envie d'être dans le groupe des nobles pour enfiler des jupons de grand-mère sortis des greniers et fabriquer des chapeaux en crépon de couleur, Ludivine avait décrété qu'elle avait envie de « s'habiller dégueulasse ». Elle piaffa de joie quand elle tira le papier que Michel, toujours sympa, avait discrètement sélectionné : « Paysan ». Elle jeta un coup d'œil pour voir si elle continuait d'échapper à la surveillance de ses parents, enleva sa robe, enfila un short élimé, un tee-shirt déchiré et commença à se grimer avec un bouchon en liège noirci.

Elle continua de s'impliquer en noircissant les joues, les bras de ses camarades. Les paysans demandèrent s'ils pouvaient aussi se noircir les dents pour faire plus vrai. Michel n'y voyait pas d'inconvénient. Ils pouvaient aussi se faire des fourches en carton avec des dents en brindilles. Ludivine, galvanisée, exulta. Ils allaient se fabriquer des armes pour embrocher les nobles. C'était trop génial et ça la changeait sérieusement des activités de l'école Notre-Dame-de-France.

Michel utilisa un peigne à poux pour crêper les cheveux des paysans. Ce petit détail de coiffure contribuait à un effet de réel saisissant. On s'apprêtait à partir sur le champ de foire pour le grand affrontement, quand on s'aperçut qu'on avait oublié de fabriquer les cocardes tricolores. Les compas sortirent de la boite et les enfants dessinèrent puis colorièrent des cocardes à la chaîne. Il en fallait une pour chaque enfant car tout ce petit monde s'était mis d'accord : la victoire révolutionnaire serait collective. A la fin, les nobles étaient amnistiés et reviendraient, bras-dessus bras-dessous, avec les paysans, cocarde affichée et tous chanteraient *La Carmagnole.*

A l'autre bout de la place, Constance et François de Mareuil officiaient à la brocante. Comme chaque année, un vide-grenier plus ou moins chic prenait place sur la placette de l'église qui surplombait la Grand-Place. Exceptionnellement Constance laissait la gestion des chambres d'hôtes à un de ses enfants et organisait la brocante. Depuis toujours, elle adorait chiner. Après son baccalauréat, elle avait épousé François de Mareuil et s'était consacrée à sa vie d'épouse et de mère. Parfois, il lui arrivait de regretter de ne pas avoir eu le temps de faire des études d'art. Aussi, avait-elle développé un goût pour les objets anciens, se formant en autodidacte dans les revues spécialisées. Depuis quelques années, elle avait trouvé un terrain d'entente avec le maire. Il lui avait proposé l'organisation d'un vide -grenier pour le 14 juillet et elle avait accepté. On n'avait jamais très bien su comment les choses s'étaient mises en place. Mais pour une fois, ces deux têtes de lard s'étaient mis d'accord.

François de Mareuil, aidé de trois de ses fils, avait rempli une camionnette de caisses de porcelaine et autres objets que Constance avait glanés lors de ses pérégrinations. Il venait de terminer de déballer la vaisselle et se reposait tranquillement assis sur une chaise dépliable quand Constance lui indiqua la présence du maire, du docteur et de la pharmacienne à la terrasse de *l'Atelier*. C'était le bon moment pour aller les saluer. François s'exécuta, trop content, d'échapper quelques instants à la surveillance de son épouse.

Moïse Miller et Madame Perdrichoux tranquillement attablés discutaient avec le maire qui commençait à
s'irriter. C'était un jour férié, les autorités médicales pouvaient le lâcher avec son hypertension. Elles avaient peut-
être d'autres sujets de conversation ! Ce n'était pas une
consultation à ciel ouvert. Moïse qui entamait sa deuxième
bière, rigolait sous cape tout en s'inquiétant pour sa peau
fragile car le soleil tapait fort. Heureusement la pharmacienne avait toujours une crème solaire protection 50 dans
son sac qu'elle lui prêta généreusement.

Les autorités médicales s'accordèrent sur le fait
qu'elles faisaient relâche les jours fériés même si la pharmacie était officiellement de garde. On promit de laisser
le maire tranquille. C'est à ce moment-là qu'arriva François de Mareuil. Si le maire ne supportait pas Constance,
il semblait avoir davantage d'affinités avec son époux qui
chassait comme lui. Un soupçon de misogynie devait également jouer dans son antipathie pour la vicomtesse mais
il refusait d'en convenir. Il lui restait surtout en travers de
la gorge le refus net de Constance de scolariser Ludivine
à l'école du village alors que la classe des maternelles risquait la fermeture. François de Mareuil s'était montré plus
conciliant, surtout plus indifférent à la question mais
n'avait pas osé s'opposer à sa femme.

Moïse accueillit le vicomte avec un grand sourire et
lui demanda des nouvelles de Ludivine. Tout en la cher-
chant du regard, son père répondit qu'elle se portait
comme un charme.

— J'aurais bien aimé qu'elle vienne vous saluer mais
je ne sais pas où elle a encore disparu. Ma petite dernière
est d'une énergie débordante !

Pierre Coudon proposa au comte de s'asseoir et de
prendre un verre avec eux. Après des heures de chasse
partagées ensemble et quelques confidences, il savait

qu'une petite pause récréative lui ferait du bien. François de Mareuil était un chef d'entreprise qui avait une vie professionnelle prenante. De son côté Moïse décida de rentrer chez lui. Malgré la crème, il sentait qu'il commençait à attraper un coup de soleil et puis il attendait l'arrivée de ses amis parisiens. Il se devait de leur réserver le meilleur accueil. Il se leva, sentit le regard de Constance de Mareuil, la salua poliment d'un geste de la main et prit congé de la compagnie. Il promit qu'il serait là pour la kermesse du soir et le feu d'artifice.

11

Moïse se dépêcha parce que ses amis parisiens, Fabien et Annabelle, avaient prévu de faire une halte à Marolles sur la route de leurs vacances. C'était l'occasion parfaite pour leur faire découvrir Marolles. Le village était animé, ils allaient pouvoir profiter des festivités du 14 juillet. Il était à la fois heureux à l'idée de leur montrer la maison, et en même temps inquiet, qu'allaient-ils penser de sa nouvelle vie ?

Tous les trois s'étaient rencontrés pendant leur première année de médecine. Ils avaient fait leurs études ensemble, réussi le concours de l'Internat : Fabien était devenu anesthésiste tandis qu'Annabelle s'était spécialisée en rhumatologie. Ils s'étaient installés en colocation mais celle-ci n'avait duré que quelques mois ; la jeune femme avait essayé de mettre en place un planning d'organisation assez clair, Moïse avait donné son assentiment en manifestant un enthousiasme trompeur. En vérité il ne respectait aucune règle collective ; s'excusait, promettait sans relâche mais on retrouvait toujours des tasses sales, une lessive abandonnée dans le lave-linge, une poubelle qui débordait. Adroitement Fabien avait tiré son épingle du jeu en montrant une plus grande maturité. Éternel second couteau dans les opérations de séduction qu'ils avaient menées ensemble, Fabien avait su, cette fois-ci, faire la différence. Il avait efficacement aidé Annabelle dans les tâches de la vie quotidienne tandis que Moïse était plongé dans la lecture de ses notifications. Il avait compris que faire la cuisine ne consistait pas à ouvrir une boite ou un opercule mais à proposer des repas frais en se servant d'un couteau éplucheur et d'une planche à découper. Cette finesse psychologique lui avait permis d'amadouer la belle Annabelle. Finalement, Annabelle et Fabien s'étaient mis en couple et, visiblement pressée de le voir quitter l'appartement, Annabelle avait engagé Moïse à trouver une autre colocation. C'est ainsi qu'il avait rencontré Estelle.

Pour les accueillir au mieux, Madeleine avait insisté pour prêter du linge de maison et avait aidé à préparer la chambre d'amis. Comprenant qu'un refus serait inapproprié, Moïse l'avait remerciée et n'avait rien dit sur les motifs vieillots de la housse de couette. Son voisin, Monsieur Masurel, qu'elle avait sollicité, lui avait gentiment prêté une petite piscine gonflable qui conviendrait parfaitement à Roméo, le fils de ses amis. En quelques jours, il avait récupéré deux transats, une balançoire et découvrait un art de la débrouille parfaitement maîtrisé par sa secrétaire. C'était une solidarité naturelle à laquelle le citadin n'était pas habitué.

Fabien et Annabelle arrivèrent à 15 heures. Ils n'avaient pas trop mal roulé au départ de Paris sur l'A10 ; Marolles constituait une halte parfaite sur la route des vacances, d'autant plus que Roméo s'impatientait. A peine débarqué, le petit garçon fila à l'intérieur de la maison, joua quelques instants aux kaplas avant de suivre ses parents dans le jardin. C'était toujours une source d'émerveillement pour ceux qui vivaient en appartement. On s'enthousiasma. La pelouse, les fleurs, les arbres, les haies, l'espace, le calme, l'air pur ! Moïse prit un air humble et après leur avoir fait faire le tour des massifs de rosiers, leur indiqua leur chambre pour qu'ils puissent se mettre à l'aise.

Tout ce petit monde s'installa. Il faisait chaud, Moïse plaça la piscine gonflable à l'ombre du cerisier et la remplit au jet d'eau. Annabelle enfila un maillot de bain à Roméo, lui posa un chapeau sur la tête et ce furent des cris de joie sans fin, des clapotis et des remous joyeux. Confortablement installés avec Fabien dans les transats, Moïse se lança dans un long comparatif entre la médecine de ville et celle de la campagne. Il y avait une inégalité flagrante, les gens étaient à la fois moins soucieux de leur santé et souvent moins bien suivis. Le pire, c'était les agriculteurs. Quand ils entraient dans le cabinet, Moïse avait toujours un pincement au cœur en se demandant ce qu'ils allaient pouvoir lui montrer. Serait-ce une boule qu'ils avaient à l'aine depuis plusieurs années, des grosseurs dans la gorge qui les empêchaient d'avaler ou une plaie surinfectée qu'ils avaient soignée avec des produits vétérinaires?

Fabien lui donna des nouvelles de l'hôpital. Il avait été remplacé par un cardiologue de l'hôpital Béclère. Le professeur Jean Messini continuait d'imposer sa philosophie au service et ambitionnait de le transformer en un pôle de recherche associé à l'INSERM. Moïse n'osa pas demander si on évoquait parfois son départ. Fabien ne lui dit pas que la majorité de ses collègues ne parlait plus de lui ou alors posait des questions teintées d'ironie sur « sa nouvelle carrière de généraliste ».

Pendant qu'ils discutaient, Annabelle s'était installée sous le cerisier et surveillait Roméo qui jouait dans la piscine. Elle était trop éloignée pour entendre la conversation des deux hommes et se contentait de les observer. Moïse lui faisait de la peine. Quand elle l'avait rencontré, elle avait vite compris qu'elle n'entretiendrait qu'une relation amicale avec ce séducteur pathologique. Pourtant, elle l'aimait bien. A 18h, elle décida de sortir Roméo de la piscine, le persuada de faire une sieste s'il voulait être assez en forme pour regarder le feu d'artifice. Moïse, réquisitionné comme « médecin de garde », expliqua qu'il devait être présent à la kermesse dès 18h30. Fabien et Annabelle pouvaient le rejoindre quand ils voulaient, il leur laissait une clé de la maison. On se restaurerait sur place. Le maire avait prévu des jeux anciens, un bal avec orchestre et puis à 23h le feu d'artifice.

12

Moïse venait juste d'arriver sur le champ de foire, qu'un pompier s'approcha de lui :

— Le maire nous a dit que vous avez insisté pour nous aider à faire cuire les frites et les merguez ? C'est vraiment gentil parce qu'il faut assurer le débit.

— Je crois qu'il y a un malentendu, reprit Moïse, je suis désolé mais je m'étais juste proposé pour assurer un service de garde médicale.

— Rien n'empêche que vous fassiez les deux, on a vraiment besoin de monde, reprit Blandine de Mareuil en lui adressant un sourire irrésistible.

Devant la fille ainée du comte de Mareuil, Moïse n'osa décliner la proposition, il détestait se montrer inconvenant.

Un peu plus loin, Pierre Coudon observait la scène avec satisfaction. Il n'avait pas digéré ce qu'il avait considéré comme un traquenard médical. Aussi avait-il expliqué aux pompiers, qui s'occupaient chaque année du stand frites, que le docteur, fin cuisinier, tenait absolument à apporter sa contribution. Le caporal-chef s'était montré dubitatif : les frites et les saucisses, ce n'était pas de la grande cuisine… Il craignait aussi que le docteur ne soit pas très débrouillard mais Pierre Coudon en avait fait une affaire d'homme : cela risquait de vexer le docteur si les pompiers n'allaient pas solliciter son aide.

Comme le maire en voulait également à Madeleine, il avait menacé de réduire la subvention municipale du club crochet si le docteur ne mettait pas la main à la pâte. Madeleine s'était affolée : comment être sûre que son employeur accepte ? C'était un cossard comme elle en avait rarement rencontré. Elle préparait quasiment tous ses repas et il n'avait jamais dû éplucher une patate de sa vie ! Pierre Coudon avait été très clair : à eux de se débrouiller sinon adieu la subvention municipale !

Le maire observa de loin le docteur Miller écouter les consignes des pompiers puis secouer mollement la friture tout en lisant son portable. Blandine de Mareuil ne le lâchait pas d'une seconde tandis que Madeleine, assise au stand crochet, le regardait d'un air inquiet. Elle avait raison d'être soucieuse pour sa subvention, parce que son employeur, drapé dans un grand tablier blanc, déplaçait les barquettes de frites à la vitesse d'une tortue puis abandonna totalement son activité pour discuter avec des gens du village. Néanmoins, le maire estima avoir obtenu réparation. Il décida de profiter de la situation en allant chercher une barquette de frites. Lorsqu'il arriva au stand, le docteur le servit d'un air exténué. Quel comédien ! Il lui reprocha de l'avoir piégé. Le maire plaida non-coupable, prit ses frites et repartit en invoquant un malentendu.

13

Au bout d'une heure, les pompiers décidèrent de libérer le docteur qui se précipita retrouver ses amis attablés à la buvette du champ de foire. Il leur présenta Madeleine et Biscotte qu'elle tenait attaché par une laisse. Annabelle demanda si Roméo pouvait caresser le chat. Madeleine apporta à l'enfant une assiette avec de petits morceaux de saucisse. Après s'être rassasié, Biscotte vint se frotter contre ses jambes en lui chatouillant les bras du bout de sa queue. Roméo était ravi. Après sa secrétaire médicale, c'est le maire qui vint saluer le trio parisien. Il se réjouissait de voir autant de médecins réunis à Marolles, une denrée si rare dans la contrée. Puis Moïse vit avancer vers lui François de Mareuil tenant Ludivine par la main. La petite fille avait le teint blanc, les yeux rougis et les cheveux curieusement peignés vers l'arrière. Moïse s'inquiéta. Le vicomte raconta alors le scandale qui avait agité leur fin d'après-midi.

Pendant qu'il s'occupait de la brocante avec son épouse, Ludivine avait échappé à leur surveillance. Trop occupés, ils ne s'en étaient pas rendus compte jusqu'à ce qu'ils la voient surgir sur la Grand-Place, les cheveux en charpie, crasseuse, au milieu d'une troupe de mioches surexcités et hurlant à tue-tête « Ah ça ira, ça ira, les aristos on les pendra ». Sur le coup le vicomte avait souri, la situation était plutôt cocasse mais son épouse avait moins ri. Elle avait récupéré sa fille en faisant un scandale ! Comment avait-on pu massacrer les cheveux de Ludivine ainsi ? Et où étaient ses vêtements ? Sans se démonter, Michel, l'animateur du centre de loisirs, lui avait répondu qu'il avait utilisé un peigne à poux. Constance s'était mise hors d'elle déplorant le mauvais goût et l'irresponsabilité de l'animateur. Elle ne regrettait pas d'avoir scolarisé sa fille dans un établissement privé ! Vexé l'animateur avait mis de l'huile sur le feu en reprochant à Constance son manque de surveillance. C'est vrai que ni l'un ni l'autre n'était très regardant... Il le reconnaissait mais Constance ne supportait pas qu'on lui fasse la moindre réflexion sur la manière dont elle élevait ses enfants. Enfin la mésaventure avait tourné au drame quand son épouse revenue au château avait décidé de couper une bonne partie de la tignasse caramélisée de Ludivine tout en lui annonçant qu'elle serait privée de feu d'artifice. La petite en pleurs avait couru supplier son père. Priver une enfant de feu d'artifice, c'était exagéré d'autant plus qu'elle n'avait pas pensé à mal. Il l'avait réprimandée tout en levant sa punition, ce qui avait contrarié sa femme.

Amusés par ce récit, les Parisiens avaient proposé au comte de prendre un verre avec eux. Roméo serait ravi de jouer avec Ludivine. François de Mareuil commanda une bière et s'installa. Moïse remarqua avec amusement que le comte était particulièrement en verve et qu'il s'intéressait particulièrement à la carrière de rhumatologue d'Annabelle. A 22h30, la foule commença à se diriger vers le lieu où on allait tirer le feu d'artifice. Tout le monde s'installa comme il put. On s'allongea sur le gazon abandonnant tout souci de convenance ; Ludivine, la tête calée sur la poitrine de son père, regardait le ciel avec deux gros yeux ronds. Marco Vandelli avait trouvé un prétexte pour aider Lila Duteil, il poussait le fauteuil à roulettes de son père. Madeleine essayait de calmer Biscotte qui miaulait d'exaspération.

Les premières gerbes de lumière éclatèrent dans la nuit noire qui s'illumina de corolles roses, vertes et blanches. La magie du feu d'artifice opérait. Pendant que les Marollais avaient les yeux tournés vers le ciel, le maire observait d'un air satisfait le visage de ses administrés. L'année précédente les festivités avaient dû être annulées pour cause de risque incendie, la sécheresse ayant déclenché de nombreux incendies sur le territoire. Tous les habitants avaient accepté ce choix de raison mais un 14 juillet sans feu d'artifice, c'était comme un Noël sans sapin, il manquait quelque chose. Il avait donc décidé, cette année, d'octroyer un budget conséquent aux artificiers. Les trublions écologistes, représentés par Camille Delattre, avaient voté contre cette hausse de budget. Mais, ce soir, tout le monde avait l'air content, c'était un bon point pour sa réélection aux prochaines municipales.

Après le final, on applaudit et puis, lentement, chacun prit le chemin du retour. L'éclairage urbain était éteint, on n'y voyait pas grand-chose. Certains profitèrent de la présence du maire pour se plaindre : depuis un an, la nuit tombée, Marolles était entièrement plongé dans le noir.

— C'est la responsabilité des écologistes si on ne voit plus rien la nuit à Marolles, expliqua le maire. Ils ont convaincu le conseil municipal de réduire l'allumage urbain.

— Mais on ne peut pas l'allumer certains jours ? demanda une habitante.

— C'est impossible. Avec le système de programmation, je ne peux même pas le rallumer pour une soirée. La seule solution, ce serait d'investir dans de nouveaux lampadaires à détection automatique mais ça coûte la peau des fesses !

On continua de discuter de choses et d'autres tout en s'éclairant à la lumière des téléphones portables, puis progressivement les sons des voix se tarirent et le silence profond de la campagne s'installa.

14

Pour terminer en beauté le court séjour de ses amis, Moïse avait prévu une balade en bicyclettes jusqu'à l'étang de Lindre. Tout en préparant un pique-nique, il leur demanda si la fête du 14 juillet leur avait plu. Annabelle avait adoré l'ambiance de la kermesse, et puis Roméo avait vu des vers luisants pour la première fois de sa vie. Prudent, le jeune couple déclara sans réserve que le cadre de vie à Marolles était résolument plus agréable qu'à Paris, les gens plus détendus et accueillants.

Une fois les victuailles fixées par Fabien sur les porte-bagages, ils s'élancèrent sur les routes calmes qui traversaient la forêt. C'était un moment de pur bonheur que Moïse pouvait enfin partager. Il avait retrouvé ici le goût d'une vie plus simple. Après avoir fait le tour de l'étang, ils choisirent une petite crique bordée d'iris jaune, de renoncules et profitèrent du déjeuner. On passa au crible les personnalités du village : Madeleine, le maire, la Raguenaude… François de Mareuil avait fait forte impression. Moïse se lança dans une description détaillée du « château de la Flacelière » et de Constance, l'épouse du comte. Il découvrait la vie du village avec beaucoup d'amusement, les ragots, les amitiés, les inimitiés, les clans politiques. Même à l'échelle d'une petite commune, la lutte pour le pouvoir faisait rage.

Fabien interrogea Moïse sur ses vacances. Avait-il prévu quelque chose ? Le jeune médecin venait de s'installer, il n'envisageait rien de précis, peut-être un voyage en hiver. Pour l'instant, le démarrage du cabinet était sa principale préoccupation, il voulait assurer la continuité des soins pendant l'été et puis, le Loir-et-Cher avec ses forêts et ses étangs lui donnait l'impression d'être en vacances. En fin d'après-midi, Fabien et Annabelle reprirent la route, ils étaient contents d'avoir vu leur ami et de constater qu'il allait bien. Moïse comprenant à demi-mots leur inquiétude les rassura, tout allait pour le mieux dans le meilleur des mondes possibles, ils pouvaient partir l'esprit tranquille. C'est ce qu'ils firent mais sur la route, Annabelle resta inhabituellement silencieuse. Fabien s'efforça de la rassurer.

— Moïse va plutôt bien. Je trouve qu'il a l'air heureux.

Elle lui jeta un regard dubitatif.

Bienvenue, César

1

Le 3 août, en fin d'après-midi, Lucia posa le pied sur le quai de la gare de Blois. Elle tenait absolument à rendre visite à son fils. Quand elle l'aperçut sur le quai, son cœur de mère se souleva dans sa poitrine. C'était son Moïse, son petit. Bien sûr, il n'avait plus rien d'un enfant, il était si grand et tellement beau. Elle le serra dans ses bras, ne lui laissant aucune chance d'échapper à ses cajoleries. Lorsqu'ils arrivèrent au village, Madame Raguenaude, discrètement cachée derrière son rideau, prit son temps pour les observer. C'était donc la mère du docteur. Une belle femme élégante, mince, portant un pantalon blanc, un corsage sans manche et de longs cheveux bruns noués en queue de cheval. Une vraie parisienne mais qui était d'origine italienne d'après ce que le docteur lui avait dit. Elle était aussi brune que lui était blond, il devait tenir ça de son père.

Lucia sentit un regard posé sur elle, et tournant la tête vers la maison d'en face, elle n'eut que le temps d'entrapercevoir un bout de rideau qui bougeait. Elle se retourna et suivit son fils. Elle aima immédiatement la façade en pierre de tuffeau et s'enthousiasma quand elle pénétra à l'intérieur de la maison. C'était une bonne idée d'avoir gardé les carreaux de faïence, ils étaient parfaitement harmonisés avec le parquet en chêne. Et ces moulures au plafond… elles donnaient beaucoup de charme à la salle d'attente.

Moïse hissa avec beaucoup d'effort la lourde valise de sa mère à l'étage tandis que celle-ci visitait en détail chaque pièce. Dans le jardin, elle s'extasia devant les rosiers et les sauges, de vraies splendeurs. La maison était parfaite, peut-être un peu grande pour un célibataire, il lui manquait juste une petite amie, dit-elle en plaisantant. Moïse lui lança un regard circonspect : sa mère voulait toujours qu'il trouve la femme idéale mais il constatait qu'aucune présence féminine à ses côtés n'avait remporté son adhésion. Valéria était sans intérêt, Annabelle trop sérieuse, Héloïse vulgaire, Estelle un souillon. D'ailleurs quand il lui fit part de sa séparation avec Agathe, Lucia lui confia qu'elle ne regrettait pas cette snobinarde d'avocate, antipathique et trop maigre.

2

A plus de cinquante ans Lucia avait conservé son accent italien et un sourire lumineux. Elle fit rapidement connaissance des voisins de Moïse : Eric Masurel qui venait pour le jardinage et Madame Raguenaude, trop heureuse de pouvoir parler avec la « mère du docteur ». Le lundi matin, elle fit enfin connaissance de Madeleine. Lorsque la secrétaire médicale sonna, Lucia lui ouvrit la porte et la radiographia des pieds jusqu'à la tête. Quelle allure étrange avec ses lunettes colorées, son gilet en crochet et son sac matelassé d'où s'échappa en trombe un chat. Moïse fit les présentations et partit s'enfermer dans son cabinet avec Biscotte qui le suivit. Lucia voulait tout savoir de la vie de son fils. Madeleine supporta patiemment son bavardage ininterrompu mais au bout de la semaine, elle n'en pouvait plus. Maintenant, elle savait tout de la vie de Lucia, son mariage avec Sacha Miller, un Français d'origine russe qui lui avait été infidèle mais qui l'aimait toujours, du courage qu'elle avait eu pour s'occuper seule de Moïse, un enfant qui avait témoigné dès le plus jeune âge de qualités surprenantes mais jamais assez reconnues. Elle connaissait aussi toutes les aventures sentimentales de Moïse qui après avoir été un adorable bébé était devenu un jeune homme irrésistible. Certes il avait un défaut, il n'aimait pas certaines tâches domestiques mais comment l'en blâmer, il avait encore besoin qu'on s'occupe de lui et c'était entièrement de sa faute, elle le reconnaissait volontiers, elle l'avait beaucoup trop gâté. Elle était tellement heureuse que Madeleine s'occupe de lui.

Les consultations terminées, lorsque Moïse les rejoignait, Lucia était radieuse et Madeleine ne pouvait s'empêcher d'être troublée par leur amour réciproque. Le docteur était patient avec sa mère, il supportait sans rien dire ses recommandations incessantes. En les observant, Madeleine ne pouvait s'empêcher de penser à son fils. Elle enviait Lucia.

3

Quand sa mère repartit à Paris, Moïse trouva la maison à la fois calme mais vide. Lucia avait laissé dans son sillage un parfum d'Italie et il ne pouvait s'empêcher de penser à la Sicile où vivait sa famille maternelle. Il gardait une nostalgie ardente de ces étés chauds où il allait chercher un peu de fraîcheur près des murs aux pierres inégales, observant avec attention les mouvements vifs des lézards. Il entendait encore la voix de sa grand-mère maternelle qui se mêlait aux crissements des grillons et des cigales. Elle l'appelait et le cherchait tandis qu'il prenait un malin plaisir à se cacher dans les moindres recoins de la maison. Elle portait toujours une robe noire, longue et rêche mais lorsqu'elle finissait par l'attraper et le serrer entre ses bras, il respirait contre son tablier des effluves de fleurs d'oranger et d'huile d'olive.

Il se rappelait la table dressée sous la charmille qui la protégeait du soleil ardent, des bouteilles d'eau sucrée où s'agitaient des guêpes prises au piège. Ses tantes lui découpaient des quartiers de figues vertes, chaudes et juteuses, des rondelles d'orange à la saveur incomparable. Les conversations interminables des adultes à table l'ennuyaient mais son oreille se laissait bercer par les sonorités chantantes de l'italien. Quand on parlait de son père les voix s'amenuisaient.

Sacha Miller n'était pas le bienvenu ici. Ses grands-parents maternels s'étaient d'emblée méfiés de ce séducteur Russe, sans racines qui vivait entre Moscou, Paris et Monaco et dont les affaires d'import-export apparaissaient aussi juteuses qu'obscures. Ils avaient l'impression que Lucia échappait aux histoires sombres de la Sicile pour épouser celles d'un mafieux russe. Ils détestaient son argent, sa voiture de luxe et le pouvoir qu'il avait eu de leur arracher leur fille sans leur assentiment. De surcroît, pour ces catholiques ardents, Sacha Miller était juif.

Moïse se rappelait aussi quand son père arrivait, le bruit de la Bugatti, la course de sa mère, leurs étreintes interminables. Les jours où son père était là, il arrivait à Lucia de lui demander d'aller jouer ailleurs et de les laisser tranquilles. Il partait, boudeur, poursuivre les lézards pour essayer de leur attraper la queue.

A Marolles, dans ces fins d'après-midis d'été baignés d'ennui, les souvenirs surgissaient, se mêlant progressivement à des idées noires. Hormis le sport, Moïse ne faisait plus grand-chose et n'avait plus envie de grand-chose. C'était peut-être ce qu'il avait voulu en quittant Paris et ses possibilités infinies. Il se sentait dégrisé mais ce qu'il découvrait, ce qu'il n'arrivait pas à nommer, l'effrayait presque davantage.

4

Le 10 août Madeleine partit en vacances à La Réunion : elle rendait visite à sa fille. Après avoir longuement hésité, elle confia Biscotte à son employeur. Son chat avait maintenant ses habitudes dans la maison du docteur, et pour trois semaines, il serait mieux dans un univers familier. Moïse avait été touché par cette marque de confiance et avait accueilli sa demande avec enthousiasme. Il restait à Marolles, Biscotte lui tiendrait compagnie.

Si les premiers jours de Biscotte au cabinet avaient été difficiles, la situation s'était arrangée. Au début, il quittait à peine son panier, grondait rageusement dès que le docteur lui témoignait de l'intérêt. Puis, il s'était aventuré dans la salle d'attente où il avait fait la joie des patients. Un jour, enfin, il avait miaulé à la porte du cabinet. Le docteur avait ouvert, Biscotte s'était faufilé, la porte s'était refermée. Avant que de pouvoir le rattraper, Madeleine avait vu son chat disparaître ; elle n'avait plus eu que le récit de son employeur pour savoir ce que faisait le félidé. Visiblement, il appréciait assister aux consultations, venait renifler les patients, ronronnait sur le canapé en se léchant soigneusement, s'asseyait ostensiblement sur les ordonnances ou filait se dégourdir les pattes dans le jardin en se glissant dans l'ouverture de la porte fenêtre.

Madeleine avait craint que Biscotte dérange mais le docteur se montrait très patient. Dès qu'il grattait à la porte, il se levait pour lui ouvrir, acceptait qu'il saute sur ses genoux pendant le déjeuner. Les patients lui avaient même raconté que le docteur parlait au chat quand il réfléchissait à ses prescriptions. A la surprise de Madeleine,

Biscotte, qui boitillait, avait accepté avec calme que Moïse
ausculte sa patte et lui enlève une écharde d'un coussinet.
Elle s'était réjouie d'échapper à une séance de rodéo chez
le vétérinaire ! Biscotte ne supportait pas Monsieur Lequoy.

Néanmoins la secrétaire redoutait que son chat
mange mal pendant ses trois semaines d'absence. Avant
son départ, elle arriva avec des provisions. Farida, qui voulait absolument faire la connaissance du « docteur », l'accompagnait. Vingt et une boites pour Biscotte et dix pour
Moïse. Les deux femmes s'étaient mises en cuisine et
avaient préparé blanquette, tajine, jardinière de légumes et
des menus équilibrés pour le chat. Moïse fut un peu surpris mais accepta. Il demanda à sa secrétaire si elle le pensait incapable de se nourrir et de nourrir correctement un
chat. Elle feignit la surprise. Farida rit de bon cœur, elle
était contente de rencontrer ce fameux jeune médecin qui
avait choisi son amie.

Dans son for intérieur, Farida se rappelait de ses
doutes. Certes elle avait aidé Madeleine à préparer son entretien mais elle n'était pas sûre des chances de son amie.
Trop âgée, pas expérimentée, pas très moderne… Maintenant qu'elle les voyait évoluer tous les deux et discuter
des soins à apporter à Biscotte, elle trouvait qu'ils formaient un duo inattendu mais harmonieux. Elle ne put
s'empêcher de penser au fils de Madeleine. Le docteur
Miller ne lui ressemblait pas mais il aurait eu à peu près le
même âge.

Pendant le mois d'août les patients étaient moins nombreux, Moïse réduisit l'amplitude horaire de sa consultation. Il en profita pour faire le tri dans les dossiers de son prédécesseur. Comme Madeleine était absente, Moïse s'aperçut qu'il parlait de plus en plus à Biscotte. C'était agréable, d'autant plus que le chat ne répondait pas et se contentait de l'écouter. Moïse finit par se demander si l'esprit de son psychiatre, qui était parti en congé, ne s'était pas métamorphosé en chat. Biscotte ne semblait nullement étonné, il se léchait, clignait de l'œil, ronronnait puis s'éclipsait comme pour mettre fin à la séance.

Le docteur éprouva une once de culpabilité lorsqu'il céda aux miaulements du félidé qui voulait dormir dans sa chambre, Madeleine avait insisté pour qu'il ne prenne pas cette mauvaise habitude. Dans l'obscurité, il sentait les pattes rondes chercher leur place puis un corps s'affaisser, quelques ronronnements et le silence. On s'attachait bêtement à ces bestioles. Ce constat l'amusa, lui qui avait toujours tenu pour ridicule ses partenaires gagas de leurs chats ; sans compter ces kilomètres de vidéo de chatons pour lesquels il avait dû s'enthousiasmer afin d'arriver plus rapidement au lit de leur propriétaire. Il fit même un selfie avec Biscotte et l'envoya à Madeleine.

Comme il avait davantage de temps libre, Moïse se mit à courir tous les matins à la fraîche. Le dimanche, il se joignait aux pompiers avec qui il était resté en bons termes malgré sa piètre prestation au stand frites. Marco Vandelli, l'adjoint au maire, passa aussi le voir, un soir, à l'improviste pour savoir s'il ne manquait de rien. Le docteur hésita à lui proposer d'entrer pour prendre un verre. Madeleine lui avait dit du bien de ce grand gaillard à l'air malicieux tout en lui recommandant d'être prudent : Marco savait tout sur tout parce qu'il inspirait confiance. Le jour où Pierre Coudon laisserait la mairie, elle était sûre qu'il en ferait son successeur. Pour l'instant, l'adjoint au maire, habile communicant, était une aide précieuse pour les relations publiques ainsi que pour gérer les dossiers compliqués. Finalement, Moïse lui proposa d'entrer mais l'adjoint le remercia, il était pressé, son fils l'attendait dans la voiture.

6

C'était la première visite que le docteur faisait chez Madame Garandel. Ne la voyant plus nourrir ses poules, sa voisine s'était inquiétée. Moïse avait promis de passer. Suzanne Garandel habitait une ferme à quelques kilomètres du village. Son mari, agriculteur, était décédé depuis une vingtaine d'années, elle vivait seule avec son chien. Comme de nombreuses femmes d'agriculteurs, elle avait toujours travaillé à l'exploitation sans être jamais déclarée. Elle subvenait à ses besoins grâce au minimum vieillesse qui complétait sa maigre pension de réversion. L'ancienne ferme de Suzanne se trouvait au bout d'un long chemin en terre, Moïse roula doucement puis se gara contre un muret. Des morceaux de tôles, de vieux outils rouillaient sous une remise brinquebalante. A chacune de ses visites à domicile, le docteur était transporté dans d'autres mondes. Cela le fascinait, lui qui ignorait tout de la vie rurale. A l'intérieur de la maison, il n'y avait aucun bruit. Le docteur frappa à plusieurs reprises, on ne lui répondit pas, il poussa la porte. Dans une semi-pénombre, une masse allongée sur un lit somnolait. Un chien se leva et s'approcha sans aboyer. Moïse toqua plus fort. Suzanne Garandel ouvrit les yeux et poussa un cri de surprise.

— Je suis le docteur, Madame Garandel, rassurez-vous. Je viens juste voir si tout va bien. C'est votre voisine qui m'a appelé parce qu'elle s'inquiète pour votre santé.

A l'intérieur de la maison, l'abandon et la nécessité crevaient les yeux. Le docteur posa sa mallette au milieu d'un fouillis de vieilles vieilleries posées sur un large buffet sculpté en chêne sombre.

— Est-ce que je peux vous examiner ?

La vieille femme répondit à peine mais se redressa. Manifestement, Suzanne souffrait d'un peu tout : insuffisance cardiaque, asthénie, dénutrition... Elle n'arrivait plus à avaler que de la soupe.

— Votre tension est vraiment très basse, vous êtes affaiblie. Le mieux serait de vous hospitaliser pour faire des investigations plus approfondies.

— Je ne veux pas aller à l'hôpital, murmura-t-elle.

— Ce sera l'affaire d'un jour ou deux, insista Moïse. Je vais organiser le transport, ne vous inquiétez pas, ce sera pris en charge, vous n'aurez rien à payer.

— Je ne veux pas mourir à l'hôpital.

— Vous n'allez pas mourir Madame Garandel. C'est juste pour faire quelques examens.

Mais elle secouait la tête, ne voulait pas. C'était une révolte d'enfant, une peur profonde et elle se mit tout à coup à pleurer en suppliant le docteur. Le chien leva des yeux tristes et inquiets vers sa maîtresse.

— Soyez raisonnable, c'est pour votre bien.

Mais face aux larmes de cette pauvre femme, Moïse ne savait plus quoi faire.

— Je sais bien que je vais mourir. Je veux mourir chez moi, répétait-elle. Et puis César, qui va s'occuper de lui ?

Ce genre de situation était nouveau. A Paris, tous les patients qui consultaient étaient animés par une farouche envie de vivre, ils acceptaient les batteries d'examens qu'on leur prescrivait même s'ils redoutaient les résultats. Que fallait-il décider ? La laisser chez elle sans faire d'examens complémentaires ? Il décida de prendre le temps d'expliquer son dilemme à la vieille femme et puis au bout de quelques instants, il comprit en écoutant sa respiration qu'elle s'était endormie.

Il la réveilla doucement.

— Montrez-moi que vous pouvez encore vous lever et vous déplacer.

Elle obtempéra.

— Bon, je ne vous oblige pas à aller à l'hôpital mais je vais programmer le passage d'une infirmière tous les jours et je vais prévenir aussi l'hôpital de Blois, au cas où.

Elle accepta puis insista pour le régler. Lorsqu'il sortit, Moïse eut l'impression qu'elle allait mieux mais il savait aussi que cette amélioration était provisoire.

7

Le lendemain Moïse avait fait le nécessaire pour mettre en place une hospitalisation à domicile. L'hôpital de Blois avait été coopératif, les équipes avaient l'habitude. Nombreuses étaient les personnes âgées qui refusaient de quitter leur maison. Une infirmière passerait tous les jours pour les soins. Pour la toilette, il fallait prendre contact avec les services sociaux. Si nécessaire, l'hôpital activerait la cellule de soins palliatifs. Moïse s'assura que le suivi à domicile de sa patiente s'effectuait correctement. En l'absence du maire, il avait contacté Marco Vandelli qui, très débrouillard, avait trouvé en urgence une aide-soignante.

Cependant, au bout d'une semaine, la situation se dégrada brutalement. Suzanne Garandel était de plus en plus faible. Moïse fut appelé en urgence, l'infirmière redoutait un accident pendant la nuit. La vieille femme ne pouvait plus rester seule, elle était incapable d'actionner un service d'alerte. Comme elle n'avait ni enfants, ni famille proche, l'hospitalisation dans une unité de soins palliatifs sembla l'option la plus raisonnable mais elle la refusait. Elle voulait mourir ici, dans sa maison. Moïse ne savait quoi faire, il appela l'adjoint au maire qui comprit son embarras.

Ce dernier passa le soir même et ils trouvèrent une solution provisoire. La voisine acceptait de dormir quelques nuits à côté de sa voisine. Moïse viendrait tous les soirs pour évaluer la situation. Le lendemain, l'infirmière ajouta à la perfusion un cocktail d'antidouleurs et d'anxiolytiques puissants. Il fit immédiatement effet. Suzanne se sentit mieux, elle souffrait moins. Néanmoins, elle arrêta complètement de s'alimenter. Elle avait compris qu'elle allait mourir et ne luttait pas. Elle ne voulait pas de curé mais juste rejoindre son mari au cimetière du village où ils avaient acheté une concession avec deux places. Son esprit était tranquille, c'était toujours plus facile de fermer la marche, avait-elle confié à Moïse.

8

Suzanne Garandel s'éteignit cinq jours plus tard. La voisine avait appelé le docteur aux premiers signes de l'agonie. Bien qu'elle refuse de le montrer, elle était effrayée par ce visage devenu spectral. Le médecin le comprit ; il se souvenait de ses propres frayeurs lorsque, jeune externe, il avait entendu à l'hôpital les râles des mourants.

Il insista pour qu'elle rentre chez elle, s'assura du bon dosage de la perfusion et s'installa le plus confortablement possible ; la soirée risquait d'être longue.

De temps en temps, le chien de Suzanne, César, s'agitait autour du lit. Il avait l'air de guetter une parole de sa maîtresse puis, résigné, se recouchait, le museau entre les pattes. Comme il faisait bon dehors, Moïse décida de s'installer quelques minutes à l'extérieur. Un banc en bois contre la façade de la maison semblait l'attendre. Avec la tombée de la nuit, le ciel s'était assombri si bien que les champs avaient pris cette teinte bleutée qu'on appelle l'heure bleue. Au loin, les poteaux d'une ligne à haute tension dessinaient de monumentales lignes verticales. La campagne mutique se constellait de sons furtifs. Qu'est-ce qu'il faisait là ? Dans cette cambrousse ? Avec une mourante qui refusait d'aller à l'hôpital ? Moïse était incapable de répondre mais, ironie du sort, il se sentait bien.

César vint le rejoindre et s'installa à ses pieds. Le pelage du vieux chien sentait une odeur âcre. Pour des raisons d'hygiène, le docteur hésita à le caresser puis convaincu que cela n'allait pas changer le cours des choses, il posa sa main sur la tête de l'animal qui se laissa faire. Au bout d'un certain temps, ils rentrèrent. La nuit était complètement tombée. Suzanne Garandel, plongée dans un sommeil profond, respirait encore avec de grandes difficultés. Elle ne reprendrait probablement jamais conscience. C'était la fin. Moïse s'installa dans le canapé pour la nuit, il n'avait pas d'autre choix. Personne d'autre ne prendrait le relais. Il regarda le chien. Au moins Suzanne Garandel mourrait chez elle. Comme elle l'avait souhaité. Au petit matin ; quand le docteur se réveilla, Suzanne était morte. Il constata le décès, débrancha la perfusion et prévint l'adjoint au maire.

Marco Vandelli arriva à la ferme dans l'heure qui suivit. En l'absence du maire, les morts, c'était sa partie. Suzanne ne voyait plus grand monde et n'avait ni enfants ni famille proche, juste une cousine éloignée. Il se chargeait de prévenir le curé ainsi que les « groupies » de la paroisse qui s'occuperaient de la cérémonie. Le fossoyeur municipal était en congé, il verrait avec la société des Pompes funèbres comment s'arranger. Tandis qu'ils discutaient de la marche à suivre, la voisine, Marceline Cordier les rejoignit, elle avait les larmes aux yeux, ça lui faisait quelque chose parce que les deux femmes étaient habituées à se voir, Suzanne allait lui manquer.

L'adjoint au maire lui posa gentiment une main sur l'épaule et s'efforça de la consoler. Elle pleura un bon coup, en évoquant leurs vies communes ; puis comme elle connaissait les goûts de Suzanne, elle proposa de choisir une dernière tenue pour la défunte. Elle pouvait aussi s'occuper des poules. Par contre, le chien, elle ne voulait pas en entendre parler.

— Il sent mauvais et doit avoir des tiques. Il faudrait le faire piquer, c'est ce que j'ai toujours dit à Suzanne. Marco Vandelli opina.

— C'est sûr que personne n'en voudra, je vais l'emmener chez le vétérinaire, il s'en chargera.

Moïse les écoutait stupéfaits. Les gens de la campagne étaient vraiment des « sans cœur ». Pauvre chien, il avait accompagné jusqu'au bout sa maîtresse et on le remerciait de cette horrible manière.

— Je vais m'en occuper, c'est une promesse que j'ai faite à Suzanne Garandel, annonça-t-il à la surprise générale.

— C'est un vieux chien, reprit la voisine, il est presque paralytique.

Mais Moïse s'obstina, elle laissa tomber. Marco n'insista pas, il avait compris que l'évocation d'une mort assistée chez le vétérinaire avait suffi pour contrarier le caractère altruiste du Parisien. Heureusement, le docteur leur avait épargnés une grande leçon de morale sur le bien-être animal. Depuis quelques temps, les nouveaux habitants que le maire avait attirés grâce à des propositions foncières alléchantes devenaient pénibles. Ils s'étaient regroupés autour d'une ancienne parisienne militante écologique, Camille Delattre, et se posaient en donneurs de leçon. Ils s'insurgeaient contre la chasse, la pêche, les méthodes de l'agriculture conventionnelle et avaient donné une nouvelle jeunesse à la liste d'opposition « Ensemble » jusqu'alors moribonde.

10

Cinq jours plus tard, on enterra Suzanne Garandel par une belle journée d'été. Le docteur avait été convié. Madeleine, fraîchement revenue de la Réunion, l'accompagnait ainsi que César. Après avoir poussé la petite grille noire du cimetière, ils rejoignirent les présents qui rendaient un dernier hommage à la défunte. Dans le champ attenant, trois vaches rousses arrêtèrent de brouter pour regarder les nouveaux arrivants puis elles reprirent paisiblement leur activité. On salua discrètement le docteur tandis que Marceline Cordier rendait un émouvant hommage à sa voisine.

Après l'enterrement, Marco Vandelli avait prévu un rafraîchissement dans la salle communale. En l'absence du maire, il gérait la trésorerie. Suzanne Garandel n'ayant pas de famille, il trouvait normal que la municipalité sustente les habitants qui étaient venus lui dire un dernier adieu. On déboucha quelques bouteilles, et le vin aidant, la bonne humeur revint. César devint l'objet de la conversation.

— Il est complètement métamorphosé, s'étonna Marceline qui avait eu du mal à reconnaître le chien de sa voisine. Qu'est-ce que vous lui avez fait ?

Moïse raconta alors la réaction de Biscotte quand il était rentré pour la première fois chez lui avec le chien.

— Quand il a vu César, Biscotte m'a jeté un regard… et il a disparu dans le jardin. J'étais inquiet, il ne s'est pas montré de la journée. Il ne manquait plus qu'il disparaisse ! Finalement, j'ai laissé ses croquettes et deux rondelle de salami dans sa gamelle en signe de réconciliation : il a fini par revenir. Et je laisse Madeleine vous raconter la suite.

— Quand je suis rentrée de La Réunion, reprit la secrétaire, je me suis aussitôt rendue au cabinet pour récupérer Biscotte. Et là, qu'est-ce que je vois au milieu de la salle d'attente ? un chien pouilleux et mon pauvre Biscotte tout perturbé !

— Vous exagérez, Madeleine.

— Je n'exagère pas, docteur, il y avait une odeur nauséabonde dans toute la maison : le chien puait ! J'ai immédiatement contacté mon toiletteur à Blois qui a procédé un nettoyage approfondi du vieux chien de Suzanne : deux bains, une tonte, un épouillage. César est ressorti comme un sou neuf, méconnaissable et surtout fréquentable. Il est hors de question que mon Biscotte cohabite avec un animal repoussant.

— Si ça peut vous rassurer, j'ai rendez-vous avec le vétérinaire la semaine prochaine pour faire un check-up complet, annonça le docteur.

— C'est le vétérinaire qui va être surpris, dit Marco Vandelli qui connaissait le caractère endurci de Didier Lequoy.

On se moqua gentiment de Biscotte et de César ainsi que de leurs propriétaires. Après avoir terminé des galettes berrichonnes et bu quelques verres, on se sépara en remerciant la municipalité pour ce moment convivial. Moïse rentra chez lui en tenant César en laisse. Quoiqu'on en dise, il était content d'avoir récupéré le compagnon de Suzanne.

11

A l'automne, trois mois après son installation, le docteur Miller récolta les fruits des analyses prescrites aux habitants lors de ses premières consultations. Rares étaient ceux qui n'avaient rien. La patientèle découvrait ainsi son cholestérol, son diabète, son hypertension et commençait à s'apercevoir qu'elle avait reçu des invitations au dépistage du cancer. De son côté le maire poursuivait sa croisade pour l'école. Son action avait porté ses fruits : deux nouvelles familles venaient d'acheter des parcelles à la commune. Après le succès de la première « conférence » du docteur sur l'alimentation des enfants, il lui commanda deux nouvelles conférences. Pour élargir l'audience, la mairie mettrait une annonce dans le journal régional. Cela donnerait de l'importance au village. Radio Marolles enregistrerait la conférence qu'on pourrait écouter ensuite en podcast.

— Vous ne pourriez pas faire intervenir le médecin scolaire, avait suggéré Moïse Miller qui commençait à se lasser des demandes du maire.

Pierre Coudon lui avait jeté un regard interloqué.

— Vous croyez que l'Éducation nationale va m'envoyer un médecin à Marolles ? On n'est pas à Paris ici. Et puis c'est donnant-donnant. La mairie vous aide financièrement, elle compte sur un renvoi d'ascenseur.

Moïse rechigna mais accepta. Lorsqu'il se plaignit à Madeleine, elle lui expliqua que les élections municipales étaient dans deux ans, le maire pensait déjà à sa réélection.

— L'ouverture du cabinet est un vrai succès. Et vos réunions à l'attention des parents d'élèves sont la preuve de son dynamisme.

— Oui, enfin c'est moi qui les anime, plaida Moïse.

— Il faut le comprendre… la liste d'opposition lui reprochait son manque d'idées pour le secteur de la petite enfance, reprit Madeleine. Soit disant qu'il ne s'intéressait qu'aux vieux. Avec vous, tout change !

Moïse Miller se fit une raison, c'est vrai que la mairie avait tout fait pour lui faciliter son installation. Le peu de temps libre qui lui restait, il le consacrait à César. Le chien ne quittait plus le docteur d'une semelle. Certes, ce n'était pas un labrador présidentiel mais c'était un bon vieux chien dont l'éducation était faite. Moïse décida de reprendre en main la santé de son nouveau compagnon. César eut droit à un bilan complet : prise de sang, radiographie du bassin, échographie et à de la kinésithérapie. Madeleine observait avec amusement la relation naissante entre le docteur et le vieux chien de Suzanne. Moïse Miller lui acheta un panier confortable, se renseigna avec précision sur l'alimentation des chiens senior, programma des toilettages à domicile. Se sentant observé, le docteur voulut se justifier : il n'avait jamais eu de chien, César lui était tombé dessus, il fallait bien s'en occuper. Sa secrétaire était parfaitement d'accord avec lui et appréciait, au contraire, que Biscotte cohabite avec un chien bien soigné.

Durant l'hiver le rythme au cabinet devint trépidant. Aux premiers patients âgés de Marolles, s'ajoutèrent les enfants du village et rapidement ceux des communes environnantes. Tous les patients n'étaient pas simples à soigner ; certains se montraient bourrus, entêtés, frustres mais, au fur et à mesure, Moïse découvrit leur générosité. Pour le remercier, on lui apportait toutes sortes de victuailles : une récolte de cèpes ou de girolles, un panier de pommes, des noix, des œufs du poulailler, un pot de miel, du chèvre frais, une terrine de gibier… C'était une manière de le remercier qui le touchait, lui qui venait de passer deux années consacrées à analyser des électrocardiogrammes. Madeleine réceptionnait, remerciait, rangeait.

Au milieu de l'hiver, Moïse décida cependant de faire une coupure. Il avait besoin de repos et personne ne lui reprocha ses quinze jours de vacances. Il s'envola pour le Mexique pour faire de la plongée sous-marine. Le village-club qu'il avait choisi était situé près de la barrière de corail du Belize. Les jardins de coraux multicolores abritaient une faune abondante ; il était sûr de passer des moments inoubliables au bord de plages paradisiaques ourlées de fin sable blanc. Une promesse de luxe, calme et volupté ! A son tour, il confia à Madeleine le soin de s'occuper de son animal de compagnie.

La secrétaire médicale avait donc les clefs de la maison et s'y rendait chaque jour pour prendre soin de César. Elle ne résista pas longtemps à la curiosité. La vie de son employeur l'intriguait. Elle n'était pas la seule, tous les habitants se posaient des questions sur sa vie d'avant. On avait trouvé qu'il avait été cardiologue mais rien de plus précis. Les pompiers avaient fini par en savoir davantage : il venait de rompre avec sa fiancée et avait besoin de faire une pause.

Elle commença par faire le ménage dans tout le rez-de-chaussée. Elle ne trouva rien d'intéressant. Aucune photographie, aucune trace de sa vie d'avant. Avait-il connu un grand chagrin d'amour ? Elle ne pouvait concevoir qu'il restât toujours célibataire, lui qui était si séduisant et si gentil. Elle décida de monter à l'étage et de fouiller sa chambre. Le lit n'était pas fait, plusieurs revues traînaient sur la table de chevet. Elle ouvrit les portes du dressing, se mit à parcourir les différents vêtements, à ouvrir les tiroirs. Mais hormis ses dizaines de paires de chaussettes, de chaussures, ses chemises, blazers et polos, elle ne trouva aucune piste. La salle de bain ne livra pas plus d'indices. Elle parcourut la bibliothèque, n'osa pas ouvrir deux cartons qui n'avaient pas été déballés.

Enfin deux photographies coincées dans un livre attirèrent son attention. Sur l'une d'elles, elle reconnut Lucia et se demanda si l'homme qui se tenait à ses côtés n'était pas le père de Moïse : il ressemblait à son fils. La photographie n'était pas datée, elle avait été prise au bord de la mer. L'homme en pantalon à pinces et blouson cintré tenait Lucia par l'épaule, une cigarette nonchalamment glissée entre ses doigts. Il souriait tout en regardant la mer. Seule, Lucia regardait l'objectif ; ses yeux rayonnaient de bonheur. Elle portait un short blanc court, des sandales assorties et un gilet noir qui soulignait sa minceur. Ils marchaient sur le quai d'une station balnéaire, peut-être la Normandie. Madeleine reposa la photographie et en observa une autre. Un petit garçon, d'à peine trois ans, jouait sur la terrasse d'une maison en pierres. Cela devait être Moïse.

Madeleine ouvrit ensuite le tiroir de la table de chevet et trouva plusieurs ordonnances. Elle lut les prescriptions mais ne connaissant pas les médicaments, elle fit une recherche sur son téléphone. C'était des antidépresseurs ! Rien ne laissait penser que le docteur était déprimé. Elle reprit l'ordonnance et poursuivit ses investigations pour savoir qui était le docteur Raphaël Loewen.

Un peu chamboulée, elle rangea soigneusement sa trouvaille et descendit s'occuper du chien. En préparant sa gamelle, elle interrogea César. Avait-il recueilli les confidences de Moïse ? Elle savait mieux que quiconque combien il était agréable de parler à son animal : Biscotte la comprenait à merveille. Est-ce que Moïse était malheureux ? Lui qui était si gentil, cela lui faisait de la peine. Elle se tut et caressa la tête du vieux chien. Après quelques minutes, elle éteignit la lumière du salon, referma soigneusement la porte de la maison et rentra chez elle toute troublée.

Le revers de la médaille

Jalousie quand tu nous tiens

1

Après dix jours de vacances idylliques, Moïse atterrit à Paris et retrouva sa campagne. Lorsqu'il arriva chez lui, Luc, l'employé municipal dédié à l'entretien du village, pulvérisait de l'antimousse sur les murs de clôture de sa maison. Tout en lui demandant de ses nouvelles, Luc expliqua qu'un premier passage s'imposait à la fin de l'hiver pour éviter la prolifération des végétaux verts qui risquaient de fragiliser les joints entre les pierres.

— Je passerai aussi un coup de karcher sur les dalles de la terrasse et je taillerai les rosiers avant la montée de sève.

Moïse accepta ; de toute façon, il n'y connaissait rien et n'avait pas le temps d'entretenir la maison. Madeleine qui avait entendu le bruit du moteur de la voiture apparut derrière la fenêtre. Elle était venue un peu en avance pour augmenter la température de chauffage ; le docteur, frileux, ne supportait pas une température inférieure à 19 degrés. Quand le docteur entra, César bondit de son panier, fit la fête à son maître qui posa sa valise pour le caresser et lui parler affectueusement. Biscotte observa de loin ces effusions. Dans un premier temps, chez la gente chat, on savait se montrer indifférent. Après avoir été lâchement abandonné, on montrait son indépendance ; il préféra s'éloigner discrètement. Madeleine alla préparer un café. Bien que bronzé et reposé, le docteur devait être fatigué par le long vol et le décalage horaire. Il n'allait pas disposer de beaucoup de répit car son agenda était plein à craquer.

— J'ai dû ajouter trois rendez-vous pour des enfants qui ont de la fièvre et qui toussent, précisa Madeleine. André Allary a eu un malaise en conduisant son tracteur, sa femme aimerait que vous le voyiez en urgence. Camille Delattre a fait une réaction allergique, elle m'a dit que ses lèvres ont doublé de volume. Marco Vandelli, qui n'est jamais malade, se plaint de maux de ventre et a pris un rendez-vous pour la fin de la semaine.

Au fur et à mesure que sa secrétaire égrenait les nouvelles du village, Moïse voyait ses souvenirs de poissons colorés, de sable blanc et de tranquillité s'éloigner. Il décida d'offrir son cadeau à Madeleine et prit le temps de lui montrer une sélection de photographies. Elle qui n'avait jamais fait de plongée sous-marine s'enthousiasma devant les images de tortues et de raies géantes. Mais on sonna à la porte. C'était le maire qui venait prendre des nouvelles de son médecin préféré. Moïse raconta son voyage, Calakmul une cité maya en pleine jungle, ses plongées dans les récifs coralliens, la mer turquoise et transparente. Tout en continuant de faire défiler ses photographies, il se demandait ce que pouvait bien lui valoir la visite du maire. Il s'en méfiait car ses visites amicales se concluaient le plus souvent par une mise à contribution. Mais au bout d'un quart d'heure le maire et Madeleine décidèrent de partir pour le laisser tranquillement s'installer.

2

La semaine de reprise défila à toute vitesse. Il avait fallu moins d'une année pour que le docteur devienne indispensable : son planning de rendez-vous était plein. Après avoir longuement hésité car il n'avait pas envie de se retrouver en slip devant Moïse Miller, l'adjoint au maire, avait pris le dernier rendez-vous de la semaine. A18h45, quand il arriva, la porte était entrouverte, Madeleine était visiblement partie. Deux personnes attendaient dans la salle d'attente. Il s'assit et patienta. A 19h30, il était le dernier dans la salle d'attente, il rangea son téléphone et se mit à scruter la porte.

Enfin le docteur Miller l'ouvrit.

— Entrez, Monsieur Vandelli. Je vous prie d'excuser mon retard. Vous allez bien ? En quoi puis-je vous être utile ?

Après quelques instants de réflexion, Marco Vandelli décida de s'asseoir dans le siège de gauche et, d'une voix mal assurée, commença d'évoquer ses symptômes :

— Depuis un mois, j'ai régulièrement mal au ventre. A certains moments, c'est très douloureux et puis ça passe et puis ça revient.

C'était le genre de consultation de fin de journée que Moïse n'aimait pas. Le ventre, cela pouvait être « tout » ou « rien ». A la palpation, il ne ressentit aucune masse dure, le ventre était souple. La tension était bonne, le pouls régulier. Pour 1m75, l'IMC était correct ; peut-être un léger embonpoint.

— Vous prenez un traitement médical en ce moment ?

— Non.

— Vous êtes stressé au travail ? Vous avez eu des contrariétés récemment ?

Marco Vandelli réfléchit mais il ne voyait rien qui puisse expliquer ses douleurs. C'est vrai qu'il était un peu stressé par son travail mais pas plus que d'habitude.

— Est-ce qu'il y a des antécédents de douleurs au ventre dans la famille ?

— On vient de poser un stent à mon père. Je crois qu'il a du cholestérol mais c'est tout.

— Est-ce que vous pouvez me décrire ce que vous mangez? demanda Moïse.

Marco avoua que depuis son divorce, il mangeait un peu n'importe quoi. C'était son ex-femme qui faisait la cuisine. Il déjeunait le plus souvent d'un sandwich ou d'une pizza. Le soir, il se réchauffait des plats tout faits.

— C'est important que vous vous alimentiez de manière équilibrée en mangeant des légumes. Les burgers, les pizzas, ce n'est pas bon pour l'estomac. Est-ce que vous buvez du café ?

— J'en bois un peu.

— Combien de tasses par jour ?

—Trois ou quatre.

— C'est beaucoup trop. Je ne vais pas vous interdire le café mais deux tasses par jour, c'est le maximum. Et puis il faut absolument revoir la composition de vos repas, cuisiner des légumes, des viandes blanches, du poisson. Vous pouvez consulter un diététicien.

Marco Vandelli acquiesça mollement ; la consultation prenait une mauvaise tournure. Il n'avait ni l'envie, ni le temps de cuisiner et puis il mangeait comme ça depuis cinq ans et n'avait jamais eu mal au ventre auparavant.

—Je vous fais une ordonnance pour des examens plus approfondis : une prise de sang et une échographie. Je vous prescris aussi un antiacide et un antispasmodique pour une durée d'un mois. Vous faites vos examens, vous changez de régime alimentaire et on voit comment ça évolue.

Marco Vandelli prit les trois ordonnances, les plia et les enfonça dans sa poche de jean. Aller chez le médecin était toujours une source d'ennuis. On en ressortait avec davantage de problèmes. Il salua le docteur qui le raccompagna à la porte. César attendait son maître. Il avait sa laisse dans la gueule. Visiblement, c'était l'heure de sa promenade du soir.

3

La professeure Martine Cabau, ancienne cheffe du service cardiologie de l'hôpital Georges Pompidou terminait son intervention au colloque de gynéco-cardiologie organisé par sa consœur Agnès Colin-Beurier. Elle fut chaleureusement applaudie par le public qui la tenait pour une pionnière dans l'étude et le traitement des pathologies cardiaques féminines. Estelle, l'ancienne colocataire de Moïse, qui était gynécologue-obstétricienne profita du cocktail pour l'aborder. Elles avaient une connaissance commune, le docteur Miller puisqu'il avait été un des internes du professeure Cabau. Estelle lui donna de ses nouvelles.

— Il a quitté l'hôpital pour s'installer comme généraliste en province ? Mais qu'est-ce qui lui a pris ? interrogea le docteur Cabau.

— Je ne sais pas exactement. Tout à coup, il a fait une allergie à la médecine hospitalière et à Paris. Après votre départ, le professeur Jean Messini lui a demandé de faire de la rythmologie. Vous connaissez Moïse Miller, il aime le contact humain, alors la rythmologie… Au bout d'un an, il en a eu assez et Jean Messini lui a refusé un autre poste.

Martine Cabau sourit. Son successeur n'avait pas supporté celui qu'elle lui avait présenté comme l'un des plus prometteurs jeunes chefs de service. Quant à son protégé, il avait été trop immature pour savoir négocier ces querelles d'égo. Mais aller jusqu'à renoncer à la cardiologie...

Elles discutèrent longuement de l'avenir de l'hôpital public ainsi que de l'émergence de pôles privés de santé entièrement dédiés à la santé des femmes. Un cabinet d'investissement avait approché Estelle comme plusieurs autres de ses collègues. On recherchait de jeunes praticiennes hospitalières pour des consultations très bien payées. Leurs liens avec l'hôpital public garantissaient un passage fluide, en cas de nécessité, vers des services plus spécialisés. Estelle s'interrogeait. Elle avait envie de poursuivre une carrière hospitalière mais l'organisation de l'APHP était trop rigide. Et puis l'immobilier était tellement cher à Paris. En même temps céder au mercantilisme n'était pas en accord avec ses convictions.

Le professeure Cabau comprenait ses hésitations. Chaque génération de médecins avait ses propres choix à faire. Pour elle, une page se tournait, maintenant elle allait se consacrer à d'autres projets.

4

Depuis son retour Moïse avait remarqué que Madeleine se montrait de plus en plus prévenante. Il pensa que les cadeaux rapportés du Mexique lui avaient fait plaisir. Tout d'abord, elle avait commencé par repasser ses chemises, par faire son lit. Au début, il ne s'en était pas rendu compte, il avait juste eu une sensation agréable en allant se coucher. Un soir, il avait réalisé que sa couette ne pouvait pas se replacer toute seule. Il avait hésité à interdire à Madeleine de faire sa chambre mais comme il n'avait ni vie sexuelle, ni sentimentale, il renonça appréciant le confort de se glisser dans un lit fait. Il avait l'impression d'être devenu un Biscotte numéro deux et regardait parfois le chat comme un alter ego.

Un midi cependant, alors qu'ils déjeunaient ensemble, Madeleine s'enquit de sa vie sentimentale.

— Maintenant que vous êtes installé, vous n'avez pas envie d'avoir une petite amie ?

— Pas vraiment. Je suis bien tout seul.

— Pourtant, vous n'aimez pas la solitude et vous auriez bien besoin d'une jeune femme qui s'occupe de vous.

— Mais vous me suffisez, Madeleine. Vous êtes exactement ce qu'il me faut, répondit Moïse en avalant un chou à la crème. Les jeunes femmes d'aujourd'hui sont pénibles : il faut les écouter, faire semblant d'être d'accord avec elles et en plus faire les courses et la cuisine.

Madeleine insista :

— Peut-être que les jeunes femmes de Province sont moins exigeantes que les Parisiennes.

— Non, elles sont toutes pareilles. Elles ne sont jamais contentes et veulent toujours vous changer. Croyez-moi, Madeleine, je n'ai pas toujours été célibataire et maintenant je n'aspire qu'à une chose : le rester.

— C'est dommage. Je suis persuadée que vous seriez plus heureux avec une compagne. Et puis vous avez l'âge de fonder une famille.

Moïse leva les yeux au ciel et ne répondit plus. Depuis qu'il avait vingt ans, c'était toujours la même chose, sa mère, ses amis, Madeleine… tous voulaient le caser dans une petite vie étriquée et le transformer en mâle reproducteur ! Lucia parlait plaintivement des petits enfants qu'elle rêverait d'avoir. Il décida de bouder, généralement c'était une technique qui fonctionnait. En effet, Madeleine arrêta d'insister ; elle ajouta juste qu'une certaine Estelle Beaupin avait essayé de le joindre et qu'il devait la rappeler. Elle avait noté son numéro de téléphone sur son agenda.

Ils terminèrent le repas en échangeant des banalités. Moïse savait être d'une politesse désagréable. Il se demandait s'il n'avait pas eu tort de laisser sa secrétaire s'immiscer dans son intimité. Pendant toute l'après-midi, Madeleine culpabilisa, regrettant d'avoir été trop curieuse. Comme à son habitude à la fin de sa journée, elle alla saluer le docteur qui lui répondit froidement. Elle partit le cœur mortifié, jamais il n'avait été aussi distant avec elle. Lui qui avait toujours un sourire, une plaisanterie, un mot gentil.

A 20h30, Moïse raccrocha son téléphone. Son ancienne colocataire Estelle s'annonçait pour vendredi soir. Elle avait envie de le voir, de découvrir Marolles et d'avoir son avis sur une opportunité professionnelle.

5

Marco Vandelli sortit brusquement de la salle du conseil municipal et croisa le regard inquisiteur de Kevin. Il avait ressenti une vive sensation de brûlure du côté de la poitrine. Impossible de rester assis à écouter le maire exposer son projet de foire à bestiaux. Marco voulait comprendre pourquoi sa peau le brûlait mais n'avait aucune envie de se confier à cette fouine de Kevin. Il lui adressa un rictus en guise de sourire et se dirigea vers les toilettes. Après avoir retiré sa chemise, il vit une large plaque rouge sur un côté du ventre. Qu'est-ce que cela pouvait être encore ? Maintenant que ses douleurs abdominales se calmaient, il était en train de couver autre chose. Bien qu'agacé, il regagna la salle du conseil municipal où l'on s'écharpait. L'opposition municipale, dynamisée par un groupe de citadins fraîchement installés à Marolles, dénonçait un projet « passéiste ». Ce qui avait pour effet d'irriter le maire, très attaché à cette idée.

— Qu'est-ce que vous entendez par projet « passéiste » Madame Delattre ? Si vous pensez que c'est un projet de ploucs et d'arriérés, dites-le clairement.

— Je n'ai pas dit ça, je dis juste qu'exhiber des animaux comme dans un zoo, ce n'est plus très tendance parce que c'est une forme de maltraitance animale.

— Maltraitance animale ? Moi, je vais vous dire, je n'ai pas de leçons à recevoir de Parisiens qui n'ont jamais mis les pieds dans un champ !

Marco avait l'habitude de ces situations de crise. Quand tout espoir semblait perdu, il excellait dans l'art de la réconciliation. Dans le regard de Camille Delattre, l'opposante écologiste de service, il lisait à la fois de la colère mais aussi de l'incompréhension.

— Calme-toi, Pierre, et présente tes excuses. C'est pas comme ça qu'on parle à une dame.

Camille Delattre leva les yeux au ciel, profondément agacée par ces considérations galantes.

— Vous n'avez pas tort, Camille. Ce n'est pas un projet d'avant-garde mais, ici, on a gardé le goût des traditions. Les gens ont envie de renouer avec l'esprit des foires agricoles. Vous pourriez aussi le comprendre avant de vous opposer à tout.

— Je ne m'oppose pas à tout mais parfois j'ai l'impression de vivre dans une dictature de machos.

— Une dictature de machos ? s'exclama le maire. Et vous, vous savez qui vous êtes, Madame Delattre ?

Vous n'êtes qu'une emmerdeuse qui pense tout savoir mieux que tout le monde.

— Pierre, doucement, reprit un conseiller municipal. Tu craches sur les nouveaux habitants, mais c'est bien toi qui les a fait venir.

— C'est vrai et je m'en repends, affirma le maire.

— Non, mais Camille, restez, fit Marco en la retenant par un bras. Pierre, arrête. Tu peux quand même reconnaître des qualités à Camille. Elle a fait un travail remarquable avec l'association des *Chemins de Marolles*. En tant que maire, tu dois être à l'écoute de tout le monde.

Pierre Coudon finit par grommeler des excuses et reporta la décision à un prochain conseil municipal.

En sortant, Marco raccompagna Camille Delattre à son vélo. Il avait réfléchi à un moyen de l'infléchir, il suffirait de proposer une alternative qui serait pire. Il commença par l'amadouer en la complimentant.

— Ce n'est pas toujours simple avec le maire mais je dois le reconnaître, vous êtes la seule à lui tenir tête et à proposer des projets nouveaux pour la commune. On peut peut-être arranger les choses. Je sais que la foire aux moutons de Courtay a toujours beaucoup de succès. C'est plus pédagogique qu'une grande foire aux bestiaux. Il y a des démonstrations de tonte et de chiens de berger. Et puis, c'est une vraie fête : les artisans-bouchers des alentours viennent avec leurs camions et cuisinent sur place. Chacun apporte ses assiettes, ses couverts et on se régale de côtelettes, de gigots. A la place de la foire aux bestiaux… Qu'est-ce que vous en pensez ?

Elle le regarda, anéantie.

— Mais Monsieur Vandelli, vous oubliez que je suis végétarienne. Alors, votre nouvelle idée ne m'emballe pas du tout. Je préfère déjà une foire à bestiaux avec des animaux vivants qu'une foire aux moutons avec des animaux morts servis en brochettes.

Elle grimpa sur sa selle de vélo, le salua sèchement tandis qu'il jubilait intérieurement : la foire aux bestiaux serait approuvée au prochain conseil municipal sinon il agiterait l'idée des carcasses grillées pour infléchir la rebelle. En plus des agriculteurs, il aurait le soutien des petits commerçants et des chasseurs. Camille Delattre et sa bande d'écolos seraient en minorité.

L'adjoint au maire rentra à pied, satisfait, mais de plus en plus gêné par les brûlures qu'il ressentait au thorax.

6

Moïse était impatient de revoir Estelle. Pour lui rendre son séjour agréable, il réfléchit à un programme d'activités.

Le jour de son arrivée, il avança rapidement dans ses consultations mais dut recevoir en urgence Marco Vandelli. Une éruption de boutons s'ajoutait à des brûlures lancinantes, l'adjoint au maire n'en pouvait plus. Le docteur lui diagnostiqua un zona. Rien de très grave même si les symptômes étaient douloureux. C'était une réactivation du virus de la varicelle. Il en profita pour le rassurer au sujet de ses douleurs au ventre. Les analyses de sang étaient bonnes, l'échographie n'avait rien montré. La colopathie fonctionnelle était l'explication la plus plausible. Il lui prescrirait tout de même une coloscopie à faire avant l'été, une fois que son zona serait guéri. Marco avait fait une sale tête. D'habitude il n'était jamais malade. Avait-il des contrariétés, lui demanda Moïse. Le stress ou l'anxiété pouvaient favoriser l'apparition d'un zona. L'adjoint au maire avait répondu évasivement.

A dix-huit heures, Moïse se leva pour aller dire à Madeleine qu'elle pouvait partir. Quelques jours auparavant, ils s'étaient expliqués. Madeleine était tellement désolée de l'avoir braqué avec ses questions personnelles mais elle ne pouvait s'empêcher de se faire du souci pour lui. Il avait fini par lui en dire un peu plus sur sa séparation avec Agathe, son souhait de prendre de la distance. Et puis il l'avait renseignée sur Estelle qui arrivait pour le week-end, ce n'était que son ancienne colocataire, médecin comme lui.

Après sa dernière consultation, il ouvrit le frigo et s'aperçut que sa dévouée secrétaire avait œuvré pour qu'il puisse accueillir dignement son invitée. Elle avait laissé une grande salade composée, un assortiment de fromages, un pâté de pommes de terre et puis sur la table, du pain de campagne et de la brioche pour le petit déjeuner. Il lui envoya aussitôt un message serti d'émoticônes radieux puis fila à l'étage prendre une douche et se changer. Estelle allait arriver d'une minute à l'autre.

7

Estelle se gara dans la rue du Bout d'en Haut et sortit de la voiture. Cela faisait presque un an qu'elle n'avait pas vu Moïse. Il apparut aussitôt sur le porche. Les souvenirs qui s'étaient peu à peu estompés remontèrent soudainement à la surface. Son ancien colocataire n'avait pas du tout changé. Il portait un polo rose clair, assumant sans complexes des couleurs que certains auraient jugés peu viriles. Estelle avait remarqué qu'il lui arrivait aussi de porter des bijoux. Un choix qu'elle attribuait à son ascendance italienne et à une masculinité en voie de reconstruction. Ils avaient eu de vives discussions à ce sujet. D'après elle, les Italiens n'avaient pas peur de leur féminité, ce qui n'était pas l'apanage de tous les hommes. D'après lui, cela lui permettait de séduire facilement des féministes pleines de préjugés.

Ils s'embrassèrent, heureux de se retrouver après une année de séparation.

— Je te fais faire le tour du propriétaire ? proposa Moïse en laissant la jeune femme entrer dans la maison.

— C'est quoi ce caniche roux ?

— Je t'interdis de dire du mal de mon plus fidèle compagnon. C'est César, une pauvre bête que j'ai sauvé de l'euthanasie. Je te raconterai mais je te fais d'abord visiter.

Après César, Estelle découvrit le cabinet, les différents étages de la maison et le jardin.

— Cela doit te changer de notre trois pièces de cinquante mètres carrés ! Mais tu vis avec quelqu'un ? Tout est parfaitement rangé et propre, s'étonna-t-elle.

— J'ai une secrétaire merveilleuse : Madeleine, soixante ans, efficace, pas chiante, bonne ménagère.

— J'y crois pas, tu as déjà asservi une femme.

Ils s'installèrent et trinquèrent à la reconversion professionnelle de Moïse. En un an, il avait réussi son objectif. Sur internet, Estelle avait lu les nombreux avis élogieux sur le cabinet. Hormis quelques râleurs, il faisait l'unanimité. Ils savourèrent quelques instants la douceur d'une fin de soirée dans le calme d'une maison à la campagne. Avec son chien assis à ses côtés, sa grande maison et son jardin, il ne lui manquait plus qu'une femme pour correspondre à l'image du bonheur parfait mais Estelle

n'osa pas se moquer de son ancien colocataire dès le premier soir.

Elle lui donna des nouvelles de l'hôpital.

— Tu sais que j'ai rencontré ton ancienne cheffe,
Martine Cabau. Elle a été surprise par ton départ et m'a
dit que tu avais « toutes les qualités pour diriger un service de cardiologie ». Elle pense que Jean Messini était jaloux de toi et que tu n'aurais pas dû quitter la cardiologie
si vite.

— Peut-être. Mais j'avais vraiment envie de faire
autre chose.

— En tout cas, elle voulait tes coordonnées. Je ne
sais pas si elle t'appellera.

Ils discutèrent toute la soirée et avant de se coucher,
décidèrent de leur programme du lendemain : une virée à
vélo car Estelle avait envie de découvrir la campagne.

8

Le lendemain, pendant qu'ils savouraient un expresso accompagné de brioche, Estelle raconta à Moïse
comment elle avait été contactée par un fonds d'investissement pour participer à un centre de soins dédié aux
femmes. Elle hésitait à mettre entre parenthèses sa carrière hospitalière pour saisir cette opportunité. Mais Moïse
plaida pour l'hôpital public. Elle aurait accès aux meilleurs
plateaux techniques, elle pourrait pratiquer de la médecine
de pointe sans discrimination à la carte bleue. Est-ce
qu'elle se satisferait de faire à longueur de journée des frot-
tis, des palpations de seins et des ordonnances pour des
mammographies en demandant ensuite quatre-vingt-cinq
euros pour vingt minutes de consultation ? Que faisait-elle
de ses convictions de féministes de gauche ? Et puis elle

était brillante, il était convaincu qu'elle pourrait prendre la tête d'un service et impulser sa vision de la médecine. Estelle l'écoutait sans trop de conviction : il était mal placé pour défendre une carrière au sein de l'hôpital public.

Après avoir préparé un pique-nique, ils profitèrent d'une belle journée ensoleillée pour découvrir à vélo les alentours. Les muscles d'Estelle retrouvaient avec plaisir la sensation de pédaler ; détendue, elle laissa le vent baigner sa tête nue. Après une dizaine de kilomètres, ils attachèrent leurs bicyclettes à l'entrée d'une forêt pour suivre un chemin de randonnée. Ils marchèrent le long d'un sentier entouré de murets recouverts de mousse. César les accompagnait, il furetait calmement, faisait des allers-retours entre son maître et différents centres d'intérêt.

Pendant leur promenade bucolique, Estelle évoqua longuement son nouveau colocataire qui était devenu son petit ami. Jérémie était docteur en sociologie, maître de conférences à l'université Lumière Lyon 2. Mais surtout, il était expert à la fondation Jean Jaurès. Voyant que Moïse ne réagissait pas, elle lui précisa qu'il s'agissait d'un *think tank* renommé où se rencontraient et débattaient les meilleurs penseurs de la gauche. Moïse ne douta pas un instant qu'avec cet intellectuel de haut niveau elle avait trouvé de quoi nourrir ses envies de discussion du soir.

Il écouta Estelle lui faire l'hagiographie de son Jérémie qui avait pour l'instant toutes les qualités du monde et notamment celles qu'il n'avait pas, à savoir une conscience politique et un infaillible engagement pour les valeurs progressistes et féministes. Mais au bout d'une demi-heure, il se demanda combien de temps son Jérémie allait la supporter. Dans son for intérieur, il le comprenait : c'était pratique de coucher avec sa colocataire, d'autant plus qu'elle avait un corps agréable et une libido enrichie par sa culture professionnelle mais elle pensait toujours avoir raison sur tout. En revenant à vélo, il se laissa aller à des pensées sexistes sans ressentir une grande culpabilité. Une journée entièrement dévolue à Estelle lui rappelait combien la compagnie silencieuse de César était agréable.

9

A la fin du week-end, le verdict d'Estelle fut sans appel : Moïse avait réussi sa mue professionnelle, il lui fallait aller plus loin dans cette aventure en développant sa vie sociale.

— Tu dois sortir, rencontrer des gens !

— Je n'ai pas envie. Tu me connais, tu sais comment ça va finir. Je n'ai pas envie de faire de rencontres. Je passe des heures en psychothérapie pour arrêter d'avoir envie de rencontrer des femmes.

Mais Estelle avait balayé son argumentation.

— Je ne te parle pas de te caser entre un canapé, une femme et un chien. De toute façon, tu rends toujours tes copines super malheureuses.

— Merci, c'est sympa de me le rappeler.

— Je te parle de te lancer dans de nouveaux défis, de sortir de ta zone de confort.

— Sortir de ma zone de confort… répéta Moïse en haussant les épaules, on dirait le discours d'une psy à deux balles.

Estelle ne se laissa pas démonter.

— Quand tu me racontes les projets du maire, c'est fascinant ! Tu as, ici, une société en modèle réduit dans laquelle tu peux agir. En plus, il te considère comme le dieu des médecins ! Tu peux impulser quelque chose de complètement nouveau. On n'a pas cette opportunité à Paris.

Comme Moïse semblait plus réceptif, la jeune femme poursuivit :

— En arrêtant de te soumettre aux diktats de Messini, tu as fait preuve de courage. Maintenant tu dois être capable d'avoir de nouvelles ambitions. Tu n'as pas fait de la cardio et dix ans d'études pour avoir une vie sociale rabougrie dans un petit cabinet de province.

— Tu n'as jamais été sympa en fait. Je commence à peine à être heureux et toi, tu viens tout piétiner avec tes petites idées méprisantes de Parisienne. Honnêtement, ce que je fais ici est beaucoup plus intéressant que de passer mes journées à faire de la rythmologie sous les ordres d'un pervers narcissique.

Pendant toute la fin d'après-midi ils continuèrent de discuter sur la manière dont Moïse devait conduire sa nouvelle vie. Le dimanche soir, quand il raccompagna Estelle à sa voiture, Moïse ressentit du soulagement ; son ancienne colocataire avait quand même un sale caractère. Mais quand il rentra chez lui, qu'il s'assit seul dans son canapé et vit César s'approcher, il comprit qu'elle avait raison : sa vie sociale était étriquée, il devait aller de l'avant.

10

Le jeudi soir, lors de sa séance de psychothérapie avec le docteur Loewen, Moïse s'épancha longuement sur la visite d'Estelle. Son ancienne colocataire lui avait ouvert des perspectives. Le sport serait la pierre angulaire de son redéploiement : il allait pratiquer de manière plus intensive la natation et le trail. César serait de la partie, malgré les réserves d'Estelle sur sa passion soudaine pour les chiens ! Madeleine était chargée de trouver un club où il puisse pratiquer le cani-trail. Il voulait aussi s'impliquer davantage dans la vie des Marollais, peut-être au travers d'actions de prévention, il allait se renseigner auprès de la Fédération française de cardiologie. A l'évocation d'Estelle Beaupin, le docteur Loewen n'avait pu s'empêcher de questionner son patient qui lui confirma qu'il s'agissait de la gynécologue-obstétricienne à laquelle il pensait.

C'était donc bien cette pétasse. Le psychiatre s'en souvenait parfaitement : une de ses étudiantes quand il donnait des cours à Saclay au D.U. psychisme et périnatalité. Une grande gueule qui n'avait cherché qu'à le contredire et qui ne réfléchissait qu'avec pour seul guide la haine de ses collègues masculins. Elle avait affirmé, en plein amphi, que la psychiatrie comme la gynécologie étaient gangrenées par une vision masculiniste, ce qui exigeait une remise à plat complète des processus de prise en charge des patientes. Il s'était efforcé de lui répondre avec courtoisie tout en retenant son envie de l'étrangler.

Décidément, son patient progressait : après avoir enfin quitté sa mère, il s'était mis dans les pattes de cette hystérique !

11

A son retour de Marolles, Estelle décida d'appeler son amie Annabelle. Elle voulait en savoir plus sur Moïse.

— Mais il ne t'a pas tout dit. Il n'est pas juste parti à cause de Jean Messini. En fait, il a raconté à Fabien qu'il avait fait une grave erreur de diagnostic et que toute la cardio de Paris se moquait de lui.

— Non ??? Raconte !

— Il a prescrit du magnésium à une femme ménopausée qui était venue aux urgences de Georges Pompidou pour des douleurs thoraciques et qui a fait un infarctus le lendemain aux urgences de Bichat !

— C'est pas vrai !

— Monsieur était pressé d'aller rejoindre une nouvelle conquête à Radio France. Il n'a même pas pris le temps de faire un électrocardiogramme à la patiente et lui a affirmé que ce n'était qu'une petite crise d'angoisse.

— C'est pour ça qu'il a quitté Paris ! Je comprends mieux, déclara Estelle qui n'en revenait pas. Il s'est bien gardé de me dire toute la vérité. Tu sais qu'il a décidé de mener une vie monacale ? Et qu'il s'est entiché d'un vieux caniche ?

— En fait, je crois qu'il va mal. Fabien lui a conseillé de consulter un psy.

— Il m'a dit qu'il suivait une psychothérapie avec le docteur Loewen. Ça m'a surpris, je ne savais pas que Raphaël Loewen avait une consultation. Je l'ai eu comme prof. Il était passionnant et surtout, il avait un sens de l'autodérision, c'est tellement rare chez les hommes ! Il arrivait, avec son petit imper minable, un peu voûté mais quand il se mettait à parler… on était tous sous emprise. C'est un des rares collègues masculins avec lequel j'aimerais travailler.

— Oui, il est spécial, Fabien l'apprécie beaucoup.

— En tous cas, j'étais contente de revoir Moïse. Il est quand même chou, malgré tous ses défauts.

— Je l'aime bien aussi, reprit Annabelle. Quand on est repartis, au mois de juillet, j'étais un peu inquiète, je me suis demandée s'il n'avait pas fait une grosse erreur de s'installer, tout seul, dans ce petit village.

— Mais cela peut être aussi un tremplin pour autre chose.

Estelle avait cette disposition d'esprit de toujours voir le bon côté des choses. Moïse était sensible, créatif, il ne lui manquait qu'un petit coup d'aiguillon pour qu'il révèle tout son potentiel. Elle le trouvait attachant. Sauver ce chien si laid… D'ailleurs, depuis son retour à Paris, elle s'était surprise à regretter la fantaisie de son ancien colocataire, Jérémie se montrait parfois trop sérieux.

12

César et son maître attendaient dans la salle d'attente du cabinet vétérinaire. Pendant ce temps, Didier Lequoy terminait d'examiner une poule qui refusait de pondre. Il conseilla à sa propriétaire de faire l'acquisition d'une poule plus jeune. La concurrence d'une jeune pondeuse, ainsi que la perspective pour la plus vieille de passer du poulailler à la casserole, motiverait certainement la récalcitrante. Pendant qu'on la fourrait sans ménagement dans un grand sac en osier, la poule jeta à son persécuteur un regard noir et voulut le piquer du bec.

Le vétérinaire lut le nom de son prochain client et soupira. Encore ce médecin parisien fada de son chien. Il lui avait déjà ressuscité trois fois son César alors que la sagesse aurait voulu qu'on envoyât au ciel cette pauvre bête. En même temps, c'était un bon client, jamais avare pour dépenser des sous en soins inutiles. Qu'allait-il encore lui demander de ridicule ?

Il ouvrit la porte du cabinet, César aboya et s'avança avec confiance. Moïse regarda son chien avec fierté.

— Il va beaucoup mieux après les séances de mésothérapie. Les vitamines et les étirements musculaires lui ont fait le plus grand bien.

Le vétérinaire acquiesça et s'enquit de la raison de leur visite :

— Qu'est-ce que je peux faire pour vous ?

— Je viens pour une visite de contrôle et parce je me demande si César peut faire du cani-trail.

Didier Lequoy observa le vieux chien rouquin, croisement d'un yorkshire et d'un caniche-nain. Il imagina un instant cette saucisse bouclée courir en laisse devant son maître et redouta d'être pris d'un fou rire. Ce Moïse Miller n'avait pas peur du ridicule. Il ausculta néanmoins le chien.

— Il va à merveille. Votre César est prêt à courir un marathon à condition d'y aller doucement.

Justement, le docteur avait pris contact avec une association de cani-trail qui l'avait rassuré. Les entraînements étaient très progressifs, les courses s'effectuaient sur de petites distances, on pouvait porter son chien dans les bras s'il était fatigué. L'ambiance avait l'air sympathique, cela pourrait faire du bien à César d'avoir de la compagnie d'autres congénères.

— Tout à fait. Dès que vous sentez César fatigué, n'hésitez pas à le porter. Vous débutez par de petites distances, cinq cents mètres et vous ne dépassez pas les deux kilomètres. N'oubliez pas de bien l'hydrater avant et après l'effort.

Moïse écoutait attentivement.

— Et faire un électrocardiogramme pour voir comment son cœur réagit à l'effort ?

— Ce n'est pas nécessaire. Vous ferez une visite de contrôle après avoir débuté vos entraînements. Je peux vous conseiller ce fortifiant pour les chiens seniors. C'est une nouvelle gamme de produits assez coûteuse mais très efficace pour prévenir les blessures.

Moïse aurait préféré un bilan plus complet mais n'osa rien dire. Le vétérinaire lui fit ensuite régler cent dix euros pour la consultation et les vitamines. En sortant du cabinet vétérinaire, le vieux chien regarda son maître avec amour, Moïse le prit dans ses bras, vérifia que personne ne les voyait, et lui fit un gros baiser.

Le vétérinaire apposa un coup de tampon sur son chèque. Il était satisfait : jamais il ne faisait payer de consultation aussi chère. Mais ce Moïse Miller, dont le nom francisé n'avait trompé personne, était en train d'amasser une belle fortune avec son cabinet médical à moitié financé par la mairie. Voilà à quoi servaient leurs impôts locaux, alors que lui n'en touchait pas une miette. Il méritait bien de payer plus cher que les autres : c'était un juste retour des choses. Le vétérinaire sentit son cœur se gonfler de joie, il eut le sentiment d'être un Robin des bois des temps modernes : cela lui permettrait de faire payer moins chers ces pauvres agriculteurs natifs de la région.

13

Le cœur de Madeleine avait explosé de joie lorsque sa fille lui avait annoncé la nouvelle. Morgane était enceinte de trois mois et lui demandait de venir la rejoindre au mois d'août à La Réunion et de rester jusqu'à la Noël pour l'aider. Son mari, débordé par son activité professionnelle, ne pouvait pas prendre son congé paternité. Madeleine regarda Biscotte avec des yeux qu'il ne lui connaissait pas. Il sauta sur ses genoux en levant un menton inquisiteur. Elle le rassura et lui annonça la bonne nouvelle. Cette fois-ci, Biscotte l'accompagnerait. Un petit voyage à La Réunion lui permettrait de vivre de nouvelles expériences.

En caressant son chat qui ronronnait, Madeleine pensa à cette grande nouvelle : elle allait être grand-mère. Ainsi, malgré les épreuves traversées, la famille s'agrandissait et prolongeait son histoire sur un autre continent. Elle allait bientôt pouvoir caresser la peau douce d'un bébé, tripoter les petits pieds potelés, donner un biberon, s'émerveiller d'un bout de nez retroussé et d'un premier sourire. Elle eut une pensée émue pour son fils, il ne connaîtrait jamais cette belle aventure !

Le soir-même, pendant la séance du club tricot-crochet à *l'Atelier,* elle annonça qu'elle allait être grand-mère. Ce fut un concert de félicitations ! Tous connaissaient le drame qui avait bouleversé sa vie. La naissance d'un petit-fils ou d'une petite-fille lui mettrait du baume au cœur. A son tour, Marco Vandelli entra dans le restaurant et proclama que la foire aux bestiaux venait d'être voté par le conseil municipal. Cette année, on aurait un 14 juillet pas comme les autres ! Cela n'avait pas été une mince affaire, mais on avait réussi à trouver un compromis. Décidément, c'était la soirée des grandes nouvelles et le patron de *l'Atelier* offrit une tournée générale. L'adjoint au maire se dirigea vers Madeleine et la félicita à son tour. Il en profita pour trinquer avec Lila Duteil et engager la conversation en demandant des nouvelles de son père. Il l'écoutait, la regardait, il aurait tellement aimé l'enlacer, il en rêvait presque toutes les nuits, cela tournait à l'obsession. Mais il n'osait toujours rien faire, redoutant une rebuffade qui le mettrait définitivement hors-jeu.

Dans le brouhaha général, Madeleine apostropha discrètement Blandine de Mareuil.

— Je ne vais pas être là pendant au moins cinq mois et le docteur a besoin d'une secrétaire. J'ai tout de suite pensé à toi.

— Mais je ne suis pas libre, objecta la jeune trentenaire, je travaille dans l'entreprise de mon père.

— Ton père apprécie le docteur depuis qu'il a sauvé ta petite sœur, Blandine. Je suis sûre qu'il sera d'accord. Et pour toi, c'est une opportunité.

Puis elle ajouta pour la rassurer :

— Moïse Miller est facile à vivre, il est gentil, c'est l'employeur idéal. Et puis, vous avez le même âge, vous aurez des choses à vous dire.

Blandine de Mareuil réfléchit. Pourquoi pas ? Elle étouffait à Marolles. Avec cette nouvelle expérience professionnelle, elle pourrait ensuite postuler ailleurs.

14

Au centre aquatique, Moïse enchaînait des longueurs de dos crawlé tout en se demandant qui allait pouvoir remplacer l'indispensable Madeleine. Il s'arrêta en bout de ligne pour boire et enfiler ses plaquettes de crawl lorsqu'il crut reconnaître, dissimulé sous un bonnet bleu marine, le visage d'une de ses patientes. C'était Lila Duteil. Elle était déjà venue plusieurs fois consulter pour son père ainsi que pour une dermatite atopique. Il la salua.

— Vous avez un crawl efficace !

Lila s'arrêta, prit quelques secondes avant de le reconnaître. Quand elle réalisa que c'était le docteur Miller, elle se sentit gênée d'être en maillot de bain.

— Je n'ai jamais réussi à vous dépasser !

La jeune femme sourit, c'est vrai que les nageurs n'aimaient pas trop être doublés par une femme mais… elle avait fait partie de l'équipe de triathlon au lycée et avait toujours aimé la compétition. Ils discutèrent sur le contenu de leur séance. Moïse enchaînait différents types de nage, parfois avec des plaquettes ou des palmes, parfois sans. Il lui montra son programme d'entraînement qu'il avait soigneusement écrit sur un bristol protégé par une pochette plastique. Elle le trouva intéressant. A la fin de sa séance, le docteur lui proposa de se restaurer avant de repartir à Marolles. Lila accepta.

Après vingt heures, seule la cafétéria du centre commercial était encore ouverte. Ils traversèrent le parking, longèrent un magasin de bricolage avant d'entrer dans le self-service presque vide. Moïse choisit une grillade et une île flottante, Lila prit le plat du jour et une salade. Ils s'assirent à une table près des fenêtres extérieures donnant sur le parking. Des clients remplissaient leurs coffres ; d'autres se garaient pour des courses tardives ou pour aller au cinéma.

Ils mangèrent en essayant de masquer leur gêne : aucun des deux ne semblait très à l'aise. Moïse brisa la glace en parlant de sa passion pour la plongée sous-marine et raconta ses dernières expériences au Mexique. Lila n'était jamais allée si loin. Explorer la barrière de corail devait être fantastique. A son tour, le jeune trentenaire évoqua ses nombreuses compétitions de natation où elle avait remporté plusieurs titres régionaux. D'ailleurs, si cela l'intéressait, elle avait conservé ses programmes d'entraînement du lycée, elle pourrait les lui apporter. Moïse Miller accepta volontiers. Depuis son retour des vacances, il s'était promis de se remettre à la natation ; il passait trop de temps assis en consultation.

15

Estelle avait eu raison, Moïse se sentait mieux depuis qu'il avait élargi sa vie sociale. Maintenant, il retrouvait Lila Duteil le mardi en fin d'après-midi à la piscine.

Elle le présenta à un ami nageur, ancien du groupe du triathlon. A trois, ils se motivèrent pour reprendre un entraînement plus sérieux. A partir du mois de mai, ils se retrou-
vèrent deux fois par semaine au centre aquatique. Ils se
voyaient avec plaisir et discutaient longuement en bout de
ligne. Adrien avait envie de faire des compétions de nage
en eau libre ; Moïse voulait améliorer son cardio pour être
plus à l'aise en apnée. Ils échangeaient sur la qualité du
matériel, les performances des uns et des autres.

Lila était une jeune femme agréable, pas compliquée. Cela le changeait. En plus elle était sportive. C'était
étonnant que parmi tous les amis nageurs qu'elle lui avait
présentés, aucun ne soit son petit ami. Visiblement, elle
était célibataire comme lui. Pas pressée de se caser,
comme lui. Ils avaient de nombreux points communs.
Comme ils se voyaient régulièrement, ils finirent par discuter plus intimement. Moïse expliqua qu'il avait consacré
beaucoup de temps à son installation et qu'il avait besoin
maintenant de trouver un meilleur équilibre entre vie professionnelle et vie privée. Il lui avoua avoir quitté Paris
après une rupture sentimentale, il avait besoin de temps
pour digérer une relation difficile. C'était faux mais Lila le
crut et fit preuve d'empathie.

Lila resta discrète sur sa vie amoureuse mais profita
de leur amitié débutante pour poser des questions sur la
maladie de son père, une polyarthrite rhumatoïde. Moïse
n'osa pas le lui dire que la prise en charge de son père
n'avait pas été optimale ; le docteur Maurice n'avait pas
approfondi suffisamment son diagnostic, il avait considéré ses douleurs comme une banale arthrose. La maladie
avait avancé plus vite qu'elle n'aurait dû. Aujourd'hui, le
vieil homme se déplaçait le plus souvent en fauteuil roulant. Il devait trouver des solutions pour aménager leur
maison. Lila l'aidait dans sa démarche, elle était allée à la

mairie, l'adjoint au maire avait pris son dossier en charge. Moïse connaissait bien Marco Vandelli, il avait été agréablement surpris par sa débrouillardise quand il l'avait appelé pour mettre en place les soins palliatifs de Suzanne Garandel. Lila acquiesça, le maire lui avait dit la même chose. Pourtant, elle trouvait que les choses n'avançaient pas très vite. C'est vrai que la lourdeur des procédures administratives était une plaie nationale.

16

Dans les premiers temps de sa disparition, Madeleine s'était rendue au cimetière toutes les semaines. L'accident s'était produit dix ans plus tôt au mois de mai. Son fils en mobylette avait été percuté par un véhicule, il était mort sur le coup. C'est ce qu'on lui avait dit. L'identifier à la morgue avait été une épreuve terrible. D'après le conducteur de l'utilitaire, Sébastien avait grillé la priorité à droite, il devait rouler à toute allure, il l'avait percuté sans qu'il s'en rende compte, tout était allé très vite. Son sac, son téléphone, tout avait été broyé par le choc.

Les premiers mois après sa mort, elle voyait son fils partout, elle entendait sa voix, se remémorait les instants qu'elle avait passés avec lui. Elle n'arrivait pas à entrer dans sa chambre. Il venait d'avoir tout juste dix-sept ans. Chaque emplacement du village, l'école, le square, la Grand-Place, la boulangerie, lui rappelait des souvenirs. Elle se replia sur elle-même et arrêta toutes ses activités. Après la mort de Sébastien, les relations avec son mari s'étaient détériorées, ils ne se parlaient plus et au bout de quelques mois, ils décidèrent de se séparer. Son mari repartit vivre en Bretagne. Quant à Morgane, sa fille, elle intégra un lycée professionnel et ne rentra plus à Marolles que pour les week-ends. Après son bac, elle chercha un stage dans l'hôtellerie à l'étranger. On lui proposa un poste en apprentissage à La Réunion. Madeleine l'encouragea à partir. Elle avait compris que sa fille ne supportait plus ni la maison vide, ni la tristesse de sa mère.

Pendant plusieurs mois, Madeleine avait pu s'abandonner au chagrin. Plus rien ne la retenait. Et puis, un jour, sans qu'elle sache pourquoi, elle avait décidé de reprendre ses activités, d'abord au Secours populaire, puis au club crochet. Kevin l'avait tannée, ils avaient besoin de leur professeure. Un autre événement salvateur était arrivé : comme le secrétaire de mairie n'avait pas de voiture, elle l'avait conduit au refuge de la SPA : il voulait adopter un chien. Kevin avait craqué pour un carlin un peu amoché, elle était tombée sur un chat noir qui l'avait supplié du regard. Biscotte et ses bêtises lui avaient changé le quotidien. Elle devait le reconnaître, son chat l'avait aidée à surmonter son chagrin.

Cinq ans plus tard, elle se trouvait assise sur la tombe blanche de Sébastien pour lui annoncer la naissance de son neveu. Même disparu, il faisait toujours partie de la famille, il était toujours son fils chéri mais elle acceptait maintenant l'idée qu'il ne soit plus présent à ses côtés.

17

Le maire avait poussé un cri de joie quand Madame Claudel, la directrice de l'école l'avait appelé pour lui annoncer la participation des cinq écoles de la communauté de communes aux « *Foulées du cœur* » organisées par le docteur. C'était une initiative de la Fédération française de cardiologie : un événement autour d'une course pour encourager l'activité physique et sensibiliser à la santé du cœur. Lorsqu'elle avait expliqué ce projet aux enfants, eux, n'avaient pas sauté de joie à l'idée de courir. Certains auraient préféré un tournoi de foot, mais le docteur Miller était arrivé avec tout un attirail : une bannière, des affiches, des porte-clés, une peluche mascotte. Il leur avait montré un dessin animé sur le fonctionnement du cœur. Les élèves avaient pu utiliser son stéthoscope, apprendre à sentir le pouls, mesurer son rythme avant et après l'effort. En définitive, tous les élèves étaient super motivés ; le docteur leur avait même promis de revenir et de participer à leur première séance d'entraînement.

La mairie décida du calendrier des réjouissances de l'été : *Les Foulées du cœur* auraient lieu le premier samedi de juillet et la Foire aux bestiaux le jour de la fête nationale. Pierre Coudon demanda à son adjoint de se rapprocher du docteur et des pompiers pour organiser la course. Marco Vandelli se mit à la tâche de mauvaise grâce. Ayant appris que le docteur était entré dans le cercle des amis proches de Lila, il le percevait comme un concurrent direct auprès de la jeune femme qu'il aimait. Parce que c'était bien de l'amour, il en ressentait maintenant toute la fureur triste. Ses migraines, ses douleurs au ventre, son zona, tout s'expliquait. Et maintenant ce médecin apprécié de tous qui venait faire le malin devant Lila et la reluquait en maillot de bain. Tout lui souriait à ce Moïse Miller. Enfin presque. Marco avait surpris quelques commentaires acerbes sur la participation de la mairie au financement du cabinet. D'autres n'hésitaient pas à se moquer franchement de lui, notamment le vétérinaire qui soignait César, le vieux chien de Suzanne, dont le docteur s'était entiché au point d'imaginer qu'il pouvait faire du cani-trail.

Marco s'organisa pour n'avoir à le rencontrer qu'une seule fois et lui donna rendez-vous à la caserne des pompiers. En une soirée, tous se mirent d'accord sur le tracé des deux courses, celle des enfants et celle des adultes. Deux jours plus tard, Marco Vandelli présentait au conseil municipal les grandes lignes de l'organisation des *Foulées du cœur*. Bien sûr, cela coûtait un peu de budget à la mairie. Encore que les réjouissances gustatives seraient maigres. Marco dévoila non sans ironie le contenu du stand de ravitaillement : de l'eau et des fruits secs. Le docteur avait strictement refusé qu'on propose du chocolat chaud aux enfants et un peu de cidre ou de bière aux parents. Cela allait être un grand moment de convivialité.

Le maire avait conclu en rappelant que l'essentiel était la tenue de cette course et sa médiatisation. Un peu de bruit autour de Marolles était toujours bienvenu. Pierre Coudon avait d'ailleurs annoncé que *La Nouvelle République* dépêcherait un journaliste pour couvrir l'événement. Un bel article sur Marolles avec un jeune médecin sportif entouré d'une kyrielle d'enfants heureux, c'était tout ce dont il rêvait pour faire la promotion de son village. Madame Claudel partageait son point de vue, voilà une belle initiative qui mettrait en valeur le village et son école. Tous votèrent à l'unisson le budget dédié aux *Foulées du cœur*.

18

A Marolles, le printemps rima avec course à pieds. Les pompiers et le club d'athlétisme proposèrent des séances d'entraînement aux *Foulées du cœur*. Les Marollais voulaient faire bonne figure puisque quatre autres communes participaient à la course. Même le maire décida de courir accompagné d'une partie de son conseil municipal. Marco Vandelli ne se montra pas très motivé, il préféra se cantonner à l'organisation. Madeleine était moins impliquée dans ces projets festifs car elle avançait sur son départ à la Réunion. Elle partait l'esprit tranquille : Blandine de Mareuil avait accepté de la remplacer au cabinet. Quant au docteur, il avait établi un programme sportif bien défini : sa séance hebdomadaire à la piscine avec Lila, le samedi matin dédié au cani-trail et le dimanche, un entraînement avec les pompiers.

Les belles journées de mai avaient fait leur retour. Les grappes bleues des lilas ondulaient délicatement sur les façades des maisons, entourées des premières clématites. Anémones, iris, giroflées tachetaient de couleurs vives les gazons. Les abeilles des ruchers alentours, sortant de leur sommeil, butinaient avec excitation les fleurs de noisetiers et de sureaux. Cette année, la pluie avait été plus généreuse. Les citernes prévues en cas de sécheresse étaient pleines et les habitants, le cœur joyeux, avaient planté les premiers légumes. Comme tous les mardis, Moïse terminait plus tôt ses consultations pour aller nager, retrouvant Lila et Adrien ainsi que d'autres amis triathlètes dont Benoît.

Lila. Moïse l'appréciait vraiment de plus en plus. Elle était agréable, intéressante et n'attendait rien de lui ; c'était reposant si bien qu'il parlait assez librement avec elle. Mais ce mardi 15 juin, les choses prirent une tournure différente. A l'issue de leur séance de natation, Benoît et Adrien ne restèrent pas pour dîner à la cafétéria et il se retrouva seule avec elle. Il lui parla longuement de Madeleine qu'il appréciait beaucoup. Son remplacement le tracassait car elle faisait bien plus qu'une secrétaire habituelle. Avec Biscotte, elle passait la majorité de son temps chez lui, cuisinait, rangeait... Probablement que l'éloignement de sa fille, la solitude lui pesaient, car elle s'occupait vraiment de lui comme « d'un fils ».

Lila l'avait longuement écouté sans réagir et puis elle avait éprouvé le besoin de lui parler de Sébastien, le fils de Madeleine. Moïse ignorait son existence, Madeleine ne lui en avait jamais parlé. Alors elle lui raconta l'accident, ce drame qui avait bouleversé tout le village et, elle aussi, tout particulièrement.

19

Ce soir-là, Marco Vandelli sortait du magasin de bricolage en poussant un chariot bien rempli, il avait profité de la nocturne pour trouver les éléments d'un nouveau meuble de salle de bain. Il traversait le parking quand soudain il se figea. Ils étaient là, ensemble : le docteur et Lila. Il ne bougea plus, les yeux rivés sur leurs silhouettes quand l'impensable se produisit. Le docteur s'approcha doucement de la jeune femme et la serra tendrement dans ses bras. Marco resta suffoqué.

Lila ne le repoussa pas. Au contraire, elle se laissa faire. Ce que l'adjoint au maire redoutait, était en train d'arriver. Lila était éprise d'un autre homme que lui. Ce séducteur de médecin parisien avait sournoisement avancé ses pions. Bouleversé, il se mit à le détester avec une fureur qu'il ne se connaissait pas. La colère d'une brute jalouse qui n'arrive plus à se contrôler. Qui était cet étranger qui venait lui ravir ce qu'il chérissait le plus ? Il allait lui amocher sa sale petite gueule.

Drôle d'équipe

1

Quand il avait vu le médecin vaciller puis tomber sur le sol, Marco Vandelli n'avait pas bougé d'un poil. Il avait été surpris de constater qu'un seul coup de poing avait suffi pour mettre à terre le grand sportif qui organisait *Les Foulées du cœur*. Soulagé d'avoir déchargé sa rage, il était reparti vers son véhicule, avait terminé de remplir son coffre comme si de rien n'était. Avant de quitter le parking, il avait jeté un dernier regard à sa victime ; un attroupement s'était formé entre les rangées de voitures.

La mauvaise conscience s'était emparée de lui quand il était rentré. Que venait-il de faire ? Comment allait-il justifier ce geste de colère auprès de ses amis, de Lila, des collègues de la mairie ? Cela lui était déjà arrivé de se battre mais avec des gars aguerris et pour répondre à une provocation. Il se souvint de la silhouette fine du médecin, de ses yeux doux et bleus qui l'attendaient ainsi que de cet éclair de stupéfaction qu'il avait décelé au moment où il avait lâché son coup. Forcément, ce crétin n'avait rien compris.

Et si le docteur était mort ou bien dans le coma ? Ce n'était pas possible, il lui avait juste donné un coup de poing. Mais peut-être qu'en tombant il s'était sérieusement blessé ? Des bouffées d'angoisse avaient commencé à envahir l'adjoint au maire. Il appela le cabinet médical, personne ne répondit. Il pensa retourner sur le parking, honteux d'avoir laissé un homme blessé à terre, sans lui venir en aide. Lila ne lui pardonnerait jamais. Un sentiment de panique l'envahit. Il avait peut-être fait une grosse connerie. C'est à ce moment-là que son téléphone avait vibré : c'était le maire. Madeleine l'avait appelé, un type avait agressé le docteur sur le parking du centre commercial. Dieu merci, il n'allait pas trop mal. Rien de grave, juste quelques contusions mais ils étaient tous sous le choc.

Marco s'était senti soulagé, le pire avait été évité. Il décida de raconter la vérité au maire : Lila dans les bras du docteur Miller, cette embrassade qui avait duré plusieurs minutes, la colère et la jalousie qui s'était emparées de lui. Jamais il n'avait imaginé que le docteur puisse s'écrouler après un unique coup de poing. Le maire n'avait pas été étonné. Cela faisait des mois qu'il observait son adjoint. Le parcours interminable de la demande de subvention du père de Lila lui avait mis la puce à l'oreille. D'habitude, Marco excellait pour trouver des solutions rapides ou pour ajourner des demandes qui n'avaient aucune chance d'aboutir. Cette fois-ci, il brillait par sa lenteur. Lila Duteil repartait bredouille mais toujours persuadée que son dossier était dans de bonnes mains. Quant à Marco, il soignait sa tenue, son langage et se montrait d'une courtoisie irréprochable à chaque fois qu'elle venait.

Pierre Coudon s'efforça de remonter le moral de son adjoint. Il en trouverait une autre. De toutes les façons, c'était difficile de lutter contre le docteur. On ne pouvait pas se mentir, elles en pinçaient toutes pour lui. Lila n'y avait pas échappé et, pas de chance, le docteur avait jeté son dévolu sur elle. L'important maintenant était la plainte que le docteur pouvait déposer. Marco devait se rendre au cabinet et s'excuser. En lui disant la vérité, Moïse Miller pourrait s'amadouer. Entre hommes, on se comprenait.

2

Un couple de touristes hollandais trouva Moïse allongé sur le bitume. Comme il avait le nez en sang, ils sortirent des mouchoirs en bredouillant quelques mots en français puis appelèrent du secours. Un petit attroupement se forma autour d'eux. Personne n'avait vu l'agresseur, Moïse n'insista pas, il savait parfaitement de qui il s'agissait.

Une ambulance arriva rapidement et l'emmena aux urgences. On lui fit faire une IRM. Par chance, il n'avait ni fracture, ni traumatisme crânien juste des contusions. Il expliqua avoir reçu un coup de poing asséné par un homme qui lui reprochait de l'avoir regardé de travers. L'urgentiste lui prescrit des antidouleurs, une minerve pour soulager sa nuque et une crème pour réduire l'hématome qui ne tarderait pas à apparaître. Comme il ne pouvait pas rentrer seul, on appela Madeleine qui vint aussitôt à l'hôpital de Blois. Elle était sous le choc et insista pour passer la nuit au cabinet afin de surveiller que tout allait bien. De tels événements n'arrivaient jamais à Marolles. Il fallait en plus que ce fou s'attaque à Moïse. Il n'osa rien lui dire sur l'identité de son agresseur. Son nez, sa mâchoire étaient douloureux et une migraine paralysait son cerveau. Une fois rentré, il se coucha directement après avoir demandé à Madeleine d'annuler tous les rendez-vous du lendemain.

Allongé dans son lit, il essaya de comprendre les raisons qui avaient pu pousser Marco Vandelli à l'agresser. Il se remémorera les derniers médicaments qu'il lui avait prescrits. Il ne se souvenait pas d'effets secondaires engendrant de l'agressivité ou un trouble psychotique. L'avait-il confondu avec un autre ? Probablement pas car il faisait suffisamment jour. Est-ce qu'il avait fait ou dit quelque chose qui l'ait vexé ? Cette situation le plongea dans la plus grande des perplexités. Jamais il n'avait été agressé à Paris. Il finit par s'endormir assommé par les effets secondaires des antidouleurs.

Le lendemain, il se leva avec une sensation de gueule de bois. Comme il avait encore mal au cou, Madeleine partit aussitôt acheter la minerve à la pharmacie. Pendant ce temps-là, Moïse prit tranquillement le petit déjeuner qu'elle lui avait préparé et expliqua à César les raisons de son visage bleui. Le chien vint poser son museau entre ses cuisses. Moïse eut l'impression qu'il comprenait tout ce qu'il lui disait. Il le caressa longuement. Un coup de sonnette arrêta ses pensées. Madeleine avait dû oublier ses clés. Il se leva lentement et alla ouvrir la porte. Devant lui se dressait Marco Vandelli.

3

Redoutant de prendre un nouveau un coup, Moïse recula mais l'adjoint au maire commença par s'excuser platement.

— Vous serriez Lila dans vos bras... J'ai compris à ce moment-là qu'il y avait une histoire entre vous.

La grosse brute avait maintenant une tête d'enterrement.

— Ça fait des années que je l'aime, que je n'ose pas lui dire. Alors quand je vous ai vu...

— Mais il n'y a pas d'histoire entre moi et Lila Duteil, s'exclama Moïse en grimaçant de douleur. Lila est juste une amie.

Et comme Marco Vandelli restait éberlué, il répéta :

— Il n'y a pas d'histoire d'amour entre Lila Duteil et moi. C'est vrai que je l'ai prise dans mes bras mais c'est parce qu'elle venait de me raconter un épisode difficile de sa vie. C'était pour la consoler.

— Lila n'est pas votre petite amie ?

— Non.

Dans les yeux de Marco, le docteur entrevit la même lueur de reconnaissance, d'amour inconditionnel que son chien César lui portait. C'était donc la jalousie qui avait transformé l'adjoint au maire en bête furieuse.

— Donc si je comprends, vous m'avez assommé, laissé pour mort entre deux rangées de voitures parce que vous avez cru que je sortais avec Lila Duteil.

— Je suis désolé. Je m'excuse mille fois. J'espère que je ne vous ai pas fait trop mal.

— Un peu quand même.

Mais Marco n'écoutait plus. Il était rayonnant de bonheur.

— Et qu'est-ce que suis censé dire à Lila quand elle va me voir dans cet état ?

— Je vous en supplie, ne lui dites pas que c'est moi.

Moïse regarda l'adjoint au maire. Il exagérait de lui demander de se taire. Mais quelque chose de touchant émanait de cette silhouette massive. Il se surprit même à ressentir un soupçon de compassion pour cet idiot. Au même moment on toqua à la porte. C'était Madeleine, elle avait la minerve et des croissants.

— Marco, c'est gentil de prendre des nouvelles. Vous avez vu la tête du docteur ? C'est affreux, cette violence qui gagne aussi nos petits villages !

Elle leur proposa de prendre le petit-déjeuner dehors mais Marco déclina, il avait à faire. Le docteur se sentit soulagé, il aida Madeleine à installer la table.

— Vous avez meilleur mine, remarqua la dévouée secrétaire.

— Grâce à vos bons soins, Madeleine, répondit Moïse en trempant un coin de son croissant dans son café.

4

Contre l'avis de tous, Moïse Miller ne porta pas plainte. Il expliqua que l'homme qui l'avait frappé avait bu et que la gendarmerie avait certainement mieux à faire que de poursuivre des ivrognes. Dans le même temps, il se renseigna auprès de Madeleine sur la personnalité de Marco Vandelli. Celle-ci le connaissait depuis toujours. Son père qui avait été technicien agricole avait tout fait pour que son fils poursuive ses études jusqu'au baccalauréat et obtienne un BTS en commerce et vente. Marco avait aussi pris des responsabilités dans les associations lycéennes et sportives. De fil en aiguille, il avait rejoint la liste de Pierre Coudon aux élections municipales et était devenu son premier adjoint tout en continuant de travailler comme commercial pour un concessionnaire automobile. Sur le plan sentimental, il était célibataire après un premier mariage qui s'était soldé par un divorce. Madeleine le soupçonnait de flagornerie quand il se vantait de ses nombreuses aventures. Il avait aussi un fils de sept ans dont il s'occupait pendant les vacances scolaires maintenant que son ex-femme était partie vivre à Angers.

Pendant une semaine, Moïse s'amusa à mettre bout à bout toutes les informations dont il disposait. Car si Lila ne lui avait rien dit sur ses amours présents, elle lui avait confié un secret le soir où Marco Vandelli l'avait agressé. La jeune femme avait été la petite amie du fils de Madeleine. Elle lui avait parlé longuement de Sébastien, de cet

amour né au lycée quand ils avaient seize ans. Les soirées
où ils s'échappaient et filaient sur les routes en mobylette.
Pendant deux ans Lila avait aimé Sébastien avec toute l'intensité d'un premier amour. Jusqu'au jour où elle l'avait
aperçu avec une autre fille. Elle l'avait appelé sur son téléphone, il était sur son scooter, ils s'étaient disputés parce
qu'il niait l'évidence.

« Lila ». Il avait crié son prénom et puis elle avait
entendu ce choc terrible, ensuite plus rien. Elle avait su
après, le camion, l'accident. Elle n'avait jamais rien raconté à personne, encore moins à Madeleine. Cinq ans
s'étaient écoulés, mais elle pouvait encore entendre le
timbre de la voix de Sébastien mais surtout son prénom,
« Lila », ce dernier mot crié comme une supplique, elle ne
pouvait pas l'oublier et se sentait responsable.

Moïse l'avait écoutée et après avoir terminé de dîner, au moment où ils s'étaient séparés, juste avant qu'elle
ne remonte dans sa voiture, il l'avait serrée dans ses bras
pour la consoler. C'était cet instant que Marco avait vu et
qui avait été source de sa jalousie. Tout faisait sens maintenant mais Moïse était tenu au silence : Lila lui avait fait
promettre de garder le secret, Marco l'avait supplié de se
taire. Le seul qui pouvait l'écouter et le conseiller, c'était
son psychiatre, le docteur Loewen.

5

Le docteur Loewen éteignit son écran car la consultation avec Moïse Miller venait de s'achever. Encore
une fois, il avait été sollicité pour résoudre les difficultés
psychologiques des habitants du village de Marolles. L'adjoint au maire était inhibé par un conflit intrapsychique lié

à une pulsion érotique contrariée par son Surmoi. Lila Duteil souffrait d'une culpabilité latente non résolue. Enfin tout cela ne faisait pas avancer son patient ! Au lieu d'affronter ses propres névroses, Moïse Miller décortiquait celles des autres. Cela faisait partie de ses stratégies de contournement habituelles.

Il lui avait raconté son agression sur le parking devant la piscine parce qu'il serrait dans ses bras cette fameuse Lila. Le psychiatre avait constaté que loin de condamner cette violence, son patient l'avait subtilement sublimée comme « la conséquence normale d'un geste de désespoir amoureux ». Qu'est-ce que les patients n'inventaient pas pour cultiver leur déni ! Il en avait même tiré un bénéfice secondaire puisqu'il s'était mis en tête de jouer les entremetteurs entre les deux protagonistes.

L'inconscient avait aussi habilement œuvré pour réunir une mère en deuil et son patient qui n'avait pas coupé le cordon ombilical avec sa propre mère. Moïse Miller acceptait d'être un fils de substitution pour sa secrétaire. Chacun y trouvait un bénéfice. Quant à sa passion pour son nouvel animal de compagnie… De ce point de vue, sa secrétaire médicale avec son chat Biscotte avait été une source d'inspiration. Son patient entretenait maintenant une relation fusionnelle avec son vieux caniche. Décidément les humains étaient prévisibles. Les pathologies liées à la séparation étaient toujours d'actualité. Et même ses collègues n'y échappaient pas.

Le docteur Loewen soupira, alla jeter un coup d'œil à Bubulle, son fidèle poisson, et referma son cahier de notes.

Moïse était satisfait. Malgré quelques douleurs cervicales persistantes, son kinésithérapeute lui avait donné l'autorisation de participer aux *Foulées du cœur* mais uniquement à la course des enfants. L'adjoint au maire, animé par un sentiment de culpabilité, s'était rendu disponible pour l'aider dans l'organisation de ce grand moment festif. De son côté, Moïse s'était mis en tête de l'aider à séduire Lila. Ce projet de séduction lui procurait une forme d'excitation et de satisfaction benoîte comme les discussions qu'il avait avec Madeleine au sujet de César.

Ensemble, le docteur et sa secrétaire se livraient à de passionnantes dissertations au sujet de leur compagnon à quatre pattes. Sur les conseils de Moïse devenu spécialiste en psychiatrie animale, Madeleine préparait Biscotte pour son prochain voyage en lui parlant longuement de La Réunion et en lui montrant des vidéos. Quant à César, son maître l'entraînait trois fois par semaine pour qu'il puisse participer à un cani-cross réservé aux chiens seniors.

Madeleine songeait aussi à son remplacement au cabinet. Depuis qu'elle savait que son employeur prenait des antidépresseurs, elle était toujours inquiète. Pour se rassurer, elle espérait secrètement la naissance d'une idylle entre Blandine et Moïse. Certes le comte et la comtesse s'opposeraient à cette union : une « de Mareuil » devenir une « Miller » serait la pire des inconvenances mais elle avait envie de croire à un conte de fées moderne. Ce serait une solution parfaite pour l'un et l'autre, ils formeraient un couple formidable avec plein d'enfants, un cabinet médical florissant. Moïse n'aurait plus besoin d'avaler ses petites pilules du bonheur, il serait heureux tout simplement.

Madeleine avait tendu à Blandine de Mareuil la liste des tâches du secrétariat médical :
- réceptionner le courrier, ouvrir les enveloppes
- répondre aux appels
- prendre les messages, les transmettre entre les consultations si urgence
- accueillir les patients
- gérer la carte vitale et les paiements
- passer les commandes de matériel médical selon les consignes du docteur
- faire le ménage de la salle d'attente et du cabinet avant l'ouverture
- veiller au renouvellement des revues et des fleurs
- préparer le café du docteur et lui donner avant la première consultation (suivre strictement les instructions notées sur la cafetière)
- préparer le déjeuner, laisser une portion pour le dîner
- faire le lit, passer un petit coup dans sa salle de bain
- prendre les rendez-vous pour César, le chien (toiletteur, vétérinaire, kiné)
- repasser chemises, pantalons, polos

Blandine était restée pantoise. Le temps de l'esclavage des femmes ne serait-il jamais fini ? Mais elle n'avait rien osé dire. Elle s'était juste étonnée de certaines tâches. Madeleine s'était justifiée : c'est vrai qu'elle couvait un peu trop le docteur, elle le reconnaissait mais Blandine découvrirait que le pauvre homme travaillait d'arrache-pied et qu'il n'avait pas le temps de s'occuper de lui. Heureusement c'était un être adorable et pas trop difficile, il aimait à peu près tout sur le plan culinaire. Blandine ne fit pas d'autres commentaires. Après réflexion, elle voulait ce poste, c'était l'occasion d'acquérir de l'expérience dans un domaine qui l'intéressait. Elle envisageait de s'en servir pour quitter l'usine de son père.

En retour, elle transmit un carton d'invitation à l'intention du docteur pour la traditionnelle Garden Party de son père. François de Mareuil ambitionnait d'entrer en politique et d'avoir un poste au Conseil régional. Tous les ans, il invitait le gratin de la région et quelques notables du village.

8

Lorsque François de Mareuil apprit que sa fille aînée avait été approchée par Madeleine pour assurer son remplacement, il avait été furieux. La moindre des politesses aurait été de l'en avertir préalablement et de lui demander son autorisation. N'était-il pas à la fois son employeur et en même temps son père ? Mais comme il soignait son image publique et voulait cultiver sa figure d'aristocrate progressiste, il afficha une position attentiste attendant que sa femme s'oppose, à sa place, à cette idée.

De facto, il fit part de ses réserves à son épouse. Non que Blandine soit difficile à remplacer, il finirait bien par trouver quelqu'un mais parce qu'il ne voyait pas d'un bon œil un lien professionnel entre ce sémillant médecin célibataire et leur fille aînée. Il pourrait lui faire tourner la tête. Mais Constance lui rappela que leur fille était fiancée à Quentin de Lancry. Blandine n'était pas assez bête pour perdre Quentin. Au pire, elle aurait une aventure avec le médecin, cela ne porterait pas à conséquence. Blandine était une de Mareuil, elle était intelligente et fière de leur sang. Elle était sûre de sa fille.

Surpris par la réaction de sa femme, le comte insista. Les temps changeaient, aujourd'hui les jeunes gens n'hésitaient pas à rompre leurs fiançailles et à prendre des libertés avec les traditions. Ce qui le contrariait davantage n'était pas tant le docteur lui-même qui lui semblait un homme tout à fait respectable mais son nom. Il n'envisageait pas un instant que ses petits-enfants puissent avoir un père qui s'appelle « Moïse Miller » au lieu de « Quentin de Lancry ». Quelle mauvaise blague ! Mais Constance le rassura, elle avait souvent observé sa fille qui, à près de vingt-huit ans, n'était jamais tombée éperdument amoureuse. Alors une passion soudaine pour ce médecin… elle n'y croyait pas.

François de Mareuil finit par renoncer à convaincre sa femme. Comme à son habitude, elle ne comprenait rien à rien. Il finit par donner son consentement à Blandine. Sa fille aînée était courageuse et elle avait déjà fait preuve de beaucoup d'abnégation. Pour aider sa mère dans la lourde tâche de mère de famille, elle avait renoncé à poursuivre ses études. Il était temps qu'elle puisse faire ses propres choix. Enfin, il décida d'inviter le docteur à sa Garden Party. Ce serait pour lui l'occasion de rencontrer Quentin de Lancry, le fiancé de Blandine, et de se rendre compte qu'il ne faisait pas partie du même monde.

9

Le maire observait d'un œil circonspect l'amitié affichée entre son adjoint et le docteur. Décidément, une rixe pouvait conduire à des rapprochements inattendus. Mais pour l'instant, il était concentré sur l'organisation de la Foire aux bestiaux. Prétextant qu'il ne pouvait être sur tous les fronts, son adjoint lui avait mis dans les pattes sa principale opposante « l'écolo-gauchiste », Camille Delattre.

Marco Vandelli était allé sonner un soir chez elle pour lui demander si elle accepterait de participer à l'organisation de l'événement. Pour l'instant, la foire se constituait autour de stands traditionnels : présentation d'animaux, vente de productions locales. Il était persuadé qu'elle serait un atout pour moderniser cette proposition. D'après lui, elle était « la personne » capable d'imaginer « les moyens d'une conciliation entre la tradition rurale et des idées nouvelles ». Le cerveau de la Parisienne était entré en ébullition. Elle avait accepté.

Le maire attendait donc Camille dans son bureau pour peaufiner les derniers détails de l'organisation. Certes la présence de cette enquiquineuse l'irritait mais il saluait en même temps l'habilité politique de son adjoint. Camille Delattre, gonflée d'égo, aurait bien une idée farfelue qui la décrédibiliserait auprès de l'électorat traditionnel. Comme lui avait expliqué Marco, plus elle serait à la manœuvre, plus elle s'exposerait à la critique. Une bonne occasion de la griller !

Dès qu'elle arriva, ils se mirent au travail. Le maire fit le point sur les différents stands.

— Gilles Courson propose de créer une petite ferme agricole pour les enfants. Ça plaît toujours : des moutons, des agneaux, des cochons, des lapins.

— Peut-être que les élèves de l'école peuvent participer au projet, hasarda Camille. Je peux en parler à Claudine, la directrice, quand j'irai chercher Lucien et Rose à la sortie de la classe.

— Pourquoi pas. Le concours du plus beau coq est validé, continua le maire, cinq coqs ont déjà été inscrits par leur propriétaire. La ferme de Montagut organisera aussi une vente de poules et de lapins. Est-ce que vous avez d'autres propositions ?

— J'ai contacté plusieurs agriculteurs bio, répondit Camille, ils sont prêts à sensibiliser les propriétaires de potager à de nouvelles méthodes de culture sans pesticides ni engrais chimiques. Sinon, l'association *Sauvez les abeilles* nous propose aussi de faire une exposition sur la vie de la ruche.

— C'est très bien. Pour la restauration, le patron de *l'Atelier* s'en occupe. Il y aura aussi une dizaine de stands avec des productions locales. Si j'ai bien noté sur ma liste, on aura de la vente de fromages, de miel, de poulets, de pintades, de jus de fruits, de confitures, des asperges, fraises, cassis et autres petits fruits. On ne devrait pas mourir de faim. Je crois qu'on a fait le tour ? demanda la maire.

Camille Delattre opina mais après un instant de réflexion, elle poursuivit :

— Je sais que vous serez contre mais j'ai aussi été contactée par une association LGBT qui propose de tenir un stand soupe « tutti légumes arc-en-ciel ». Ils font régulièrement des interventions dans les écoles ou les centres pénitentiaires pour faire de la pédagogie autour des questions de genre. Ça me semble important de promouvoir la lutte contre les préjugés et les discriminations dans nos villages.

La trentenaire s'arrêta, guettant avec inquiétude la réaction du maire qui réfléchissait.

— Je vais faire preuve d'ouverture d'esprit parce que contrairement à ce que vous pensez je ne suis pas un dictateur. D'accord pour votre « tutti frutti » mais à une condition.

— Laquelle ? demanda Camille, toute heureuse de ne pas s'être vue opposer un refus ferme et définitif.

— Que vous restiez sur ce stand, que vous soyez là pour expliquer à nos concitoyens votre démarche.

Camille accepta avec joie. Pour finir, ils se mirent d'accord sur un spectacle d'hypnotiseur de lapin bien que l'ardente défenseure de la cause animale ne soit pas trop réjouie par cette idée mais elle en convenait : il en fallait pour tous les goûts.

10

Le docteur et l'adjoint au maire étaient devenus les meilleurs amis du monde et passaient ensemble une bonne partie de leurs soirées à peaufiner l'organisation des *Foulées du cœur*. Marco voulait aussi tout savoir des bavardages du docteur avec Lila à la piscine. Moïse s'amusait à l'émoustiller en détaillant la forme de ses maillots de bain ainsi que la place de ses grains de beauté. L'adjoint au maire contenait difficilement son émoi qui se répandait comme un souffle contagieux dans l'esprit de Moïse. Celui-ci ne tarda pas à lui raconter les moments heureux passés en compagnie d'Agathe. Leur premier baiser à Naples devant un café où ils s'étaient arrêtés après une course folle dans la ville. Elle avait d'abord détesté la visite rocambolesque improvisée à trois sur le scooter de son cousin Tonino : les rues aux pentes vertigineuses descendues à toute allure, les feux grillés et le parcours chaotiques à coups de klaxon dans les ruelles bondées. Furieuse, Agathe avait failli le planter là et repartir à Paris. Mais il avait insisté pour lui offrir un verre de Spritz au Limoncello. Elle en avait bu un. Puis deux. Les contours de sa rage s'étaient progressivement estompés. Elle l'avait regardé avec moins de colère, s'était approché de lui et l'avait embrassé. Cet instant d'infini avait eu un goût de fleurs et de citron. Ils étaient rentrés à l'hôtel, pressés par l'envie de s'aimer.

Baigné par ces paroles, Marco découvrait le docteur sous un nouveau jour. Cette aventure romantique avec une belle avocate parisienne transformait le généraliste de Marolles en un fin séducteur. Il se convainquit que les conseils du Parisien pouvaient lui être utiles. Avec Lila tout devait être différent.

11

Depuis sa visite en avril, Estelle appelait régulièrement son ancien colocataire pour prendre de ses nouvelles. Elle adorait les histoires du village. L'agression de Moïse pour une rivalité amoureuse l'avait sidérée. Et puis tous ces secrets autour du défunt fils de Madeleine. Elle était impatiente de savoir comment allaient se dérouler *Les Foulées du cœur*. Quand elle terminait ses longues conversations téléphoniques, Estelle se sentait bien. Il faut dire que Jérémie, son compagnon, l'agaçait de plus en plus. Ils avaient eu un récent différent à propos d'un sujet important : l'épilation. Estelle refusait d'assujettir son corps aux exigences du patriarcat et donc de s'épiler. Jérémie trouvait qu'elle exagérait. Passer un coup de rasoir ressortissait davantage du bon goût, voire de l'hygiène que d'une exigence du patriarcat. Cela la mettait hors d'elle. Ces hommes qui se revendiquaient de gauche, féministes et qui étaient dégoûtés par des poils ! Jérémie qui collaborait régulièrement avec le fleuron de la pensée progressiste à la fondation *Jean Jaurès* était vexé et lui disait qu'elle avait très mauvais caractère.

Finalement elle devait reconnaître à Moïse certaines qualités qu'elle lui avait toujours déniées. Bien qu'il lui arrive parfois d'ironiser sur son féminisme, il était facile à vivre et tolérant. Quand ils s'aimaient, il lui disait adorer sa toison qu'il comparait au célèbre tableau de Courbet. Il s'amusait de ses jambes veloutées et n'explosait pas de rage comme Jérémie quand elle laissait sécher sa coupe menstruelle dans l'égouttoir à vaisselle.

12

« Tu aurais pu être psychiatre ». C'est ce que Moïse avait dit à Marco Vandelli après lui avoir confié ce qu'il avait pensé ne jamais pouvoir raconter à un habitant de Marolles : son différend avec son chef de service et son addiction aux sites de rencontre. Comme Marco Vandelli ne comprenait pas qu'il soit célibataire, il lui expliqua se sentir bien entre César et Madeleine dans un quotidien que certains auraient pu qualifier de banal. Il était incapable de vivre en couple, incapable de répondre aux attentes d'une femme et surtout il ne voulait pas retomber dans cette fré-nésie de rencontres. C'était terrible à dire mais il se sentait plus heureux avec un chien. César le comprenait aussi bien qu'un humain, en tout cas beaucoup mieux qu'une femme. Le regard des habitants du village était aussi libérateur : il pouvait traîner en polaire et jogging le week-end, sans qu'on lui fasse de réflexion. A Paris cela aurait été impos-sible, il aurait craint les remarques ironiques de ses amis ou même le regard méprisant de ses voisins. Il se serait senti mal à l'aise de toute façon. A Marolles, il était libéré d'un poids. Et puis la campagne, la nature, c'était apaisant.

L'adjoint au maire écoutait ses confidences sans trop savoir quoi en penser. Comme la majorité des habi-tants du village, il s'était fait de Moïse Miller l'image d'un homme sûr de lui et sans problèmes. Aussi était-il étonné par ce qu'il entendait. Sans compter tous ces fantasmes

151

sur la vie à la campagne… Cela arrivait fréquemment avec les Parisiens qui venaient habiter dans le coin. Les premiers temps, ils trouvaient tout beau, pensaient que la vie serait plus facile ici. Et puis ensuite, certains déchantaient. Mais ce qui intéressait avant tout Marco, c'était la relation amicale que le docteur entretenait avec Lila.

Sur ce point Moïse l'avait rassuré, Lila lui avait clairement signifié qu'elle n'était pas intéressée. Il avait trop fait de rencontres pour ne pas savoir décrypter les intentions d'une femme. En revanche, elle avait parlé positivement de l'aide que l'adjoint au maire lui apportait pour le dossier de son père. Pour Moïse, c'était clair : il était temps que Marco devienne plus entreprenant car à force d'attendre, il risquait de rater le coche.

13

Depuis qu'elle avait lu la liste des tâches du secrétariat médical établi par Madeleine, Blandine de Mareuil ne pouvait s'empêcher de penser au docteur sans un petit soupçon de narquoiserie. Pendant son entretien d'embauche, ils s'étaient regardés en chiens de faïence. Le docteur Miller s'était bien gardé d'entrer dans tous les détails du poste, attendant peut-être qu'elle fasse le premier pas. Il n'était cependant pas complètement dupe et se doutait que la jeune femme serait moins malléable que Madeleine.

Pour l'instant, Blandine s'occupait avec son père de l'organisation de la Garden Party. François de Mareuil peaufinait sa liste d'invités. Le député des *Républicains* du Loir et Cher serait présent ainsi que le Président de la région Centre-Val de Loire accompagné de plusieurs de ses conseillers. A 54 ans, le comte ambitionnait de se présenter aux prochaines élections régionales. Fort de son ancrage territorial et de son expérience de directeur de PME, il voulait mettre son énergie et ses compétences au service de la région. Adhérent au MEDEF et aux *Républicains*, il disposait d'un joli carnet d'adresse tant dans sa région qu'à la capitale.

Malheureusement pour lui, la région était tombée aux mains des socialistes depuis plusieurs années. Il serait obligatoirement sur une liste d'opposition mais le vent tournait toujours. Chaque année, il composait sa liste d'invités avec soin afin d'élargir sa popularité. Toutes les grandes familles de la région seraient là ; chaque couleur politique était représentée sans qu'il soit allé jusqu'à convier les extrêmes. Le comte s'était décidé à inviter à contrecœur quelques élus écologistes bien qu'il ne puisse toujours pas supporter leurs sempiternels prêchi-prêcha sur les pauvres petits sangliers tandis qu'ils sirotaient sans vergogne son champagne. Ses amis chasseurs étaient évidemment de la partie ainsi que quelques agriculteurs, représentants de la FNSEA.

La jeunesse serait également présente. François de Mareuil était fier de ses huit enfants, ce serait à ses fils ou à ses filles de continuer son ambition et de porter son nom. On avait donc invité les amis et amies des uns et des autres. Pour la plupart ils avaient tous fréquenté les mêmes écoles privées, paroisses et asscociations de scoutisme. Les études supérieures apportaient une petite touche de diversité : droit, sciences politiques, école de commerce ou d'ingénieur… Certaines familles avaient conservé une tradition militaire depuis plusieurs générations et s'illustraient dans des écoles prestigieuses. D'ailleurs Constance tenait à ce que les élèves officiers de l'école de Saint-Cyr viennent en grand uniforme.

Le mois de juillet s'annonçait riche en festivités. Les différentes initiatives impulsées par la mairie de Marolles et le docteur Miller étaient de nature à montrer le dynamisme de la communauté de communes. François de Mareuil voulait profiter de cette atmosphère positive.

14

Le grand jour était enfin arrivé, celui qui verrait la consécration de la médecine de prévention prônée par le nouveau et jeune généraliste de Marolles : le docteur Miller. Les habitants du village n'étaient pas peu fiers de voir son initiative suivie par quatre autres communes. Les enfants de cinq écoles primaires ainsi que ceux du collège de secteur participaient aux *Foulées du cœur* suivis par de nombreux coureurs amateurs ainsi qu'une majorité de parents d'élèves qui avaient accepté, pour l'occasion, de se mettre à la course à pied.

C'était parti, le top départ de la folle journée du samedi était donné. La « galopade des puces », qui réunissait les 6-10 ans, s'était élancée, le docteur à sa tête, sous les acclamations nourries des spectateurs. Pendant ce temps-là, les bénévoles préparaient le stand de restauration. Marco Vandelli avait fini par persuader Moïse qu'une collation spartiate à base d'eau du robinet et de raisins secs marquerait négativement les esprits. C'était peut-être comme ça qu'on faisait de la médecine, mais certainement pas de la politique. En conséquence, on s'affairait avant le retour des enfants pour préparer des chocolats chauds et des jus de fruits.

Plusieurs sponsors s'étaient associés aux *Foulées du cœur*. Tout d'abord la grande surface du centre commercial. Elle fournissait gratuitement les fruits secs réclamés par le docteur qui coûtaient bien plus chers que les habituelles gaufrettes vanille premier prix. Marco Vandelli avait négocié une distribution gratuite de pommes avec *Les vergers de la Jonchère* en échange d'un contrat exclusif avec les cantines des écoles participantes. Tout ce petit monde était là et se congratulait. Le maire discutait avec le journaliste de *La Nouvelle République* qui venait d'arriver. Il lui faisait découvrir le barnum installé par le docteur avec toute la littérature médicale mais comme il n'était pas très à l'aise sur le sujet, il confia le journaliste à Bénédicte Bergnaud, la présidente du club de randonnée *Les chemins de Marolles*. Elle lui vanta l'initiative du médecin et expliqua comment elle comptait profiter de l'événement pour promouvoir une activité de marche nordique. Son club organiserait une initiation gratuite lors du prochain Forum des Associations à la rentrée, elle ne manquerait pas de lui en faire part.

Mais on entendit des applaudissements qui saluaient l'arrivée des premiers coureurs ; tous se dirigèrent vers la ligne d'arrivée. Les parents félicitaient leur progéniture essoufflée mais fière d'avoir terminé la course. Le docteur arriva enfin avec les derniers coureurs, souvent les plus jeunes. Il fut acclamé par une véritable standing ovation et rejoignit aussitôt son stand pour mettre en place les différentes animations autour de la santé du cœur. A 11 heures, tous les coureurs étaient arrivés, le journaliste qui venait d'achever une longue interview du docteur proposa de faire une photographie collective. La *Nouvelle République* avait investi dans un drone équipé d'une caméra pour réaliser des photographies aériennes. Le maire prit le micro pour inviter tous les coureurs à se réunir sur la Grand-Place du village. Dans un tumulte joyeux on s'agglutina au centre de la place, puis le maire reprit la parole parce que le docteur avait eu l'idée de former un cœur. On s'agita dans tous les sens et après quelques essais infructueux, le journaliste dit à chacun de ne plus bouger. C'était parfait. On leva les yeux vers le gros insecte électronique qui, imperturbable, immortalisa en un instant les premières *Foulées du cœur* de Marolles.

15

Lundi matin, le vétérinaire ouvrit le quotidien régional et découvrit la photographie des *Foulées du cœur* de Marolles. Il ne put s'empêcher de ressentir un soupçon d'irritation qui ne fit que s'amplifier au fur et à mesure qu'il lisait la longue interview élogieuse du docteur Moïse Miller. La photographie montrait le jeune et mince médecin en tenue de sport entouré du maire et d'une poignée de groupies hilares. Il avait bien réussi sa campagne de promotion publicitaire. Didier Lequoy jeta le journal de rage.

Depuis peu, il avait appris que certaines mamies gâteuses venaient consulter le docteur autant pour leur arthrose que pour son soi-disant don de communication animale. Lors d'une consultation pour son cocker Snoopy, Madame Raguenaude lui avait expliqué que le docteur avait « des capacités extraordinaires » pour soigner les animaux. Il leur parlait, les touchait comme une sorte de magnétiseur. Elle avait même entendu qu'il avait guéri la patte de Charlie, le labrador de Madame Dupicq. Le pauvre chien claudiquait depuis des mois, aucun traitement n'avait fonctionné. Un vrai miracle ! Le village avait vraiment de la chance avec ce nouveau docteur ! Il était gentil comme tout en plus.

Didier Lequoy avait enragé. Non seulement, cet imposteur détournait l'argent de la mairie mais aussi celui de la sécurité sociale en abusant de la crédulité des gens. C'était un véritable escroc. Il n'était pas le seul à le penser, plusieurs de ses clients avaient laissé entendre qu'il n'en avait que pour son tiroir-caisse. Pourquoi avait-il quitté Paris et abandonné une carrière de cardiologue ? Didier Lequoy avait enquêté sans rien trouver mais il subodorait une sale histoire. La vérité ne tarderait pas à éclater. Mais avant, il aurait la peau de son vieux clebs, son César chéri, avec qui il faisait de la « communication animale ». Le vétérinaire s'était rendu compte de l'épuisement du chien mais avait conseillé au docteur de poursuivre ses trois séances de courses par semaine pour le préparer à son « cani-cross senior ».

16

Après le succès des *Foulées du cœur,* Moïse se sentit en grande forme. Tout lui semblait possible. Il se lança dans un nouveau projet : réunir Marco Vandelli et Lila Duteil. Il avait invité l'adjoint au maire à dîner pour le convaincre de se déclarer mais l'intéressé hésitait.

— Fais-moi confiance, je sais quand c'est le moment ! affirma Moïse en débouchant une de ses meilleures bouteilles de Chianti.

— Je fais un blocage. D'habitude, ça va, je n'ai pas trop de difficulté à aborder une femme mais là... ce n'est pas pareil. Je ne me sens pas à l'aise... Tu vois. Je ne sais pas quoi lui dire.

Marco se tut. Le docteur comprit qu'il allait avoir des difficultés à vaincre ses réticences. Il réfléchit.

— J'ai peut-être une solution à ton problème. Pourquoi tu ne lui écrirais pas ?

— Tu plaisantes ? Je ne vais pas lui envoyer un SMS, « Salut c'est Marco Vandelli de la mairie. Au fait, j'ai oublié de te dire que je suis amoureux de toi depuis des années ».

— Je ne te parle pas d'un SMS, reprit Moïse en haussant les épaules, je te parle d'une vraie lettre, écrite sur du papier. Avec l'aide de ta main.

— N'importe quoi ! Plus personne n'écrit de lettres d'amour.

— Justement il faut savoir surprendre. Et je peux te dire que ça marche.

Marco était dubitatif mais en même temps intrigué : les méthodes de Moïse Miller avaient fait leurs preuves.

— Mais je suis incapable d'écrire une lettre d'amour.

— Aucun problème. J'ai un arsenal de formules poétiques qui sortent gagnantes à tous les coups. Les femmes sont tellement crédules, qu'elles pensent qu'on les a écrites juste pour elles.

Les réticences de l'adjoint au maire fondaient comme neige au soleil. Ce Parisien avait quand même réussi à mettre des dizaines de filles dans son lit. Peut-être fallait-il lui faire confiance ?

— Si tu continues à te taire, non seulement quelqu'un va te la souffler mais en plus tu vas nous faire un ulcère à l'estomac, dit Moïse en débouchant une deuxième bouteille de Chianti. Je vais monter dans ma chambre, j'ai plusieurs livres qui m'inspirent.

Lorsqu'il redescendit, Marco avait réfléchi. Finalement il n'avait pas le courage, c'était lâche mais il préférait renoncer. Moïse le regarda sans pitié et alluma son ordinateur.

Après sa soirée avec le docteur, Marco s'était réveillé avec une bonne gueule de bois qui s'était immédiatement transformée en sentiment de panique. Mais qu'avait-il fait ? Il eut de nouveau envie de ratatiner le docteur, de lui coller une bonne droite pour l'aplatir, lui, son Chianti et ses beaux discours. Mais l'urgent était d'éviter la catastrophe. Il enfila en vitesse une chemise et un pantalon, descendit dans son garage pour bricoler une sorte de canne à pêche avec un fil de fer. Direction la boîte aux lettres de Lila. Il était 7h30 du matin, il avait encore une chance pour qu'elle n'ait pas pris son courrier.

Le hall de son immeuble était vide, il s'approcha de la boîte aux lettres, essaya de crocheter la serrure avec un fin tournevis mais celle-ci résista. Il introduisit alors son fil de fer recourbé dans la fente. Heureusement, sa lettre n'était pas complètement tombée à plat, il la voyait et pouvait réussir à l'attraper. Mais soudain, une tête avait surgi de la fenêtre du rez-de-chaussée. C'était monsieur Cattier, un retraité qui vivait seul. Il demanda à Marco ce qu'il faisait à trafiquer ainsi dans les boîtes aux lettres. L'adjoint au maire lui expliqua qu'il vérifiait la solidité des serrures ; plusieurs locataires s'étaient plaints à la mairie de vol de courrier, il voulait s'assurer de la solidité de l'ensemble qui était un peu vieillissant. Le vieil homme hocha la tête tout en continuant à l'observer.

A ce moment-là, Madame Gourdette qui descendait ses poubelles l'aperçut dans le hall. Quelle chance de tomber sur Marco Vandelli ! Elle voulait lui montrer une fuite d'eau dans le garage ainsi que la saleté du système de ventilation dans le local poubelle. La mairie devait mieux entretenir les parties communes de l'immeuble, les locataires payaient des charges exorbitantes. Marco se laissa emmener dans le local poubelle. Il fulminait tout en écoutant les histoires de fuite d'eau.

C'était mort. Maintenant, c'était trop tard. Jamais il ne récupérerait cette maudite lettre. Elle allait la lire. La honte. Après avoir noté les doléances de Madame Gourdette et voyant qu'elle n'allait pas le laisser tranquille, il n'eut pas d'autre choix que de rentrer chez lui. Il prit une douche glacée pour se calmer avant de partir au travail. La soirée de la veille défilait en boucle dans sa tête. Comment avait-il pu se laisser embobiner par les paroles de Moïse Miller ? Ce n'était pas possible. Il avait été sous emprise. Il avait trop bu. Et puis ce moment où il avait fait passer la lettre dans la fente, sa dernière hésitation avant de la lâcher. Mais quel idiot ! Comment avait-il pu se faire avoir par ce bonimenteur ? Comment avait-il pu faire confiance à ce type complètement immature ?

Lila allait lire cette lettre ridicule. C'était un cauchemar.

18

Comme tous les jeudis soir, Lila ouvrit sa boite aux lettres et prit le courrier. Son hebdomadaire favori était bien arrivé, elle découvrit à regret que la facture EDF aussi. Entre deux prospectus publicitaires se trouvait une enveloppe non timbrée avec son prénom écrit à la main. Elle trouva cela étrange, monta chez elle, déchira l'enveloppe et lut :

Lila,

J'ai longtemps hésité à t'écrire cette lettre mais ce soir j'ose ; mon cœur va te parler pour la première fois.

Je t'aime.

Je suis fou de toi, je n'en peux plus, j'étouffe.

*Ton prénom est dans mon cœur comme un grelot, et tout le temps,
Lila, je frissonne, tout le temps, le grelot s'agite, et ton prénom sonne !
De toi, je me souviens de chaque instant, j'ai tout aimé : je sais que
le mois dernier, le jeudi 12 mai, tu as changé de coiffure, je sens que
tu le veuilles ou non, le tremblement adoré de ta main lorsqu'elle serre
la mienne.
Chaque regard de toi suscite une vertu, fait de moi un homme nou-
veau.
Commences-tu à comprendre ?
Ce sentiment qui m'envahit n'est pas égoïste car pour ton bonheur je
donnerai le mien.
Lila, je me sens comme un ver de terre amoureux d'une étoile, je
souffre en bas quand tu brilles en haut.
Je n'ai plus qu'un espoir, que tu sentes à chaque mot mon amour
puissant et sincère.
Marco V.*

Elle lut à nouveau, éprouva le besoin de s'asseoir et relut encore. Un sentiment de perplexité la traversa. Était-ce une blague ? Lui aurait-on fait une blague ? Ou bien aurait-on fait une blague à l'adjoint au maire ? Tout était possible, il fallait garder la tête froide.

Elle sourit cependant, c'était si étrange mais si agréable. Elle n'imaginait pas une seconde l'adjoint au maire écrire une telle lettre. Il lui avait toujours semblé courtois, compatissant à l'égard de son père mais il ne s'exprimait pas ainsi quand elle l'écoutait parler à *l'Atelier* ou à la mairie. Il n'avait pas, non plus, la réputation d'être un grand sentimental.

C'était troublant. Elle lut à nouveau, s'arrêtant à chaque phrase. Elle prit son téléphone et vérifia la date de son dernier rendez-vous chez le coiffeur. Elle y était allée le mercredi 11 mai ; la coiffeuse l'avait convaincue de faire une frange, elle qui n'avait jamais changé de coupe depuis des années.

Et si c'était vrai ? Si l'adjoint au maire était vraiment épris d'elle ? Son cœur se mit à battre la chamade. Cela faisait tellement longtemps qu'elle n'avait rien éprouvé. Après la mort de Sébastien, tout lui avait semblé dérisoire. Rien n'avait pu remplacer l'intensité de ce premier amour. S'il l'aimait vraiment, de cet amour puissant et sincère… S'il était capable de lui écrire une telle déclaration alors que jusqu'à présent il n'avait jamais osé le moindre regard, ni le moindre geste. C'était si beau. Elle relut encore et encore. L'écriture était fine, lisible et régulière. Son cœur se mit à battre rapidement et son esprit caressa des rêves nouveaux. Elle se surprit à le trouver beau, ou plutôt charmant. Dans ce monde des SMS, c'était si délicieux de recevoir une lettre.

Marco était complètement différent de Sébastien. Elle savait qu'il avait divorcé et qu'il gardait régulièrement son fils. Pour l'instant, il ne l'avait pas ouvertement approchée et s'était juste contenté de s'occuper des affaires de son père. C'est vrai qu'à la mairie il la recevait toujours en personne et se montrait efficace malgré la complexité du dossier. Elle se rappela aussi le bal des Semailles, il l'avait invitée à danser mais elle n'avait pas été la seule. D'ailleurs alors qu'elle s'était rapprochée de lui, il l'avait légèrement repoussée, cela l'avait un peu surprise, elle avait compris qu'il tenait à maintenir la distance. Néanmoins il s'était montré ensuite toujours plaisant et courtois à son égard, il l'aidait toujours à s'occuper de son père.

Si c'était vrai… Elle en eut subitement envie. Elle eut envie de courir à la mairie, de le voir, de se jeter à son cou, d'être serrée dans ses bras. Elle reprit ses esprits, il s'agissait de se calmer et de ne pas s'enflammer trop vite parce que si cette déclaration n'était qu'une blague potache, elle aurait l'air complètement ridicule. Marco était aussi connu pour son caractère moqueur. Et puis s'amouracher en quelques minutes, c'était un peu puéril. De toute façon elle le verrait samedi, le jour de la Foire aux bestiaux, elle en aurait le cœur net.

19

Une semaine après *Les Foulées du cœur,* le point d'orgue des festivités était arrivé : le 14 juillet et la Foire aux bestiaux. Les habitants, conscients de l'événement, avaient soigné la décoration de leur maison. On avait tondu les pelouses, lasuré les grilles des portails, nettoyé les murs de pierre. Les rosiers paradaient avec leurs fleurs de couleurs éclatantes, rouge carmin, orange provocant ou bien blanc coco parsemé de perles framboise. La place centrale était noire de monde. Si les *Foulées du cœur* avaient été un succès, la foire agricole avait attiré un large public de curieux. C'était l'heure pleine, on discutait de part et d'autre, heureux de retrouver une connaissance que l'on n'avait pas croisé depuis longtemps. Les portemonnaies s'ouvraient pour acheter un pot de miel, des confitures artisanales, une bonne bouteille, un crottin de chèvre, un panier d'asperges ou de fraises.

Les enfants virevoltaient de tous les côtés, réclamant une barbe à papa, une crêpe puis partaient par petites grappes s'affairer autour des clapiers à lapin et des enclos de la ferme miniature installée par Gilles Courson. L'éleveur avait travaillé en équipe avec les classes de l'école et préparé toute une scénographie sur des panneaux en bois peints. On pouvait lire le prénom de chaque animal : Clochette pour la chèvre, Nounours pour le mouton, Greta pour la ponette… Une portée de porcelets rencontrait un franc succès, bons mangeurs, ils remuaient leur petit groin rose avalant avec gourmandise les bouts de crêpes et de pain au chocolat que leur tendaient les enfants.

Comme à son habitude, Ludivine de Mareuil avait échappé à la surveillance de ses parents. Elle s'était fait gronder par Gilles Courson parce qu'elle avait tenté de passer par-dessus une barrière pour aller caresser les agneaux. On l'avait ramenée à son père qui avait fait les gros yeux en lui disant qu'elle était vraiment impossible mais qui avait fini par lui acheter une gaufre à la chantilly parce qu'elle pleurait. Elle avait de nouveau réussi à échapper à sa surveillance pendant qu'il parlait de développement agricole avec des viticulteurs de la région. La foule ne désemplissait pas. Une famille avait acheté une poule et la montrait fièrement aux passants qui s'étonnaient de voir la tête du gallinacé dépasser d'un panier à deux battants. On attendait le concours de coq avec la plus grande impatience après qu'un hypnotiseur de lapin a suscité l'étonnement du public en endormant son lapin Gaspard en une poignée de secondes.

Posté à l'entrée de la foire, le maire saluait les visiteurs, écoutant ses administrés, discutant avec d'autres maires des villages alentours. C'était son heure de gloire : la foire était un succès incontestable et après tous ces efforts, il se sentait heureux. Il s'étonnait juste de l'absence de Marco Vandelli. Il aurait voulu associer son premier adjoint à cet événement car il comptait sur lui pour les prochaines élections municipales.

20

Le docteur profitait de la foire pour écouler les derniers prospectus sur la santé du cœur. Il discutait tranquillement avec Alain Poutay, le président de l'association des chasseurs. Plus exactement, il l'écoutait lui raconter tout le mal que celui-ci pensait de Camille Delattre qui campait fièrement sur le stand soupe « tutti légumes arc-en-ciel ».

— Il ne manquait plus que ça… qu'elle nous attire une bande de LGBT dégénérés à Marolles !

Et Alain Poutay racontait comment elle les avait traités de « gros rustres avides de sang » qui terrorisaient les animaux et les promeneurs. Elle avait même tenté de faire une pétition pour interdire la chasse le dimanche. Une véritable peste ! Le docteur essayait d'arrondir les angles mais cela ne suffisait pas pour faire retomber la colère du chasseur qui observait un attroupement se former autour de Camille. C'était aussi la faute du maire avec son obsession de faire venir les familles, il avait attiré ces Parisiens emmerdeurs qui leur donnaient des leçons de morale, infiltraient sournoisement le conseil municipal et pervertissaient la jeunesse.

Bénédicte Bergnaud, la présidente du club de randonnée, vint saluer Moïse et détourna la conversation. Elle était avec Boli, son épagneul breton qui allait courir avec elle le prochain cani-trail. Le trio se mit à discuter des différentes qualités des races canines. Alain Poutay s'y connaissait en chien de chasse. D'ailleurs, il incita Moïse Miller à adopter un chien plus jeune pour le cani-trail. Il devait renoncer à faire courir le vieux César, il allait le faire crever. Mais Moïse affirma qu'il ne pouvait pas priver César de ce loisir partagé et qu'il avait respecté scrupuleusement les conseils du vétérinaire.

Il jeta un coup d'œil par-dessus l'épaule de Madame Bergnaud et aperçut enfin Marco qui arrivait. Il était temps, la journée commençait à tirer à sa fin. Il voulut lui faire signe mais l'adjoint au maire lui tourna le dos. Quelle froideur ! La veille, il l'avait pourtant aidé à rédiger sa déclaration. Est-ce que Lila avait mal réagi ?

21

Moïse commença à douter. Peut-être qu'il en avait trop mis dans cette lettre… C'est vrai qu'il avait un peu beaucoup bu. D'ailleurs, où était-elle, Lila ? Il ne l'avait toujours pas vue. Moïse laissa son regard errer sur les différents stands de la foire. Une lumière mordorée faisait resplendir les champs de blés et de colza. L'air était saturé par une odeur de miel, de pain chaud et de barbe à papa. Soudain il l'aperçut qui poussait le fauteuil roulant de son père. C'est à ce moment-là que Madame Sautter vint lui parler de ses dialyses qui l'inquiétaient. Le docteur fit l'effort de répondre tout en ne lâchant pas du regard la jeune femme qui installait son père à la buvette où Marco officiait. S'étaient-ils déjà parlés ? Pourquoi Marco ne bougeait pas ? Il voulut lui faire un signe mais Jean-Louis, le caporal-chef des pompiers s'approcha pour lui demander s'il pouvait commencer à replier le barnum. C'était la fin de l'après-midi, ils gagneraient du temps s'ils commençaient à démonter le stand. Moïse acquiesça mais il ne voulait pas perdre une miette de ce qui se passait à la buvette.

Lila se dirigeait vers le comptoir et attendait visiblement de pouvoir parler à Marco.

Quelque chose clochait. Il regarda Marco qui, impassible, continuait d'essuyer des verres. Il ne se passa rien.

Lila discutait maintenant avec son père et avec des connaissances qui étaient venues les saluer.

Avait-elle lu la lettre ?

Moïse laissa passer cinq minutes qui lui parurent une éternité, il finit par aider les pompiers à rouler la toile blanche du barnum. Quand il eut terminé, il s'aperçut que Lila s'était levée et se dirigeait vers le stand du club crochet. Rien ne s'était passé ! Il fallait passer à l'action. Qui ne tente rien n'a rien ! Le docteur fixa Marco et se lança dans une série de gestes kabbalistiques : Marco devait aller la voir !

Tout à coup les hauts parleurs annoncèrent l'ouverture du concours du plus beau coq. Un mouvement de foule se forma. Les gens quittaient les stands pour s'installer autour d'une petite arène. On annonça l'entrée en lice du coq Rocco. Madame Sautter s'excusa mais elle voulait assister au concours. Moïse soulagé, souffla un bon coup, on allait enfin lui ficher la paix.

Il observait. Marco s'était approché de Lila, il lui parlait. Tout à coup, ils se tournèrent vers lui, Lila hocha la tête et sourit. Moïse fit semblant de ne rien voir et se plongea dans le rangement de ses prospectus. Maintenant, c'était elle qui parlait en arborant une mine déçue. Mais qu'est-ce qu'il fichait, cette andouille ? se demanda Moïse. Les haut-parleurs se remirent à grésiller : « le coq Apache... ».

Alors il vit sa main, elle l'avait glissée dans celle de Marco. Ils se regardaient. Après quelques instants, l'adjoint au maire la serra discrètement par la taille.

C'était trop beau. Enfin ! Il avait réussi… Moïse eut une sensation de vertige. Il ne manquait plus qu'il fasse un malaise vagal ; le plus prudent était de ranger et de rentrer. Les hauts parleurs annoncèrent la victoire du coq

Phoenix, la foule des badauds applaudit tandis que certains commençaient déjà à repartir doucement vers la sortie. Moïse chercha encore Lila et Marco du regard mais ils n'étaient plus là. Il décida de rentrer. En descendant la rue du Bout d'en haut, il repensa à ces derniers jours riches en événements. Un sentiment de bonheur l'envahit. Arrivé devant chez lui, il chercha ses clés, ouvrit la porte. D'habitude, César jappait dès qu'il rentrait à la maison mais cette fois-ci le chien manquait à l'appel. Surpris, Moïse l'appela mais il ne répondit pas. Le docteur se dirigea vers le salon, s'approcha du panier. César ne bougea pas. Le corps du chien était froid et raide. Il était mort.

La fête est finie

1

Le docteur Raphaël Loewen n'avait pas prévu de passer les premières journées de l'été dans un petit village du Loir-et-Cher. Pourtant, il roulait sur l'A6 en direction de Marolles. Sa conversation avec la secrétaire de Moïse Miller l'avait décidé ; son patient avait, en outre, annulé sa dernière consultation vidéo. Le psychiatre voulait constater sur place les dégâts causés par la mort du fameux César. Évidemment celle-ci n'avait pas grand-chose à voir avec l'abattement de son patient même si sa secrétaire en était persuadée. Les humains avaient toujours besoin de trouver des réponses simples à leurs problèmes.

C'était inhabituel qu'un psychiatre fasse des kilomètres pour assurer une séance mais le docteur Loewen était coutumier de ces actes fantasques : il aimait sortir des sentiers battus. Quel bonheur aussi de quitter Paris pour profiter de la douceur de ces journées d'été sur les bords de la Loire ! Cette visite éclair avait été un prétexte pour laisser derrière soi les soucis de gestion de la clinique et pour prendre la route. Au bout de trois heures, le GPS indiqua l'arrivée. Après s'être garé sur le parking de la place centrale, Raphaël Loewen s'approcha d'une jolie fontaine. La margelle présentait quelques traces de rouille, elle était surmontée d'une statue en bronze, probablement une Diane ou une Artémis munie d'un carquois. La cloche de l'église se mit à sonner, il regarda sa montre qui indiquait 13 heures. Le village était désert, les habitants devaient être en train de manger. C'était donc ici, ce village dont lui parlait son patient à chaque séance. Il n'y avait plus une trace des préparatifs de la foire agricole ou des *Foulées du cœur*. La place était totalement vide. Le restaurant *l'Atelier* existait bien mais ne correspondait pas du tout à l'image qu'il s'en était faite. C'était une grande bâtisse assez banale recouverte d'un crépi clair. Il entra, on l'accueillit aimablement et il commanda le plat du jour avec une bière.

Au comptoir, Raphaël Loewen observa un couple qui avait l'air d'être connu du patron. La jeune femme était rousse. Il ne put s'empêcher de se demander s'il ne s'agissait pas du couple dont Moïse Miller n'avait cessé de lui parler depuis qu'il se prenait pour une agence matrimoniale. A force d'être sollicité pour régler les difficultés psychologiques des habitants, le psychiatre avait fini par psychanalyser tout le village. Entre la boulimique qui recommençait d'éternels régimes, celui qui se grattait tout le temps et les agriculteurs proches du burn out, Raphaël Loewen avait pu faire connaissance avec de nombreuses personnalités. Cela l'avait conforté dans ses idées. Même en province, le monde était un asile à ciel ouvert. La différence, et elle n'était pas des moindres, tenait au fait qu'un village concentrait cette folie dans un espace à la fois clos et ordinaire dont il était parfois difficile de s'extraire.

2

Madeleine ouvrit la porte et resta interloquée si bien que le docteur Loewen se présenta.

— Excusez-moi, vous ressemblez tellement à Columbo !

Et comme son interlocuteur ne réagissait pas, elle précisa :

— Vous savez, le détective avec son imperméable.

Le psychiatre sourit vaguement. Encore une qui avait l'art du compliment, c'était fini le temps où les femmes lui disaient qu'il ressemblait à Humphrey Bogart. Il entra. Madeleine lui prit son imperméable et voulut le mettre à l'aise :

— C'est tellement gentil d'être venu, je trouve le docteur très déprimé depuis la mort de son chien ! Il vous attend, je vais le prévenir.

Le docteur Loewen acquiesça. C'était donc elle, la fameuse secrétaire... Moïse Miller apparut et l'invita à visiter le cabinet. Ils attendirent poliment le départ de Madeleine. Cela faisait plus d'un an que les deux hommes ne s'étaient pas vus.

— La dernière fois où je suis venue à la clinique, se remémora Moïse, j'étais en train de faire mes cartons de déménagement.

— Vous avez quitté Paris pour une région agréable. Je suis content que l'on puisse se voir et j'avais envie de découvrir Marolles. Vous m'en avez tellement parlé. J'ai même déjeuné à *l'Atelier*. Et puis votre secrétaire avec son Biscotte ! Vous savez qu'elle me trouve un air de ressemblance avec Columbo… ça m'a vexé.

— Madeleine est adorable mais elle dit tout haut ce qu'elle pense. Je suis sûr qu'elle adore Columbo.

Moïse entraîna son invité à l'intérieur de la maison, ils visitèrent le cabinet puis décidèrent de s'installer dans le jardin. Après avoir dégusté la délicieuse collation préparée par Madeleine, le psychiatre sortit sa pipe, la remplit de tabac et proposa de débuter leur séance.

— Quel bonheur d'être à l'extérieur ! Je vous envie ce cadre champêtre. La psychothérapie à ciel ouvert ouvre de nouveaux horizons, déclara-t-il en s'installant dans un transat.

Après quelques bouffées de pipe, il décida de commencer.

— Revenons à la mort de César.

Une expression de tristesse traversa le regard de Moïse qui se lança dans un long monologue.

Tout cela était vrai, étonnamment ridicule que cela puisse paraître. Il s'était attaché à ce chien plus qu'il n'aurait pu se l'imaginer. Le matin, dès son réveil, César était là. Pendant ses consultations, il discutait avec lui ce qui amusait ses patients. Ils faisaient du sport ensemble, il mangeait avec lui. Enfin tout… Depuis que le chien était mort, la maison était non seulement devenue vide mais il se sentait de nouveau comme un étranger. Il avait l'impression de se réveiller d'un rêve et d'ouvrir brutalement les yeux sur une réalité beaucoup moins féerique. Au fond, il se demandait ce qu'il faisait là, seul, dans ce village et sa vie lui avait semblé tout autant dénuée d'intérêt qu'à Paris. Il avait repris sa consultation parce que les gens avaient besoin de lui. Il était d'ailleurs touché par leur gentillesse. Madeleine lui avait rapporté que les gens du village se cotisaient pour lui acheter un nouveau chien. Mais il ne voyait plus les choses de la même manière. Il s'interrogeait sur ses choix. Paradoxalement Paris lui manquait cruellement, ses amis, et même sa mère. Il avait hâte d'être au mois d'août pour rejoindre sa famille en Sicile, retrouver ses cousins et la mer Méditerranée…

Le docteur Loewen secoua sa pipe, déclara que la séance était finie puis se livra à un long discours qu'il conclut en ces termes :

— La condition de l'homme est inévitablement chaotique, de toute façon.

Sur ces paroles qu'il voulait d'un pessimisme apaisant, il rassura son patient : rien de très dramatique… le travail avançait… il était sur la bonne voie… Moïse Miller était quelque peu circonspect quand l'énigmatique psychiatre prit congé mais « carpe diem » oblige, celui-ci voulait profiter de la fin d'après-midi pour taquiner la truite sur le plan d'eau de Dhuizon qu'il avait repéré. Sa passion des poissons… Moïse Miller savait… Il avait rencontré son cher Bubulle, son magnifique *Betta splendens* qui, de son aquarium, suivait toutes les conversations du cabinet !

3

A la mairie, la cellule de crise était réunie pour réfléchir au nouveau chien qu'on allait offrir au docteur. La pharmacienne insistait particulièrement, cela permettrait au docteur de traverser plus rapidement sa période de deuil. Son humeur chagrine lui avait fait redouter une nouvelle fermeture du cabinet. Or son chiffre d'affaires avait considérablement augmenté depuis l'arrivée du docteur Miller. Elle était prête à tout pour qu'il se sente bien au village.

Madeleine était d'accord avec elle. L'éducation d'un chiot lui occuperait son temps libre et son esprit. Marco était plus dubitatif mais il ne préférait pas compliquer les choses puisque tout le monde était persuadé qu'un nouveau chien allait guérir le docteur de sa mélancolie. Didier Lequoy s'était excusé, il ne pourrait pas participer à leur réunion parce qu'il devait aller voir une vache prête à vêler.

Dans l'attente du président de l'Association des chasseurs, on réfléchissait à la race du chien. Un labrador ? Gentil mais trop massif et maladroit. Kevin proposa un carlin ou un bouledogue français. C'était des chiens affectueux et calmes. Madeleine trouvait les carlins affreux et puis le docteur avait besoin d'un chien sportif qui puisse courir avec lui. Pourquoi pas un Beagle ou un Jack Russell ? On trouva l'idée bonne. Kevin fit tourner son téléphone portable : les chiots étaient attendrissants.

Alain Poutay arriva enfin, on lui demanda ce qu'il pensait d'un Jack Russell. D'après lui, ce n'était pas une bonne idée. Moïse Miller serait incapable d'éduquer un Jack Russell, ce serait le chiot qui ferait l'éducation de son maître. En un mois, on aurait un chien qui courrait partout dans le cabinet, qui aboierait sans cesse sur les patients et un médecin dépassé par la situation.

Un beagle ? C'était déjà une meilleure idée avec le risque cependant que le docteur le perde à chaque promenade. Le beagle était un chien de chasse qui n'hésitait pas à fuguer. Si on devait affronter un psychodrame à chaque fois que le beagle prenait du bon temps, on n'était pas sorti de l'auberge.

Un Golden Retriever. C'était peut-être le meilleur choix. Un chien sociable, intelligent et sportif. Assorti aux couleurs beiges du cabinet ! s'exclama Madame Perdrichoux qui savait Moïse Miller sensible à un certain esthétisme. Les membres du conseil municipal validèrent à l'unanimité ce choix et Alain Poutay s'engagea à trouver un chiot au plus vite.

4

Confortablement installée dans l'appartement de son fiancé, Blandine de Mareuil lisait à haute voix la « to do list » que Madeleine lui avait confiée. Elle, qui après tant d'années au service de ses parents, rêvait d'émancipation, était bien tombée.

— Après cette formation, tu seras une parfaite épouse, assura Quentin de Lancry.

— Comment ce médecin parisien, jeune, pas croyant, peut être aussi traditionaliste ? s'interrogea Blandine.

— Il est juste paresseux, ma chérie. Tu ignores encore que cette disposition de caractère traverse toutes les identités masculines ?

Blandine lui lança un regard affligé, replia la liste et la jeta sur la table basse.

— Moïse, c'est un prénom hébraïque… remarqua Quentin. Tu sais s'il est juif ?

— Je ne sais pas. Madeleine m'a dit que sa mère était italienne et son père russe.

— Il a un côté sexy, non ? Je donnerai cher pour travailler toute la journée avec lui. Tu as de la chance ! Il est plutôt pas mal, avec ses cheveux ondulés, ses jolies petites fesses et ses yeux bleus.

Blandine sourit : le docteur avait tapé dans l'œil de son fiancé pendant *Les Foulées du cœur*.

Si son père avait exprimé une réserve certaine quant à ce futur emploi, Quentin avait, au contraire, poussé sa fiancée à l'accepter. Une fois mariés, ils projetaient de quitter Blois. La société provinciale était beaucoup trop étriquée pour leurs projets. Ce remplacement de six mois ouvrirait à Blandine la porte du secteur médical. Elle méritait autre chose que de servir fidèlement les projets de ses parents.

5

Après avoir vu le docteur Loewen, Moïse se sentit mieux. Pendant tout le dimanche, il rangea ses affaires, tria, jeta, remit de l'ordre. Les *Foulées du cœur* ainsi que les festivités du 14 juillet étaient passées, il pensait maintenant à ses vacances d'août. Le soir, il dîna dans le jardin. La présence de César lui manquait. Cette fois-ci, il était de nouveau seul avec comme unique projet celui de partir cet été voir sa famille maternelle en Sicile. C'était tout. Une vie certes pas lamentable, il l'admettait, mais pas exaltante non plus.

Le lendemain, il débuta les consultations en expliquant à Madeleine combien il allait la regretter. Personne n'allait pouvoir la remplacer. Madeleine décréta qu'il devait se marier, qu'on ne pouvait pas se contenter d'un chien dans la vie, qu'il était jeune, beau, bien portant, qu'il serait heureux ici avec quelqu'un. Il l'avait regardé avec un air tellement désabusé qu'elle avait levé les yeux au ciel, découragée. Pour faire diversion, il lui avait répondu que c'était elle qu'il devait épouser. Madeleine était son rayon de soleil. Il accepterait Biscotte en dot.

A la fin de la semaine, une surprise l'attendait. Alors qu'il terminait sa dernière consultation, il vit entrer dans le cabinet le président de l'association des chasseurs, la pharmacienne, le maire, Marco et Lila, Kevin, le caporal-chef des pompiers, Madame Claudel et les délégués d'élèves de la classe de CM1/CM2. Un chiot adorable était dans les bras d'Alain Poutay.

Les deux enfants s'avancèrent vers le docteur et récitèrent :

César est parti
Mais la vie n'est pas finie
Voici Moka
Qui sera heureux chez vous.
De la part des habitants de Marolles

Et Alain Poutay déposa la petite boule blanche par terre. On applaudit. Biscotte observait à l'écart. Moïse s'approcha de Moka qui se mit aussitôt à lui mordiller les doigts. Alain Poutay lui détailla les qualités du Golden Retriever.

— C'est un chien parfait pour la vie au cabinet et pour courir les cani-trails. Il a tout juste trois mois. Le vétérinaire l'a vacciné, il est en parfaite santé. Il faut juste terminer son éducation mais c'est un chien facile pour les maîtres débutants. Vous devriez y arriver.

Madeleine sortit du champagne, deux cakes du réfrigérateur, elle avait tout prévu. Moka eut aussi droit à un panier d'été en lin ainsi qu'à une écuelle à son nom. On décida de s'installer dans le jardin. Tout en bavardant, Moïse observa Marco et Lila. Visiblement, ils étaient ensemble, ce que Marco lui confirma par un regard complice. A défaut d'avancer dans sa propre vie, il réussissait à faire avancer celle des autres.

Lorsque toute cette joyeuse compagnie fut partie, Moïse et Moka restèrent seuls. Le docteur prépara le dîner du chien en suivant les conseils d'Alain Poutay : dix grammes de riz, dix grammes de viandes et dix grammes de légumes. Puis il regarda le chiot manger. Moïse décida de terminer la soirée dans le jardin. Il s'installa confortablement dans son maxi transat, ouvrit son roman policier et appela le chien qui le regarda du haut de la terrasse mais ne bougea pas. Quelques minutes plus tard, Moka traversait le jardin, renifla l'homme qui respirait doucement, les yeux fermés. Il l'avait nourri, il n'avait pas l'air méchant. Il se coucha au pied du transat et posa sa tête entre ses deux pattes.

6

Estelle était de garde à l'hôpital, elle profitait d'un moment de pause pour relire les messages envoyés par son ancien colocataire. D'abord un article élogieux de la *Nouvelle République* sur *Les Foulées du cœur* à Marolles assorti d'une photo où l'on voyait tous les coureurs qui formaient un cœur. Moïse, au milieu, arborait un sourire rayonnant. L'article détaillait le dynamisme du jeune médecin qui avait su fédérer écoles et habitants autour d'un projet de santé novateur. Estelle avait répondu au SMS avec des émoticônes d'applaudissements, des petits cœurs et des smileys bisous. Elle était fière de lui. Moïse lui avait envoyé à son tour des petits cœurs, un smiley bisous et un smiley clin d'œil.

Ensuite venait le SMS annonçant la mort de César suivi de son propre SMS de condoléance avec des émoticônes larmoyants. Puis un long compte rendu de la visite surprise de son psychiatre. Maintenant, les dizaines de photos de Moka. Moïse s'était abonné à une revue *Le Mag du chien* et se disait absorbé par son nouveau rôle d'éducateur canin. Il lui avouait être tombé dans une gaga mania pour son nouveau chien qui lui remontait le moral. Heureusement car la remplaçante de Madeleine se révélait psychorigide. Il lui écrivait aussi avoir hâte de partir en vacances pour retrouver sa famille italienne. Dans son dernier message, Moïse l'invitait d'ailleurs en Sicile.

Estelle avait hésité mais comme elle accompagnait Jérémie à une série de conférences, elle avait finalement refusé. En même temps, elle avait besoin de vraies vacances après les heures de garde à l'hôpital qui l'épuisaient et Jérémie qui la harcelait parce qu'il avait dû encore jeter un chewing-gum collé sur la table basse et parce qu'elle ne rangeait jamais ses tasses à café dans le lave-vaisselle. S'il ne la supportait plus, autant lui dire directement. Il ne prêtait aucune attention à ses difficultés à l'hôpital, ne s'intéressait pas à sa nouvelle activité dans un groupe médical dédié à la santé des femmes. Il lui avait même fait comprendre qu'elle cédait aux sirènes du capitalisme. Une véritable déclaration de guerre !

7

— Il est hors de question que je finance des travaux pour une nouvelle chambre d'hôtes.

Le ton employé par François de Mareuil était sans appel.

— Tu dois t'occuper de l'éducation des enfants et tu as déjà deux chambres d'hôte pour te distraire. Je consacre déjà des sommes colossales pour maintenir en état le château dont tu es l'héritière.

Les pupilles de Constance de Mareuil s'étaient dilatées, elle qui rêvait de transformer leur ancienne grange en gîte de charme, qui avait fait venir deux architectes et établi plusieurs devis, voyait son projet balayé par son mari d'un revers de main. L'annonce était si brutale qu'elle resta muette. François de Mareuil en profita pour clore la discussion en quittant le salon. Il savait que le meilleur moyen pour éviter les jérémiades de sa femme était de frapper fort. Effectivement, Constance était sonnée. Elle resta seule, à la table de la salle à manger, abasourdie. La cruauté de son mari était sans nom. Elle ne put retenir ses larmes. Elle qui avait supporté cette vie monotone pendant toutes ces années, élevé leurs huit enfants, supporté ses infidélités, ses absences, son arrogance depuis que son entreprise dégageait des bénéfices florissants et qu'il envisageait de se lancer dans une carrière politique.

179

Amère, elle se rappela toutes les situations où elle s'était sentie humiliée et triste ; ces messages qui lui faisaient savoir que Monsieur était « indisponible » alors qu'elle l'avait croisé à Blois avec une de ses « assistantes ». Et puis ces week-ends pour des « séminaires » à Paris. Son époux se comportait comme le pire hobereau d'Ancien Régime.

Tandis que la colère l'envahissait, son fils Éloi s'approcha d'elle.

— Maman, je ne retrouve plus ma gourde, ni mon foulard.

— C'est à chaque fois pareil, maugréa Constance. La veille de ta sortie scoute, tu ne retrouves jamais tes affaires.

— C'est pas ma faute. La dernière fois, c'est Adrien qui me les avait prises parce qu'il avait perdu les siennes.

Constance se leva et l'embrassa.

— Arrête d'accuser ton frère, je suis sûre qu'on va les trouver. Allez, viens, je vais t'aider à les chercher.

8

Le mois de juillet se terminait, Moïse n'avait plus qu'un seul événement festif avant de partir en vacances : la Garden party des de Mareuil. Blandine lui en parlait depuis une semaine. Elle lui présenterait son fiancé Quentin de Lancry, ses frères ainsi que leurs amis. Le docteur se regarda dans le miroir, c'était parfait. Il ne lui restait plus qu'à ajouter une touche de parfum. Les femmes y étaient toujours sensibles. Il caressa Moka qui somnolait dans son panier et le prévint qu'il partait pour la soirée. Une heure plus tard, il se gara sur le parking du château de La Facelière. Un majordome attendait les invités à la grille et les dirigeait vers l'entrée principale. Moïse traversa le jardin à la française avec ses allées bordées de topiaires. Entre deux obélisques de végétation, on apercevait la façade claire du château surmontée d'un toit en ardoise. La pierre ocre, dorée par la lumière du soleil de cette fin de journée, resplendissait. Quatre larges fenêtres aux boiseries blanches se répartissaient symétriquement autour de l'entrée principale. Moïse emprunta l'escalier double qui conduisait au perron. Une grille bleue ornée de feuilles dorées suivait les ondulations des marches en marbre. Le décor eut été parfait si deux élégantes cages avaient encore contenu les précieux oiseaux du comte. Ceux-ci avaient disparu, le matin même, ce qui avait provoqué la colère noire de François de Mareuil qui s'en était violemment pris à l'aide-jardinier chargé du nourrissage des animaux. Visiblement, les cages avaient été mal fermées. Mais pour le moment, le comte et la comtesse se tenaient dans le hall central et accueillaient chacun de leurs invités.

Après les avoir salués, Moïse traversa le large vestibule et se retrouva sur la terrasse de la façade Est. Un tout autre spectacle se déployait : une magnifique pièce d'eau se divisait en multiples canaux qui se perdaient dans un parc immense, bordé au fond par la vallée du Cher. La main du jardinier s'était faite plus secrète cultivant une parfaite harmonie entre le peigné et le sauvage, entre l'ombre et la lumière. Le regard était aspiré par cette douceur qui conférait à la nature un semblant d'harmonie parfaite. Moïse saisit la coupe de champagne que lui présenta un serveur et la savoura en contemplant le paysage.

Quentin de Lancry observait l'homme qui venait d'arriver et qui dégustait lentement sa coupe de champagne légèrement appuyé contre la balustrade de la terrasse. Il attira l'attention de sa fiancée qui fit signe au docteur de venir les rejoindre. Tandis qu'elle lui présentait son employeur, Quentin savourait des yeux l'élégance nonchalante du médecin. Il appréciait en lui la *Sprezzatura*, cette décontraction naturelle mais étudiée qui était pour lui le paradigme du bon goût. Cela lui venait probablement de ses origines italiennes. Quant aux deux joncs en cuir et or rose qui glissaient sur ses poignets bronzés, ils étaient autant une invitation à la sensualité que le dessin de sa bouche.

Blandine donna un léger coup de coude à son futur époux :

— Quentin ? Je crois que le docteur Miller t'a posé une question.

— Je vous prie de m'excuser, je suis parfois distrait.

— Blandine m'a dit que vous travaillez dans la communication visuelle, reprit Moïse.

— Oui, je travaille pour *Blake et Mortimer*, une agence de publicité à Paris. Je suis directeur artistique de la communication visuelle. Avec le télétravail, je réussis encore à passer quelques jours à Blois mais je pense devoir m'établir définitivement à Paris.

Ils parlèrent alors de la capitale. Quentin y avait fait ses études supérieures à l'école Duperré. En connaisseur, Moïse le félicita, c'était une école d'art très renommée. Tout en discutant, il observait les différents groupes qui se formaient autour d'eux. La majorité des hommes était en costume bleu, les plus jeunes avaient osé une paire de sneakers, les plus âgés un costume en lin clair. Deux jeunes hommes portaient le grand uniforme de l'école militaire de Saint-Cyr et paradaient au milieu d'une grappe de jeunes femmes.

Ludivine de Mareuil lui servit de prétexte pour échapper à la compagnie et partir découvrir le parc. Quand elle vit le docteur, l'espiègle fillette vint se coller à lui. Ils se connaissaient parfaitement car elle était devenue, comme toutes ses autres petites patientes, sa « petite patiente préférée ». Moïse la voyait régulièrement au cabinet pour des otites à répétition. Elle lui prit la main et l'entraîna vers le parc. Ils longèrent un étang bordé d'iris jaunes puis suivirent un sentier ombragé par les fines feuilles des saules. Ils traversèrent la roseraie qui n'intéressait pas du tout Ludivine que les fleurs ennuyaient au plus haut point. Elle voulait lui montrer les cygnes ainsi que le *Temple de la Pleureuse* où se trouvait la statue d'une femme toute en coquillages. Ils arrivèrent enfin à l'Orangerie où ils s'assirent quelques instants.

Ludivine fixa Moïse de ses deux grands yeux sombres, elle avait un secret à lui dire. Moïse sourcilla. De quoi s'agissait-il ? La veille, elle s'était approchée des cages à oiseaux et le faisan blanc lui avait dit « Libère-moi ». Elle avait été surprise qu'un oiseau puisse parler alors elle s'était approchée de l'autre cage, celle du faisan doré qui lui avait aussi dit « Libère-moi ». Elle avait réfléchi. Les oiseaux n'étaient pas faits pour vivre dans des cages, ils étaient très tristes. Alors elle était allée prendre les clés dans l'abri à jardin et avait ouvert les cages. Les faisans étaient sortis et s'étaient envolés. Tout était bien, sauf que le matin quand son père avait découvert les cages vides, il avait été très en colère, il avait crié sur Manuel qui lui disait qu'il avait pourtant bien refermé les cages.

Moïse réfléchit. Il concéda que c'était un peu embêtant, pas tant pour les oiseaux que pour l'aide-jardinier. Le mieux était de dire la vérité à son papa, elle éviterait des ennuis à un innocent. Ludivine était d'accord mais elle avait peur d'être envoyée en pension. De gros sanglots se mirent à couler sur ses joues. Moïse la prit dans ses bras et la consola. Il était sûr que son papa la pardonnerait, il fallait juste trouver le bon moment.

9

Le « bon moment » se matérialisa sous la forme d'une soutane noire ornée d'un petit col blanc qui discutait avec le comte. Dieu miséricordieux était là, il fallait en profiter. Ludivine serra la main de Moïse et ils s'avancèrent tels des condamnés vers les deux hommes. François de Mareuil présenta aussitôt l'évêque de Blois au docteur et comme il connaissait bien la mine coupable de sa fille, il demanda quel genre de confession ils venaient faire tous deux.

— Il s'agit bien d'une confession, concéda Moïse. Je crois qu'une jeune pécheresse a quelque chose à vous raconter et j'espère de tout mon cœur que vous lui donnerez l'absolution.

Amusé, Monseigneur Jean-Paul Couture assura sur un ton bonhomme qu'il aiderait les pécheurs à trouver le chemin de dieu. Moïse poussa Ludivine devant le comte et lui intima de faire le récit de son historiette. Le comte écouta d'un air sévère.

— Et où as-tu trouvé la clé des cages ?

— Après mes devoirs, je vais toujours aider Manuel à nourrir les animaux. Je sais qu'il met les clés dans la serre, dit la petite fille avec de gros sanglots dans la voix.

La confession terminée, Moïse ajouta un vibrant plaidoyer. Ludivine était une petite fille sensible, qui avait peut-être trop lu de contes. Elle avait entendu la voix des oiseaux. Comment reprocher à une jeune enfant un geste qui s'était voulu libérateur ? Mais surtout Ludivine ne voulait pas qu'un innocent soit accusé à sa place même si elle redoutait d'être punie et envoyée en pension.

François de Mareuil ne desserrait pas les dents mais quand sa fille vint se serrer contre lui avec des yeux implorants, qu'elle lui expliqua ne pas pouvoir vivre loin de son papa, il sentit sa colère fondre à la vitesse de lumière.

— C'est un péché bien véniel, assura Monseigneur Couture, n'est-ce pas Monsieur le Comte ? Dire la vérité est un acte de foi qui ouvre vers la voie du pardon. Je vous accorde l'absolution, Mademoiselle.

Après avoir obtenu de son père l'assurance qu'elle serait juste privée de piscine pendant quinze jours, la fautive s'envola rapidement vers de nouvelles activités abandonnant ainsi son sauveur.

10

Constance de Mareuil attendit que la fête batte son plein et que l'obscurité se mette à tomber pour s'éloigner. Le parc était son refuge, elle en connaissait les moindres recoins et venait, à l'abri des regards, partager son chagrin avec la statue de la Pleureuse. Encore une fois, elle avait tenu son rôle de parfaite épouse qui sait recevoir et soutenir la carrière de son mari. Connaissant ses ambitions politiques, elle avait fait bonne figure maîtrisant à la perfection les codes de la civilité. C'étaient bien les seules choses qu'on lui avait apprises. Après l'obtention de son baccalauréat, sa carrière avait été toute tracée, elle s'était mariée, avait tenu sa maison, éduqué ses enfants, organisé les fêtes de famille et les réceptions.

Les premières années, cela l'avait rendue heureuse et puis elle avait déchanté. Secrètement, elle enviait ces jeunes femmes qui travaillaient et échappaient au cadre étroit de la sphère domestique. Elle s'était persuadée du bien fondé de se consacrer entièrement à ses enfants et elle ne se privait de critiquer celles qui considéraient cette tâche comme secondaire. A la sortie de l'école Notre-

Dame-de-France, les langues acerbes critiquaient les nou-nous toujours plongées sur leur téléphone, incapables d'assurer l'éducation des enfants.

Son mari partageait son opinion mais elle s'était rendue compte, lors des réceptions où ils se rendaient, qu'il discutait longuement avec les femmes actives et de manière très fugace avec celles qui élevaient leur progéniture. Elle s'était sentie potiche. Il l'avait rassurée, il n'avait aucune considération pour ces femmes qu'il laissait bien volontiers aux autres. Elle était une épouse et une mère parfaite, le comblait et il l'aimait. Les grossesses étaient arrivées les unes après les autres. Elle s'occupait de tout : François, pris par son travail à l'usine, ne rentrait que tard le soir. L'éducation des enfants l'occupait à temps plein. Pourtant, elle aurait aimé reprendre ses études, suivre un cursus en histoire de l'art. Elle lui en avait parlé, il avait trouvé l'idée bonne mais difficilement conciliable avec des enfants en bas âge. Il avait raison, elle avait renoncé.

Pensant lui faire plaisir, il lui avait laissé la gestion du domaine, c'était d'ailleurs elle, la propriétaire du château. Elle avait pris en charge les questions de chauffage, les réparations, le ménage et l'entretien du jardin. Quelques années plus tard, il avait accepté qu'elle se lance dans la création de deux chambres d'hôte, concédant qu'elle avait bon goût pour la décoration et qu'elle savait recevoir. Quand elle s'était aperçue qu'il la trompait, elle avait été blessée mais n'avait rien dit. Cela faisait partie de l'ordre des choses et elle l'avait accepté alors même qu'elle en souffrait. Sa famille et sa réputation passaient avant toute chose. Quand il s'en était rendu compte, il s'était montré affectueux avec elle. Il l'aimait, elle était la mère de ses huit enfants, le reste n'avait pas d'importance. Les années passant, ils s'étaient éloignés l'un de l'autre. Le comte était moins prévenant, il ne s'occupait pas d'elle, s'agaçait de ses moindres suggestions, lui parlait parfois comme à une idiote. Ce n'était pas la guerre mais une cohabitation froide et raisonnée.

Arrivée près de la statue en coquillages, elle s'assit sur le socle et observa les étoiles qui brillaient à travers les ramures. Les bruissements des feuilles se succédaient par vagues créant une symphonie naturelle qui l'avait toujours émerveillée. Elle ferma les yeux un instant et se laissa consoler par leur doux bercement.

11

Après que Ludivine l'eut quitté, Moïse resta seul une coupe de champagne à la main, souriant pour faire bonne figure. Il aperçut au loin la pharmacienne et le vétérinaire attablés avec leurs conjoints respectifs mais n'éprouva pas l'envie de les rejoindre. Une main se posa alors sur son épaule, c'était Hector, le fils aîné du comte.

— Vous venez ? Il y a une autre soirée dans les anciennes cuisines du château.

Le docteur le suivit. Un dance floor s'était improvisé dans les sous-sol. Cela faisait longtemps qu'il ne s'était pas rendu à une vraie fête. Etait-ce le champagne ? La chaleur de l'été ? Les vibrations de la musique ? Moïse décida de baisser la garde, de se mêler à cette foule serrée qui avait envie de se toucher et d'être désirée. Dans cette obscurité où les regards comme les corps peuvent se frôler, il remarqua très vite une jeune femme. Elle était venue se faufiler jusqu'à lui. Ses cheveux bruns encadraient un visage régulier. Quand elle dansait, elle levait les bras, laissant son corps léger virevolter devant lui. Sa robe serrée suivait la ligne de son buste couvrant de petits seins qu'on devinait à peine.

Il se rapprocha d'elle. Elle posa sur lui des yeux enclins à davantage. Alors il l'attira doucement et posa un baiser furtif au creux de sa nuque. Quand elle sentit le contact de sa bouche, elle s'immobilisa, saisit sa main et chuchota qu'il y avait trop de monde. Ils sortirent. Ni l'un, ni l'autre n'avaient envie de parler. Ils marchaient vers les parties les plus sombres du parc, dégageant de leurs mains complices les branches d'arbuste qui gênaient leur progression.

L'heure était douce, ils étaient là. Quand sa bouche se posa contre la sienne, Moïse sentit tous ses sens revivre. C'était un réveil puissant après cette longue abstinence. Il l'embrassa encore, releva ses cheveux et parcourut le contour de son cou et de son visage. Sa peau avait le goût du sel. Ils s'étendirent, ses mains vinrent frôler ses jambes et ses seins. Il les sentait sous ses doigts comme deux petits dômes pointus et éprouva soudain une furieuse envie de retirer cette robe serrée, incommode. C'était impossible sans qu'elle se déshabillât complètement. Il ne voulut pas être brutal ou inconvenant et se contenta de remonter de quelques centimètres l'étoffe soyeuse ; la jeune femme vint se coller contre lui. Sa respiration s'accéléra, il caressa ses fesses tandis qu'elle ondulait le long d'une de ses cuisses.

Elle gémit en même temps que son téléphone sonna. Découvrant le nom de son correspondant, ses yeux prirent une teinte différente. C'était une urgence, son mari la cherchait, elle était désolée mais elle devait absolument partir. Après lui avoir appliqué un petit baiser sur la joue, elle s'envola. Moïse, dépité, la regarda partir avec des sentiments mêlés, partagé entre les effets persistants de son érection et l'amertume d'être abandonné dans cet état. Il se releva, fit marche arrière dans une quasi-obscurité, suivant la faible clarté d'un étroit sentier qui bordait un canal.

A son extrémité, il se sentit rassuré, il reconnut la statue de la Pleureuse où l'avait conduite Ludivine. Il n'aurait plus qu'à longer la rivière, passer devant l'Orangerie et en suivant les lumières du château, il retrouverait la sortie. Il s'apprêtait à dépasser la statue quand il identifia une forme humaine. Il s'arrêta et reconnut Constance de Mareuil. Elle ne l'avait visiblement pas entendu. Elle était appuyée contre la statue, l'obscurité dissimulait une partie de son visage.

Il la salua. Elle tressauta. Ils s'amusèrent de cette rencontre fortuite. Moïse s'était perdu en voulant faire une dernière promenade dans ce parc magnifique. Elle avait éprouvé le besoin d'un instant de repos au terme d'une soirée qui l'avait beaucoup sollicitée. Avait-il apprécié la Garden party ? Moïse se livra à une série de compliments convenus qui leur permirent de se tirer de l'embarras où ils se trouvaient. Le jeune homme remercia une dernière fois la comtesse et prit congé, se demandant ce qu'elle faisait là, seule, à une heure si tardive.

12

Le lendemain, il se réveilla et s'aperçut pour son plus grand plaisir que Moka avait transgressé l'éducation stricte qu'il s'efforçait de lui inculquer : le chiot dormait profondément sur son lit. Ressentant un désagréable mal de crâne, il regretta les trop nombreuses coupes de champagne qu'il avait bues. Des souvenirs plus précis de la soirée lui revinrent en mémoire. Avait-il envie de revoir la délicieuse créature qui l'avait troublé ? Certes, il s'agissait d'une première entorse au strict règlement qu'il s'était imposé mais il n'allait pas rester abstinent toute sa vie. En plus, la charmante Rose était mariée, elle ne risquait pas d'être encombrante.

Moka se réveilla et vint lui lécher le visage. C'était dégoûtant, cette petite langue râpeuse et chaude, mais il aimait trop son chien pour le gronder. Il pensa avec émotion au vieux César, à Madeleine qui était arrivée à La Réunion et n'attendait plus que la naissance de sa petite-fille. Leurs départs si rapprochés lui avaient pesé. De la fenêtre ouverte, il entendait le calme du jardin à peine troublé par les chants d'oiseau. Dans deux jours, il retrouvait sa mère à Paris : direction la Sicile. Il avait vraiment besoin de vacances. Sa pauvre mère… il ne lui avait pas donné beaucoup de nouvelles. Il savait que son choix de quitter Paris pour s'installer en province lui avait fait de la peine. Au début, il l'avait appelée presque quotidiennement mais maintenant, il se contentait de quelques messages laconiques. D'ailleurs, elle avait compris qu'il voulait être tranquille et n'osait plus l'appeler ou même venir pour le week-end. Il se sentait coupable et se réjouissait de la revoir, comme il avait envie de retrouver la grande maison de pierres de sa grand-mère, ses tantes et son cousin Tonino. Il avait prévenu qu'il avait un invité surprise à quatre pattes. Sa tante lui avait répondu qu'elle aurait préféré un invité surprise à deux jambes parce qu'au village, on ne manquait pas de chiens errants. Si sa mère ne le harcelait pas au sujet de sa vie sentimentale, il était certain que sa tante ne manquerait pas de le faire. Heureusement que son cousin Tonino était, lui aussi, « un célibataire endurci ».

L'heure du départ

Célibataire, et alors ?

1

La chaleur de la Sicile était étouffante mais Moïse, qui y était habitué grâce à ses séjours de jeunesse, la supportait sans difficulté. Il était assis sur le seuil d'une petite maison, protégé du soleil par une charmille de vignes faisant office de pergola. Construite par sa famille maternelle, cette masure maintenant abandonnée aux araignées et aux lézards surplombait la citronneraie d'Alcireale. En contrebas de vallons escarpés, la mer Méditerranée miroitait de multiples éclats bleu vif. Ce paysage aurait été incomplet sans la majesté des neiges éternelles de l'Etna, ogre chaud qui culminait à plus de trois mille mètres.

La maison de plain-pied servait de résidence secondaire aux amis de passage. Une douche, un évier, une cuisine inutilisable, des toilettes, deux chambres avec des lits en fer, une série d'étagères en bois, c'était à peu près tout. Depuis que sa grand-mère était décédée, Moïse logeait ici quand il venait voir sa famille maternelle. Auparavant Alma ne l'aurait pas supporté, elle voulait ce petit-fils exilé près d'elle et, depuis qu'elle avait perdu la vue, il devait supporter qu'elle touche son visage et ses cheveux pour le reconnaître.

Moïse se rappela le contact de ses mains sèches et rugueuses, son visage qui s'éclairait tandis qu'elle marmonnait en vieux sicilien des mots qu'il ne comprenait pas toujours. La veille, il était allé se recueillir sur sa tombe, au cimetière du village. Dans la rocaille et les herbes qui sentaient le fenouil, il avait senti sa présence diffuse et rassurante. La voix de sa mère interrompit le charme de cette réminiscence.

— Je vais à Taormine avec Henri. Tu viens avec nous ?

« Henri ». Rien que l'évocation de ce prénom lui donnait des boutons.

— Non, merci. J'ai prévu de faire du bateau avec Tonino.

Lucia n'insista pas. Quelques minutes plus tard, Moïse entendit leurs voix, les portières qui claquent et le bruit du moteur de la voiture qui démarrait. Bon débarras !

2

Henri. Il ne l'avait pas vu arriver celui-là.

Deux ans auparavant Moïse avait d'abord surmonté la culpabilité d'abandonner sa mère. Cette femme qui ne s'était jamais remariée, qui lui avait consacré toute sa vie sans se plaindre, qui avait pallié l'absence de son père, qui l'avait soutenu pendant ses longues années d'étude de médecine. Il savait qu'il était tout pour elle et combien elle était seule et fragile malgré sa fierté affichée. Il avait supporté sans rien dire ses critiques agressives puis son indifférence teintée de dégoût pour ses aventures provinciales. Il avait supporté tout cela parce qu'il savait qu'elle souffrait et parce qu'il l'aimait probablement comme il n'avait encore jamais aimé une autre femme.

Et elle ? Elle ? Alors qu'il l'imaginait esseulée se morfondant dans son petit appartement parisien, elle vivait une grande histoire d'amour avec « Henri ».

Après 25 ans de célibat, elle avait déniché ce type en faisant du bénévolat dans une association caritative catholique.

Henri et ses trois enfants : Claire, Manuel et Anne.

Henri et ses cinq petits-enfants : Émile, Lola, Martin, Éléonore et Côme.

Elle n'avait plus que ce mot à la bouche : « Henri ».

Il le regardait, ce petit couple de sexagénaires, avec leurs regards enamourés et leurs mutuelles déférences. Il écoutait les : « si tu es d'accord », « est-ce que ça te plairait ? », leurs « chéri ». Il supportait leur regard plein de compassion pour le trentenaire qu'il était devenu, qui avait pourtant « tout pour plaire » mais qui partait encore avec sa « maman » en vacances et n'avait qu'un chien pour seule compagnie.

Lucia s'était bien gardée de le prévenir avant qu'il prenne son billet pour Catane, elle lui avait présenté « Henri » à l'aéroport et au lieu de l'étrangler direct, de l'assommer avec sa valise de marque, de déchirer son billet et de leur jeter aux visages, Moïse avait simplement dit : « Bonjour », « Quelle grande nouvelle ! » et « C'est génial ! ».

Cela faisait une semaine qu'il supportait la situation en faisant beaucoup d'efforts. De toute façon, sa mère s'en fichait complètement, elle était amoureuse. Et sa sœur, Béatrice, qui les recevait avec son mari, veillait sur elle comme une chatte sur ses petits. Elle décochait un regard assassin à Moïse à la moindre parole aigre ; Lucia avait maintenant droit au bonheur. Elle qui avait tellement souffert des mœurs dépravés de son premier mari. C'était la première fois qu'elle la voyait de nouveau heureuse ; son neveu n'avait pas le droit de faire la tête comme un gamin de trois ans, il était adulte maintenant, Lucia pouvait refaire sa vie.

Heureusement pour Moïse, les tourtereaux partaient à la mi-août : Henri gardait ses deux petits-enfants, Éléonore et Côme, pendant quinze jours dans sa villa à Trouville. Les petits évitaient ainsi le centre de loisirs, ils profitaient des joies du bord de mer, sa fille Claire venait passer le dernier week-end d'août et les ramenait à Paris pour la rentrée des classes. Il était très heureux que Lucia l'accompagne et fasse enfin la connaissance de ses enfants et de ses petits-enfants. Il insistait depuis plusieurs mois mais Lucia, par pudeur, différait toujours.

Moïse supportait d'autant moins bien la situation que le crime de Henri était double : non seulement, il lui volait sa mère mais il venait aussi déséquilibrer leur mode de vie en le contaminant avec un nouveau paradigme de valeurs, celui de la famille traditionnelle composée comme un repas à trois plats : « grands-parents », « parents », « petits-enfants ». Brutalement, Moïse était passé du statut de jeune célibataire qui butine, à celui de trentenaire vieillissant qui tarde à se marier et à faire des enfants. Il avait le sentiment d'avoir raté le coche, de prendre du retard dans le continuum des choses de la vie. Car dans cette évocation quasi permanente de la vaste progéniture de « Henri », qui rendait tellement admirative Lucia, s'écrivait la légende de l'homme reproducteur, celui qui perpétue l'espèce. Son père, Sacha, malgré ses multiples faiblesses avait procréé. Moïse n'avait rien fait du tout. Il était encore au stade infantile prêt à basculer au stade inutile pour l'espèce.

C'était ce qu'il ressentait et quand il en discutait avec son cousin Tonino, rien ne pouvait atténuer cette sensation désagréable.

3

Rien ne fut épargné à Moïse cet été. Pendant ces jours de colère sourde, il s'était consolé en imaginant le désarroi de son père. Depuis vingt-cinq ans, Sacha continuait de nourrir l'espoir d'une réconciliation avec son ex-femme. Certes il avait d'autres compagnes mais il leur avait toujours fait comprendre que ce n'était que des contrats à durée déterminée. Elles traversaient sa vie, s'installaient chez lui pour une période plus ou moins longue à laquelle il mettait toujours invariablement un terme. D'ailleurs il n'avait jamais eu d'autres enfants.

Vingt ans plus tôt, il avait demandé pardon à genoux pour son infidélité mais la belle Sicilienne, blessée, s'était montrée inflexible. Il espérait encore pouvoir la reconquérir mais connaissant son caractère de feu, il patientait comme un chasseur guette sa proie. Il attendait qu'elle faiblisse pour enfin lui revenir. C'était du moins ce que s'était toujours imaginé Moïse. Ils allaient donc partager quelque chose en commun : la jalousie de voir Lucia partir avec un inconnu. Mais ce n'était pas du tout ce qui s'était produit.

Quand Moïse avait appelé son père, il avait compris que celui-ci était déjà au courant. Ce dernier avait même encouragé Lucia. Henri avait l'air d'être quelqu'un de bien. Il était gentil, sérieux, amoureux. Il menait une vie agréable qui conviendrait à sa mère. Moïse n'en était peut-être pas conscient mais sa mère vieillissait. Elle avait besoin que quelqu'un veille sur elle. Henri était veuf, il avait perdu sa femme deux ans plus tôt. Il était capable d'aimer Lucia comme elle avait besoin d'être aimée. Que Lucia refasse sa vie avec quelqu'un d'autre le soulageait. Car pour clarifier complètement la situation (pour l'achever, c'est le terme qu'emploierait Moïse lorsqu'il en ferait le récit à son cousin Tonino), Daria, sa nouvelle compagne, attendait un enfant ; Moïse allait avoir un petit frère ou une petite sœur. Il était heureux de le lui annoncer. Sa nouvelle compagne était enceinte de quatre mois. Pour être sincère, c'était un accident mais maintenant, il voyait cet enfant comme un cadeau du ciel et il avait décidé de prendre toutes ses responsabilités. Sacha n'avait pas été un bon père, il le reconnaissait, il s'en excusait mais il promettait de faire mieux aujourd'hui comme père et comme futur grand-père. Le père de Moïse avait terminé la conversation téléphonique en lui racontant que Lucia était émerveillée par la grande tribu de Henri. D'ailleurs, ce qu'elle voulait maintenant, Moïse avait dû le comprendre, c'est qu'il lui fasse des petits-enfants.

Quand Moïse avait raccroché, il était resté abasourdi. Face à l'indifférente mer Méditerranée qui brillait au pieds d'Alcireale, il avait éprouvé une furieuse détestation pour ce père qui se fichait complètement de lui.

4

Pour oublier ses idées noires, Moïse naviguait tous les jours avec Tonino empruntant le vieux bateau de pêche de la famille. Son cousin connaissait les meilleurs coins de la côte entre Taormine et Alcireale. Ils plongeaient dans l'eau cristalline aux reflets vert jade, explorant les moindres cavités à la recherche de langoustes, de crabes ou même de homards. Au bout de dix jours, la peau de Moïse était devenue cuivrée et ses cheveux, décolorés par le sel et le soleil, avaient pris cette clarté qui avait toujours fasciné Alma, sa grand-mère, qui n'avait eu que des enfants et des petits enfants aux cheveux bruns.

Lorsqu'il ne profitait pas de la mer, Moïse aimait traîner à Taormine, petit Saint-Tropez sicilien, à la fois ravissant avec son antique théâtre grec et lieu incontournable du shopping. Il emmenait Moka qui provoquait l'attention de toutes les femmes qu'il rencontrait. Une fin d'après-midi où il s'était installé à une terrasse pour siroter un café glacé, il eut envie d'appeler Estelle.

— Salut, c'est Moïse. Ça va ? J'appelais pour prendre des nouvelles.

— Oui, ça va, je suis avec Jérémie à Collioure.

— Je te dérange ?

— Pas du tout mais qu'est-ce qui t'arrive ? Tu as une drôle de voix ?

— Non… tout va bien.

— Tu es sûr ?

— Oui, ça va…

Mais au bout de quelques minutes, Moïse finit par laisser cours à son amertume.

— Il y a juste que ma mère est venue accompagnée.

— Accompagnée ? Mais accompagnée par qui ?

— Par Henri. Un retraité, veuf, chauve, inintéressant.

Estelle eut envie de glousser mais elle se contint : son ancien colocataire n'avait vraiment pas l'air dans son assiette.

— C'est plutôt une bonne nouvelle ! Tu avais peur qu'elle se sente seule après ton départ. Et puis elle va enfin te ficher la paix, c'est ce que tu voulais.

— Même pas, maugréa Moïse. Maintenant, elle me bassine pour que je me mette en couple. Elle veut des petits-enfants parce que « Henri » a cinq petits-enfants.

— Et ton père, il est au courant ? Tu m'avais dit qu'il était toujours hyper jaloux.

— Mon père !

— Quoi ?

— Tu es bien assise ?

— Oui.

— Il va être papa à soixante-cinq ans.

— Whaouh !

Le silence se fit au bout de la ligne.

— C'est une grande nouvelle, en effet. Ça fait beaucoup à avaler en même temps.

— En plus il veut me présenter sa « Daria », une pouffiasse russe qui a mon âge. Je n'en peux plus, je te jure.

Estelle connaissait assez bien Moïse pour comprendre son désarroi, elle compatissait : ses deux parents s'étaient bien organisés pour lui gâcher l'été. Ils auraient pu au moins le prévenir ou attendre la rentrée. De toute façon, les parents... Les siens aussi commençaient à l'exaspérer avec leurs allusions incessantes sur le thème de l'horloge biologique. Au besoin, elle ferait congeler ses ovules. Et puis, la notion de couple devenait archaïque, les statistiques de la dernière étude de la Stanford Medical University le montraient : les hommes et les femmes avaient d'autres aspirations que de faire des enfants.

Et ils continuèrent de discuter pendant une bonne heure, prophétisant avec satisfaction la mort du couple et l'avènement du célibat. Pendant ce temps-là, Moka dormait tranquillement, les touristes quittaient la ville pour rejoindre leur bateau de croisière et le soleil, moins ardent, saupoudrait d'une lumière rosée le cratère blanc de l'Etna.

5

La veille de son retour pour Paris, Lucia vint rendre visite à son fils dans sa maison de Robinson Crusoé.

Elle avait ainsi baptisé cette masure lorsqu'elle avait compris qu'il y resterait dormir loin de la maison familiale. Moka entendit en premier le son furtif de ses espadrilles et se mit à aboyer. En bas des escaliers, Moïse aperçut alors la silhouette de sa mère. Comme à son habitude, elle était impeccable, seuls ses cheveux étaient maintenant veinés de mèches blanches. Elle lui expliqua qu'elle s'apprêtait à faire ses bagages et qu'elle avait envie de passer un peu de temps avec lui.

— Est-ce que tu sais pour ton père ? lui demanda-t-elle après quelques minutes de conversation.

— Oui. Il m'a dit que sa nouvelle compagne était enceinte.

— Quand il me l'a annoncé, j'ai eu du mal à réaliser.

Lucia se tut. Elle ne pouvait pas dire à son fils que cette nouvelle avait été un coup de poignard, qu'elle s'était sentie une nouvelle fois trahie. Heureusement il y avait eu Henri.

— Que penses-tu de Henri ?

Moïse fit une moue évasive.

— Je suis désolée, j'aurais dû te prévenir. Mais je te connais. J'ai eu peur que tu ne renonces à venir et j'avais envie de passer du temps avec toi. Dis-moi, que penses-tu de Henri ?

Moïse regarda sa mère. Elle avait l'air anxieuse. Alors il lui mentit.

— Il a l'air gentil. Vous allez bien ensemble.

Rassurée, Lucia se confia davantage. Elle était encore réticente à s'engager plus avant parce qu'elle pensait aux enfants d'Henri. Même s'ils étaient adultes, ils venaient de perdre leur mère deux ans plus tôt. La voir arriver dans la vie de leur père, habiter les mêmes lieux que celle qui les avait élevés devait être pénible. Henri n'avait pas l'air de le comprendre, il était pressé, il supportait mal la solitude.

Elle se retint de poser d'autres questions à son fils. Ce petit, qui était grand maintenant, qui la regardait avec des yeux boudeurs, elle l'avait senti remuer à l'intérieur de son ventre, elle lui avait tenu la main, elle l'avait nourri, consolé, aimé, adoré. Il lui restait l'espoir d'avoir un petit-enfant. Elle ne put se retenir de lui en parler.

— Tu sais Moïse, il n'y a maintenant qu'une chose qui compte : c'est que tu sois heureux et que tu fondes une famille.

Moïse prit note de sa commande mais lui rappela avec ironie la détestation qu'elle avait toujours éprouvée pour chacune de ses petites amies. Elle lui promit d'être plus conciliante. Tout était changé maintenant. Comme elle allait partir, elle le serra dans ses bras longuement. Il la laissa faire puis la regarda s'éloigner et, comme petite vengeance, car il acceptait encore avec difficulté son amour pour Henri, il l'imagina sous la pluie à Trouville, elle qui adorait le soleil de Sicile.

A l'heure des comptes, la note était salée : sa mère filait le parfait amour avec un veuf fringant ; son sexagénaire de père avait mis enceinte sa nouvelle compagne. Lui, à trente ans passés, commençait à ressembler à un phoque esseulé languissant sur un gros rocher. Cette fois-ci, chacun mettait les voiles, il lui appartenait de ne pas rester à quai.

6

La fin du mois d'août arriva trop vite, il fallut repartir. A peine requinqué par ce régime de soleil et de Méditerranée Moïse prit congé de sa famille tout en promettant de revenir l'été prochain. Bien évidemment il les invitait tous à Marolles, la maison était grande. On lui répondit « *si, si* » mais personne n'osa lui dire qu'ils n'avaient pas envie d'aller à la campagne. La campagne, ils connaissaient, ils cultivaient du citron. En revanche, ils regrettaient de ne plus avoir un pied à terre à Paris. Tous avaient adoré son perchoir au 5eme étage d'un immeuble haussmannien, c'était tellement typique ! Et puis Paris, c'était beau, c'était romantique. On se sépara donc avec de grands sourires, dans l'idée qu'on se reverrait probablement à Alcireale.

Moïse atterrit à Paris le premier septembre et prit aussitôt un train pour Blois. Après ses congés intenses en émotions, il avait hâte de se plonger à nouveau dans le travail. Blandine de Mareuil lui avait envoyé une capture d'écran de ses rendez-vous : tout était plein pour la première semaine. Madeleine était devenue grand-mère. Même si Moïse n'aurait pas dû être réceptif à cette naissance, il ne pouvait être insensible au bonheur de sa secrétaire : elle était rayonnante.

La reprise fut intense. Entre les premiers rhumes de la rentrée des classes, les rendez-vous de suivi de sa patientèle âgée, le mois de septembre passa très vite. Il fallait écouter monsieur Demeaux s'inquiéter de son taux de cholestérol et demander pour la centième fois si son traitement était bien compatible avec sa colopathie fonctionnelle. Parce que depuis qu'il prenait ce traitement depuis un an, il avait davantage mal au ventre alors il se demandait si son traitement était bien adapté. Il n'était pas entièrement convaincu.

Ensuite c'était le tour de Madame Le Tennier qui ne dormait pas bien et qui, à 90 ans, ne comprenait pas pourquoi Moïse refusait de lui prescrire ses somnifères alors que du temps du docteur Maurice, ce n'était pas la même chose. Oui, avec le docteur Maurice, elle avait toujours eu sa prescription de somnifères et elle n'avait jamais eu de problèmes. Il était compréhensif le docteur Maurice, alors que lui, avec sa nouvelle médecine. Si elle avait été une petite jeune pimpante, il lui aurait fait sa prescription ! Et Moïse de confirmer que si elle avait été plus jeune, il la lui aurait faite mais que vu son âge, elle risquait de faire une chute pendant la nuit. Il se retenait d'ajouter qu'elle allait bientôt dormir longtemps et sans somnifères et se contentait de lui faire une prescription de mélatonine avec laquelle elle repartait bougonne.

Mylène Lelièvre avait, quant à elle, des problèmes de démangeaisons. Le docteur lui avait d'abord donné un traitement émollient mais il n'avait pas fonctionné. Il lui avait donné l'adresse d'un confrère dermatologue mais c'était trop loin, elle n'avait pas de voiture ; il lui avait donné un autre traitement. Cela n'avait pas marché. Elle était finalement allée voir le dermatologue, mais son traitement n'avait pas marché non plus. Elle ne dormait plus. Elle se demandait si ce n'était pas plutôt des piqûres d'insectes. Moïse n'en pouvait plus, il avait osé lui conseiller d'aller voir un psychiatre mais elle l'avait très mal pris.

Mais la pire de ses patientes était sa voisine Madame Raguenaude. Chaque mois, elle trouvait un prétexte pour le consulter, une douleur à la poitrine, un essoufflement, une faiblesse à la jambe. Non seulement, il procédait à chaque fois à une auscultation soigneuse pour s'assurer qu'elle n'avait rien, mais en plus, il devait l'écouter déverser son fiel.

Elle le plaignait, elle trouvait que les gens n'étaient pas toujours très sympathiques avec lui. Certains disaient qu'il était homosexuel car il n'avait pas de petite amie. D'autres disaient qu'il gagnait beaucoup d'argent et que ce n'était pas normal que la mairie continue de payer la moitié du salaire de sa secrétaire médicale.

Grâce à elle, il avait appris qu'il ne vivait pas le monde des Bisounours. Pendant longtemps il avait cru être apprécié de tous, il recevait des cadeaux, le cabinet de désemplissait pas, Madeleine le rassurait. Avec la Raguenaude, il découvrait la face obscure du village. Dans son dos, certaines langues devaient aller bon train.

7

Le mois d'octobre connut un événement heureux : la délicieuse jeune femme avec laquelle Moïse avait passé quelques secondes torrides dans le parc du château de la Flacelière reprit contact. Dans un premier temps, il n'avait pas vraiment percuté quand il avait vu le nom « Rose Elfassi » sur sa liste de rendez-vous mais un agréable frisson de surprise l'avait parcouru quand il l'avait reconnue dans la salle d'attente. Blandine ignorait tout de leur brève escapade nocturne, elles discutaient très aimablement comme deux bonnes amies.

Quand il l'avait fait entrer dans son cabinet, Rose avait d'abord minaudé, prétextant diverses douleurs. Cela l'avait amusé et il s'était laissé prendre au jeu. Il avait pris très au sérieux ses symptômes et s'était livré à un examen minutieux. Constatant sa parfaite santé, il lui avait alors demandé ce qu'elle voulait exactement et sa réponse fut claire. Elle voulait terminer ce qu'ils avaient commencé et ce à quoi elle avait pensé pendant tout l'été. S'il était d'accord, bien sûr.

Moïse avait réfléchi. Il était sur son lieu de travail, les rendez-vous se succédaient toutes les vingt minutes,

Blandine pouvait toquer à la porte à tout moment, les cloisons n'étaient pas particulièrement insonorisées, il était 11 heures du matin… Mais elle avait levé toutes ses hésitations en trouvant la situation parfaite et en lui promettant un silence religieux.

Rose était belle ! Ses yeux bruns et sa peau hâlée chatoyaient, elle avait retiré ses chaussures et, de ses petits pieds nus, s'était prudemment approchée. Avec son air ingénu, elle l'avait regardé. Son œil semblait dire « après » ? Alors, il s'était levé, s'était rapproché et, sur les mousses de velours de son divan médical, il n'était pas resté sourd à l'appel de la nature.

Rose promit de revenir à la faveur d'une nouvelle consultation. Elle avait adoré et puis cela ne coûterait qu'une trentaine d'euros à la sécurité sociale, secret médical inclus. Elle l'avait embrassé sur le bout du nez puis avait innocemment réglé sa consultation auprès de Blandine.

Avec Rose, Moïse mit donc un terme à sa disette sexuelle. Pour éviter de creuser indûment le déficit de la sécurité sociale, Rose venait le jeudi midi à l'heure de sa pause déjeuner quand Blandine n'était pas là. Être un amant lui convenait parfaitement, il ne posait aucune question sur monsieur Elfassi, notaire à Blois. Rose était belle, Rose était disponible. Elle apportait une touche de piquant et transformait, pour de courts instants, son cabinet en lieu de délices.

8

Le bouche à oreille continuait de fonctionner, amplifié par l'article élogieux de la *Nouvelle République* sur *Les Foulées du cœur*, on venait de loin consulter le docteur Moïse

Miller. Le maire était fier de cette situation : avoir un médecin et, en plus, un médecin comme Moïse Miller, changeait tout. Plusieurs familles, avec des enfants en bas âge, s'apprêtaient à emménager, son projet de médiathèque était en bonne voie. Contrairement à certains de ses concitoyens qui jasaient sur le célibat du docteur, Pierre Coudon s'en félicitait. Pas de femmes, pas d'embrouilles. Le médecin était entièrement dévolu à sa tâche. C'était ce qu'il fallait. En effet, Moïse, qui n'avait pas d'autre distraction, faisait des journées de plus en plus longues.

Le docteur le constatait lui-même, fini ses débuts où il avait encore le temps d'aller prendre un café matinal au comptoir de *l'Atelier,* maintenant le cabinet ouvrait à 9h tapante. Pendant toute la rentrée, il enchaîna les consultations s'efforçant de prendre le moins de retard possible et terminant souvent après 20 heures. Il lui fallait en plus accepter les urgences de fin de journée ou encore celles du week-end. Si Moïse était satisfait d'être devenu indispensable, il était aussi inquiet : comment continuer à ce rythme ? Il aurait fallu au moins être deux médecins pour répondre à la demande. Chaque semaine, il refusait d'être le médecin traitant de nouveaux patients, réservant cette possibilité uniquement aux Marollais. Cela entraînait un surcoût de la consultation. Aussi dans ses avis sur les moteurs de recherche, le docteur n'échappait pas à certains messages acerbes, « M. Miller accepte le paiement par carte bancaire mais pas d'être médecin traitant », « Plus d'une heure de retard et pas un mot pour s'excuser ». Moïse lisait avec dégoût ces critiques négatives parfois même malveillantes. Il refusait d'y répondre, se contentant de relire tous les avis positifs et élogieux. Quant au chiffre d'affaires important généré par le cabinet, il allait bientôt faire jaser.

Un soir de novembre, Moïse reçut un appel de Marco Vandelli. L'adjoint au maire voulait le voir.

— Quelque chose de grave ? demanda Moïse un peu inquiet.

— Non, ce sont juste des histoires autour du cabinet mais je préfère t'en parler directement.

— Tu peux passer ce soir. Je serai disponible à partir de 20 heures.

Le soir venu, Marco lui expliqua de quoi il en retournait.

Comme il l'avait peut-être oublié, le maire lui avait concédé un certain nombre d'avantages pour faciliter le démarrage du cabinet : le salaire de Madeleine était financé à moitié par la municipalité et la comptabilité était gérée par le comptable de la mairie. Compte tenu de cette organisation, le comptable de la mairie avait rendu public le chiffre d'affaires du cabinet.

— Je ne sais pas si tu rends compte, mais tu gagnes un max, annonça Marco un peu gêné.

Moïse le regarda interloqué.

— On me reproche quoi exactement ? Que je travaille trop ? Tu crois que ça m'amuse de satisfaire toutes les demandes de rendez-vous !

— Ne t'énerve pas. Le problème, ce n'est pas le maire, tu imagines bien. C'est que ça jase du côté de l'opposition municipale.

Et Marco lui expliqua qu'au conseil municipal, certains avaient tiqué devant le montant de son chiffre d'affaires. Ça avait fait grincer des dents. On ne trouvait pas acceptable que la municipalité accorde un budget conséquent au cabinet sachant que celui-ci générait un chiffre d'affaires qui montrait qu'il n'avait plus besoin de cette aide. D'autant plus que la municipalité avait d'autres besoins... Mais on allait essayer d'arrondir les angles, le docteur était apprécié de tous, indispensable à la vie du village, le maire étudiait la situation pour lui faire une nouvelle proposition.

— Et pour le secrétariat médical ? demanda Moïse

— C'est compliqué. Certains ne comprennent pas pourquoi tu n'utilises pas une plateforme de rendez-vous, répondit Marco d'un air désolé.

Après le départ de l'adjoint au maire, le docteur se sentit amer. Même s'il comprenait la réaction de certains habitants, il aurait aimé que les choses lui soient présentées autrement. Les gens étaient vite oublieux. Il ne comptait pas ses heures pour soigner la population et ne pratiquait aucun dépassement d'honoraires même les soirs ou le week-end. Voilà comment on le remerciait. Ce que Moïse ignorait, c'est ce que Marco avait entendu au dernier conseil municipal. Des langues s'étaient déliées. Après avoir réclamé clairement une révision du contrat qui liait le médecin à la municipalité, Camille Delattre avait demandé un « audit » des avantages en nature qui avaient été et étaient toujours octroyés au docteur Miller. Visiblement, elle s'était renseignée et avait évoqué l'aménagement gratuit du cabinet ainsi que l'entretien de son jardin. Elle avait cru comprendre que l'employé municipal se chargeait deux fois par mois de la tonte du gazon. Camille Delattre avait très logiquement argumenté et puis, discrètement, elle avait fait comprendre que « le docteur Moïse Miller était visiblement très intéressé par l'argent ». Le maire avait fait semblant de rien entendre mais Marco avait très bien compris l'allusion. Il était intervenu. Qu'est-ce qu'elle entendait exactement par « très intéressé par l'argent » ? Camille Delattre avait éludé la question mais Gérard Bardin qui votait Rassemblement national lui avait jeté un regard amusé.

Marco avait été écœuré. Il en avait parlé au maire qui ne voyait pas trop comment gérer autrement l'affaire que par une remise à plat rapide de cette aide si on ne voulait pas donner davantage de grain à moudre aux cancans nauséabonds. Ce qui serait économisé irait au budget de la médiathèque. Le maire espérait juste que le docteur ne se formalise pas et qu'il conserve Madeleine. Il trouvait que ce poste lui avait fait beaucoup de bien. Depuis la mort de son fils Sébastien, il ne l'avait jamais trouvée aussi heureuse.

10

Si au moins, il avait été marié… C'était la rengaine de Madame Perdrichoux, la pharmacienne qui essayait de défendre le docteur face aux attaques du vétérinaire et de sa femme qu'elle recevait à dîner. Auparavant, le docteur Maurice et son épouse faisaient partie de ces soirées où se réunissaient deux à trois fois par an les « autorités médicales » du village. Moïse Miller y avait été convié au printemps dernier mais tout en ayant fait preuve de courtoisie, il s'était à la fois peu livré et n'avait pas rendu l'invitation. Lors de ce dîner, Didier Lequoy, qui avait voulu faire quelques traits d'humour en se moquant gentiment du caractère de certaines personnalités, n'avait pas fait mouche. Le nouveau généraliste avait souri froidement et n'avait pas complété ces portraits par quelques anecdotes savoureuses comme savait si bien le faire le docteur Maurice. Selon le vétérinaire, il n'avait fait aucun effort, s'était même montré, on pouvait aller jusqu'à dire cela, « condescendant ». On sentait le médecin qui avait fait ses études à Paris et qui se croyait supérieur. Pour le vétérinaire, Moïse Miller était certes un bon médecin mais il manquait de savoir-vivre. Sa femme lui donnait raison et ajoutait ironiquement qu'il avait une qualité : celle de dépenser sans compter au cabinet de son mari. Son affection pour ses deux toutous, surtout le premier, relevait du dernier ridicule.

La pharmacienne, tout en servant une gigue de chevreuil rôtie, leur donna raison. Le nouveau docteur avait complètement renouvelé les traitements des patients, ce qui avait, quelquefois, perturbé les gens. En même temps, on ne pouvait pas regretter sa venue, son activité de pharmacienne avait souffert considérablement pendant les dix-huit mois où le village n'avait pas eu de médecin. Mais Madame Perdrichoux concédait qu'il ne faisait pas d'effort. Pendant la Garden party des de Mareuil il n'était même pas venu les saluer. Quand on voulait s'intégrer, on essayait de partager les traditions locales, son mari lui avait proposé une partie de chasse, il avait refusé. Il préférait courir dans les bois avec les pompiers. A chacun ses plaisirs.

Madame Lequoy en profita pour interroger son orientation sexuelle. On ne lui avait jamais vu une femme au bras, pourtant il n'était pas désagréable de sa personne. Et puis, ces visites à domicile le soir, pour… comment les appelait-il ? … « Ses petites vieilles ». C'était bizarre ou bien lorgnait-il sur certains héritages ? Sans compter le choix de sa secrétaire. Ils avaient tous pensé qu'il choisirait une jeune femme et son choix s'était porté sur Madeleine. Incompréhensible.

Si au moins, il avait été marié… avait répété Madame Perdrichoux.

11

Marco et Lila attendaient Moïse pour le dîner, ils redoutaient de lui faire part de la solution qui avait été trouvée pour la gestion du cabinet. Mais le couple connaissait suffisamment bien le village pour savoir que le poids des commérages pouvait ternir une réputation. Très vite, la rumeur s'était diffusée : « le scandale du financement du cabinet », « les avantages abusifs » dont bénéficiait le docteur Miller, chacun y allait de son petit commentaire.

Quand le docteur arriva, Marco servit des bières et, pour purger rapidement le sujet, lui expliqua qu'à partir du 1er janvier, le contrat d'aide qui liait le cabinet médical à la mairie serait révisé. Moïse devrait prendre entièrement à sa charge le salaire de Madeleine ainsi que les frais de gestion de sa comptabilité. En revanche, la mairie ne réviserait pas le loyer de la maison et l'employé municipal continuerait d'entretenir le jardin. L'opposition municipale, déjà fière de cette reconquête, s'était voulue conciliante, redoutant que Moïse Miller trouve l'herbe plus verte ailleurs, il y avait tant de villages en quête de médecin.

Moïse avait opiné. Il s'était penché sur son revenu annuel. Il gagnait plus qu'à l'hôpital mais ce qui lui restait à la fin, une fois les charges et ses impôts de célibataire payés, n'avait plus rien à voir avec son chiffre d'affaires brut. Mais il comprenait que cette somme nourrisse bien des rancœurs. De nombreux habitants gagnaient à peine le SMIC, d'autres vivaient avec le RSA et la cueillette des champignons.

Après cet apéritif au goût amer, les trois amis dînèrent en se remémorant avec plaisir l'épisode de la rédaction de la lettre à Lila. La jeune femme en profita pour demander à Moïse où il en était sur le plan amoureux, lui qui savait écrire des lettres d'amour si inspirées. Le docteur répondit qu'il avait une relation avec une femme mariée, charmante, et que cela lui convenait. Lila n'insista pas. Maintenant qu'elle le connaissait mieux, elle ne l'imaginait pas installé avec une femme et des enfants, jusqu'à la fin de sa vie à Marolles. La seule image du docteur qui lui semblait juste était celle de sa fuite souple dans la ligne d'eau de la piscine.

12

En termes de conquête féminine, Moïse se satisfaisait de Rose qui n'avait nulle intention de divorcer. Elle faisait partie de la bande cool et branchée de la haute bourgeoisie locale qui avait adoubé Moïse après la Garden Party. Pendant les mois de septembre et d'octobre, on s'était vus à des pique-nique ou à des apéritifs improvisés. On discutait de ses derniers loisirs, qui de la voile en Bretagne, du golf ou encore de la chasse. On s'intéressait aux questions du monde, au réchauffement climatique, mais aussi au manque de crèche et aux différents modèles de voitures électriques.

Moïse Miller était apprécié pour sa conversation, son élégance décontractée, sa « Sprezzatura », comme aimait à le répéter Quentin de Lancry. Mais, avant tout, il apportait une touche d'exotisme dans ce monde uniforme : une mère catholique sicilienne, un père juif russe qui vivait à Monaco, deux exilés, cela contribuait à l'auréoler d'un charme qui excitait la curiosité. Sa qualité de médecin ainsi que la réussite évidente du cabinet le rendaient, de plus, absolument fréquentable. Quant à Rose, elle le couvait du regard tout en acquiesçant aux moindres propos de son mari.

Moïse était ravi de trouver un nouveau cercle de connaissances. Il distillait des informations au compte-goutte mais avait fini par avouer qu'il avait été cardiologue dans un hôpital parisien. L'hôpital européen Georges Pompidou. Quand on s'était étonnés de son choix de carrière, il avait expliqué en avoir eu assez d'une médecine qui perdait son âme, il voulait s'intéresser à l'humain. La rythmologie, c'était le nom de sa spécialité, l'avait lassé. En s'installant à Marolles, il renouait enfin avec une tradition médicale qui appréhendait le patient dans sa globalité. Et puis la qualité de vie dans le Loir-et-Cher était tellement appréciable !

Dans cette petite coterie, il reprit naturellement ses habitudes de séducteur. Il plaisait mais Rose lui jetait des regards piquants dès qu'une célibataire s'approchait de lui. Ce qui le surprit davantage, ce fut la camaraderie un peu trop tactile du futur époux de Blandine.

13

Comme on approchait de Noël, Moïse décida de débuter ses courses à Blois. Alors qu'il parcourait les rayons d'un concept store du centre-ville, il aperçut Quentin de Lancry avec un ami. Il les observa discrètement, les deux hommes se comportaient comme un vrai couple. Il eut été gênant d'aller les saluer, alors il préféra quitter le magasin. Maintenant, Moïse n'avait plus de doute, le fiancé de Blandine entretenait une relation avec un homme alors qu'il s'apprêtait à se marier. Blandine était-elle au courant ? Certainement pas. Que devait-il faire ? Se taire et la laisser épouser un homme dont elle ignorait la véritable orientation sexuelle ? Lui dire ce qu'il avait vu au risque qu'elle ne le croie pas ou bien qu'elle soit anéantie ?

Après une longue tergiversation, il décida de lui dire la vérité.

Le lendemain, alors qu'ils déjeunaient ensemble, il
se lança :

— Hier, j'ai vu Quentin à Blois pendant que je fai-
sais mes achats de Noël. Il était avec un ami.
Blandine se contenta d'acquiescer.

— Ils avaient l'air de bien se connaître.

Moïse était ennuyé, il hésitait à en dire plus.

— Je ne sais pas si j'ai bien vu mais…

Blandine arrêta de manger et le fixa subitement.

— Moïse, je vais te dire la vérité. Mon mariage avec
Quentin n'est pas un mariage d'amour, c'est un arrange-
ment. Quentin est homosexuel, moi aussi mais pour nos
familles respectives, nous sommes hétérosexuels et nous
allons nous marier.

Comme Moïse restait bouche bée, Blandine lui expliqua longuement leur situation. Elle avait découvert son
attirance pour les femmes en camp scout. Hors de question d'en parler à sa famille, tous considéraient l'homosexualité comme une perversion. Elle-même avait très mal
vécu son attirance pour les femmes, jusqu'à ce qu'elle
fasse une belle rencontre, une chef scoute, qui lui avait
permis de concilier sa foi et son homosexualité. Et puis, à
une soirée, elle avait fait la connaissance de Quentin de
Lancry.

Tous deux avaient compris leur intérêt commun.
Le père de Quentin n'aurait jamais accepté l'homosexualité de son fils. Fervent catholique, il éprouvait un profond
dégoût pour ces erreurs de la nature. Ce mariage allait leur
offrir une couverture idéale, d'autant plus qu'ils envisa-
geaient de s'installer à Paris ; Quentin disposait d'une ai-
sance financière confortable, il pouvait louer un appartement sans difficulté. Après avoir hésité, elle avait compris

que c'était l'occasion de changer son avenir. Entre l'entreprise de son père et la vie confinée au château, elle se sentait coincée. Alors qu'à Paris, Quentin lui avait fait découvrir toute la richesse de la communauté LGBT. Ils auraient leur propre vie tout en vivant ensemble.

Rassuré par ces explications Moïse était néanmoins surpris :

— Mais vous ne pouvez pas vivre normalement votre sexualité ?

— Je crois que tu ne mesures pas l'importance de la religion dans nos familles, répondit Blandine. Dans notre milieu, tout le monde s'accommode facilement du mensonge à condition que chacun prône haut et fort les mêmes valeurs.

Elle lui expliqua qu'on fermait les yeux sur les relations très amicales et masculines de Quentin à condition qu'il réfute fermement toute relation intime. Quant à François et Constance de Mareuil, ils étaient ravis que leur fille trentenaire et toujours célibataire se marie avec un aristocrate de la région. Le docteur devait comprendre qu'ici, tout se savait, tout se taisait. Tout le monde savait qu'il avait été cardiologue. Tout le monde savait qu'il prenait des antidépresseurs et qu'il faisait une psychothérapie. Tout le monde savait qu'il avait une relation avec Rose Elfassi. Dans leur monde, les apparences comptaient autant que la vérité et le mensonge pouvait aussi avoir ses élégances morales.

Cette fois-ci, c'était le docteur qui s'était arrêté de manger. Autant de cynisme le laissait pantois. Blandine le regarda d'un air désolé, ce Parisien, qui avait voulu lui épargner une grande désillusion était bien naïf.

Comme d'habitude, Moïse vit le visage familier du docteur Loewen apparaître sur son écran. Il se mit aussitôt à lui raconter ce que Blandine lui avait confié : on savait depuis longtemps qu'il avait été cardiologue, qu'il suivait une psychothérapie mais personne n'avait osé lui en parler, même Madeleine qui était la personne qui le connaissait le mieux et qu'il soupçonnait d'être à l'origine de ces « fuites ».

Quand il avait su, il n'avait pas ressenti de la colère mais plutôt une forme d'angoisse voire de honte. Il était démasqué. Tous les habitants devaient savoir qu'il avait vécu un échec professionnel à Paris. L'avait-on trouvé risible ? Leur avait-il fait pitié ? Pourquoi ne lui avait-on posé aucune question ? Moïse s'arrêta quelques instants, espérant que le docteur Loewen lui apporte des réponses, mais celui-ci se contenta de quelques « hum », « hum », « hum », alors il continua.

Ce qui l'avait rassuré, c'était le fait que les habitants du village aient continué à lui faire confiance. La consultation était toujours pleine, les Marollais n'hésitaient pas à lui raconter leurs secrets. Au fond les habitants le jugeaient beaucoup moins durement qu'il ne se jugeait lui-même. C'était la conclusion à laquelle il était arrivé. Et puis toutes ces histoires autour du financement du cabinet l'avaient fatigué… Il se rendait compte que la vie dans un village n'était pas aussi idyllique que ce qu'il avait cru.

15

Un moment délicieux éclairait cependant les semaines de Moïse : la visite, chaque jeudi, de Rose Elfassi.

Elle lui faisait la gazette des nouvelles de Blois avant de s'abandonner à ses caresses. Il la laissait parler, il l'écoutait en lui accordant une complète attention, il la serrait dans ses bras, il la confortait dans ses idées sans se douter du moins du monde de l'évolution de ses sentiments. Elle avait été tellement claire sur ce qui ne devait rester qu'une aventure qu'il n'imaginait pas un retournement de situation. C'est pourtant ce qui se produisit, le dernier jeudi avant le début des vacances scolaires de Noël.

Rose vint au cabinet comme à son habitude et après qu'ils eurent fait l'amour lui déclara qu'elle n'envisageait plus la vie sans lui. Elle ne supportait plus son mari, elle éprouvait même du dégoût quand il s'approchait d'elle. Leurs relations s'étaient distendues, Antoine s'en était rendu compte et ils avaient eu une explication. Il acceptait de lui donner du temps mais lui demandait de choisir avant l'été. Mais dans sa tête, c'était tout choisi. Elle préférait Moïse. Elle acceptait la demande de sursis d'Antoine mais c'était davantage pour qu'il s'habitue à la situation.

Rose avait poursuivi sans donner à Moïse la possibilité d'émettre le moindre commentaire. Pour respecter les bienséances, elle ne pourrait s'installer chez lui que six mois après son divorce. La maison ne lui plaisait pas trop car de nombreuses pièces restaient « dans leur jus » mais elle s'occuperait de la décoration. Après ce long exposé, elle avait regardé son futur compagnon. Moïse s'était levé, rhabillé. Il était pressé, sa première consultation de l'après-midi débutait dans quelques minutes, il n'avait pas vu le temps passer. Oui, ils en reparleraient plus tard. Rose était repartie quelque peu déçue par son manque d'enthousiasme.

Après sa journée de consultation, Moïse avait dîné en réfléchissant à sa situation : elle avait pris une tournure nouvelle depuis le matin. La déclaration de Rose aurait dû le combler : épouser une femme charmante, s'installer définitivement dans la région, fonder une famille… Mais c'était l'effet contraire qui s'était produit. Il s'était rendu compte qu'il n'en avait pas du tout envie. Pourquoi Rose en avait-elle parlé à son mari avant qu'ils en aient discuté ensemble ? Il n'avait qu'une envie : fuir à nouveau. La première urgence était cependant de rompre. Comment lui dire les choses sans la vexer ? Moïse décida de lui écrire un SMS. Ce choix manquait peut-être de courage mais, de toute façon, les femmes n'étaient jamais contentes ! Il lui expliquerait ne pas avoir fait le deuil de sa précédente relation. La seconde urgence était de trouver une excuse pour décliner l'invitation de sa mère pour fêter Noël à Trouville. Il l'appela et mentit : Madeleine était rentrée, elle s'apprêtait à passer Noël loin de sa fille et de la petite Manon, il ne pouvait pas la laisser seule, il était vraiment désolé mais il viendrait sans faute lors de prochaines vacances.

Après ces deux mensonges, il se sentit libéré et décida de sortir Moka. Le Golden Retriever jappa en lui apportant sa laisse. A cette heure tardive, Marolles était désert. Moïse longea l'école, dépassa le bureau de Poste et continua à monter. Une fois arrivé sur la petite route de Vergnolas, il écouta le silence. Jamais à Paris, il n'avait connu une telle impression de tranquillité. Il respira à pleins poumons, profitant de ces minutes si rares et dont il savait qu'elles ne dureraient pas.

Comme un poisson dans l'eau

1

Malgré toutes les précautions prises par Moïse pour ménager la susceptibilité de Rose, celle-ci, éconduite, l'avait trop aimé pour ne pas le haïr avec fureur. Le premier changement perçu par le docteur fut l'attitude de Blandine de Mareuil qui devint non seulement glaciale mais aussi condescendante. Le docteur l'interrogea mais elle refusa de lui donner une quelconque explication. Il imagina qu'elle savait pour Rose et qu'elle lui faisait la tête par solidarité féminine ignorant encore toutes les conséquences de cette rupture.

D'abord éplorée, Rose se consola grâce aux paroles adroites de son mari, trop heureux d'éviter le scandale d'un divorce et de récupérer sa femme. Leur cercle d'amis avait accueilli Moïse Miller avec beaucoup de sollicitude et celui-ci n'avait songé qu'à semer la discorde en convoitant une femme mariée. Il pardonnait à Rose d'avoir cédé à ses manœuvres mais il ne pardonnait pas au docteur d'avoir joué avec les sentiments de sa femme. Cet homme était dépourvu de principes moraux. Rose accepta sans discussion cette version de la vérité. Le docteur Miller n'avait cessé de lui faire des avances.

Très vite, le couple dévoila à leurs amis le comportement inapproprié du docteur. Hector de Mareuil, le fils aîné du comte, regretta d'avoir introduit cet étranger dans leur petit cercle. Il aurait dû se douter qu'un homme s'appelant Moïse Miller ne puisse partager leurs valeurs. La parole se libéra ; d'autres femmes avouèrent qu'elles s'étaient senties mal à l'aise quand il les regardait avec insistance. Tous étaient déçus mais arrivèrent à une conclusion simple : l'intriguant était démasqué, il comprendrait vite qu'on ne voulait plus le voir.

Quentin de Lancry avait abondé dans le sens de ses amis. Même s'il appréciait tout particulièrement le docteur, il était hors de question de se mettre en danger pour le défendre. Son homosexualité le rendait particulièrement clairvoyant. Il sentait que les mâles de leur petit groupe avaient trouvé un prétexte idéal pour exclure une personnalité qui aurait pu leur porter ombrage. Moïse Miller avait en effet une élégance et une ouverture d'esprit qu'aucun d'eux n'aurait jamais. Il devina la déception de Rose mais pensa aussi au docteur : comment aurait-il pu survivre au milieu de ce tas de harengs convaincus de leur supériorité ?

2

Moïse passa les fêtes à Marolles. Rose ne répondit pas à son message de séparation. En revanche, Hector de Mareuil, le fils aîné du comte, lui adressa un mail pour annuler son invitation au bal costumé de la Saint Sylvestre auquel il l'avait initialement convié. Sans surprise, Moïse comprit qu'il n'était plus le bienvenu parmi les amis de Rose. Son réseau amical se réduisit à Lila et Marco qu'il avait négligés mais qui lui restaient fidèles. Avec le temps, ses amis parisiens s'étaient quelque peu éloignés : Fabien et Annabelle attendaient leur deuxième enfant, Djawel envisageait de s'installer dans le Nord pour rejoindre sa nouvelle compagne, Estelle cumulait plusieurs postes et assurait maintenant la direction médicale d'un centre de santé dédié aux femmes.

Dehors, le ciel gris de janvier alternait avec des périodes de pluie, le froid avait endormi la végétation et poussait les humains à se réfugier dans leur maison. Heureusement, la patientèle du cabinet apportait son lot d'animation et Moka était une présence réconfortante. Il s'agissait aussi de préparer le retour de Madeleine qui venait de passer six mois à La Réunion et s'apprêtait à quitter sa petite famille pour retrouver son village. Le docteur se réjouissait de retrouver sa présence chaleureuse. Il en aurait bien besoin compte tenu de la tête d'enterrement de sa remplaçante !

3

A la veille du retour de Madeleine, Moïse reçut une triste nouvelle par la poste, un faire-part de décès lui annonçant « le rappel à dieu de Léopoldine Martial ». Aussitôt il appela le secrétariat de cardiologie de l'hôpital Georges Pompidou où il finit par obtenir Antoinette.

— Oh, docteur Miller ! ça fait plaisir de vous entendre, dit Antoinette, la fidèle collègue de Léopoldine.

— Qu'est-ce qui lui est arrivé ? demanda Moïse qui imaginait son désarroi.

Depuis de longues années, « Antoinette et Léopoldine » étaient le pilier du secrétariat de la cardiologie de Georges Pompidou. Pas commodes, les médecins comme les patients les redoutaient, mieux valait être dans leurs petits papiers. Même Jean Messini n'avait pas réussi à les intimider.

— Elle allait juste prendre sa retraite. Je suis tellement triste. Elle est morte, ici à Georges Pompidou.

Antoinette lui expliqua qu'elle était décédée des suites d'un AVC. Sa collègue était souvent essoufflée mais elle ne voulait pas déranger les médecins du service : elle était tellement fière de ne jamais être malade. Moïse était désolé de ne pouvoir assister aux funérailles mais il enverrait une couronne de fleurs.

Après leur conversation, il ne put s'empêcher de chercher sur internet ce qu'étaient devenus ses anciens collègues. Non qu'il soit véritablement intéressé mais par simple curiosité. La plupart était toujours à Georges Pompidou mais disposait d'une consultation privée. Il tapa le nom de son ancienne cheffe de service, Martine Cabau. Cela faisait maintenant plusieurs années qu'elle était à la retraite. Contre toute attente, il s'aperçut qu'elle était toujours active et s'impliquait dans la fondation *Agir pour le cœur*. Intrigué, il poursuivit ses recherches.

La fondation avait lancé les *Bus du Cœur,* une grande opération itinérante d'information, de sensibilisation et de prévention sur les maladies cardio-vasculaires. L'objectif était de déployer des bus équipés dans les quartiers défavorisés des plus grandes villes de France afin d'aller à la rencontre des femmes en situation de précarité. Moïse ne fut pas étonné par l'engagement de son ancienne cheffe de service. Bien qu'austère, il la savait altruiste, déterminée à proposer une médecine de pointe à tous les patients qui se présentaient dans le service. Il avait toujours eu d'excellentes relations avec elle, tout le contraire de ce qui s'était passé avec son successeur, Jean Messini.

4

Après sept mois d'absence Madeleine retrouva son village. Même si elle avait quitté sa fille à la Réunion, elle était heureuse de revoir les paysages familiers du Loir-et-Cher. Le blé d'hiver avait recouvert d'un fin duvet les vastes étendues des champs. Les bêtes étaient rentrées, la campagne somnolait. Sur le chemin du retour, elle regarda distraitement les façades des maisons du village. En ce mois de février, toutes les portes étaient fermées, les haies taillées, aucune trace de présence humaine hormis les voitures garées à l'extérieur et les fumerolles qui s'échappaient des cheminées.

Kevin avait fait le ménage dans sa maison, allumé le chauffage et fait des courses. Avec la complicité de Farida, ils avaient organisé une petite fête. Aussi quand Madeleine pénétra dans son salon, elle se trouva nez à nez avec un véritable comité d'accueil.

— Bienvenue à Marolles, s'écria le maire.

— Vous nous avez manqué, ajouta Moïse en lui tendant un gros bouquet de fleurs.

Elle remercia tout le monde chaleureusement. On la trouva en pleine forme, bronzée avec une mine superbe. Bien sûr, on prit le temps de regarder les photos de la petite Manon qui avait maintenant six mois. La vie à La Réunion était tellement différente, le climat, la végétation, la cuisine, il allait falloir se réhabituer à la vie d'ici et surtout au froid.

Après qu'on a pris de ses nouvelles, Madeleine s'enquit de ce qui s'était passé à Marolles pendant ces sept mois d'absence. Depuis *Les Foulées du cœur* et la *Foire agricole*, rien d'extraordinaire n'était arrivé au village. Victor Trémolleux était décédé juste après avoir remis en eau son étang du bois des Arges. C'était une jolie réserve de pêche qu'il entretenait avec soin. Personne ne savait ce qu'allaient devenir sa maison et ses bois. Il n'avait pas d'enfants, juste des neveux qu'on n'avait jamais vus à Marolles. Une foire aux pommes avait aussi été organisée en septembre.

Au bout d'une heure, on décida de laisser la jeune grand-mère se reposer et chacun repartit chez soi. Madeleine soupira d'aise, elle était heureuse de retrouver sa maison. Elle descendit les quelques marches qui menaient au garage ; celui-ci avait toujours la même odeur. Une cagette de légumes était posée sur la table à tréteaux. Elle examina son contenu : des poireaux, des pommes de terres, des carottes, des navets, des pommes, des oranges, une salade, des oignons et une grande blette. Kevin avait même laissé un pack de boîtes pour chat. Elle remonta et se dirigea dans la cuisine. Le réfrigérateur était plein. Elle fit bouillir de l'eau, choisit une infusion et se dirigea vers le salon. Installé sur le canapé, Biscotte se léchait soigneusement. Il la regarda en clignant de l'œil puis s'étira en ronronnant. Enfin chez soi…

5

Moïse et Madeleine reprirent leurs habitudes pour leur plus grande satisfaction réciproque. Le docteur apprécia d'avoir de nouveau son expresso du matin parfaitement dosé, ses repas du midi et son lit fait le soir. Seul, le retour de Biscotte s'avéra problématique : Moka le pourchassait sans pitié. Le jeune Golden Retriever prenait un malin plaisir à marquer son territoire face à cet envahisseur à moustaches. Malgré les remontrances de son maître, il eut le dessus plusieurs jours jusqu'à ce qu'on le voie revenir avec une balafre sur le museau. Dès lors, il finit par accepter la présence du chat, d'abord en grondant puis en l'ignorant complètement. Biscotte, quant à lui, évita toute provocation et profita de la paix retrouvée.

Avec le retour de Madeleine, chacun eut l'impression que la vie reprenait son cours habituel. Pourtant le docteur était déjà ailleurs. Il sentait la nécessité d'un nouveau départ. En quelques semaines, l'idée s'imposa. Mais comment relancer sa carrière ? Un soir, il eut enfin une idée. Martine Cabau, son ancienne cheffe de service pouvait l'aider, il décida de l'appeler.

— Bonjour docteur Miller, s'exclama-t-elle. Quelle surprise !

Comme elle s'étonnait de son choix professionnel, il évita de pleurnicher sur les misères que lui avait faites Jean Messini et expliqua avoir eu envie d'une expérience de terrain pour enrichir sa pratique.

— Et de votre côté, la retraite ? s'enquit-il espérant que Martine Cabau lui parle de ses nouveaux projets.

— J'ai été contactée par une ancienne collègue et amie, Agnès Beurier-Colin. Vous voyez de qui il s'agit ? Elle dirige la cardio à Lille. Agnès était à la recherche de bénévoles pour le *Bus du cœur*.

Martine Cabau lui parla de son implication dans le projet. En tant qu'ambassadrice, elle représentait le *Bus du cœur* auprès d'institutions ou de partenaires afin d'élargir son rayonnement et de trouver de nouveaux financements. Elle participait aussi à la formation des équipes impliquées dans l'initiative.

— C'est formidable, déclara Moïse, le docteur Beaupin m'a aussi beaucoup parlé du *Bus du cœur*, des synergies attendues entre la gynécologie et la cardiologie. Je ne sais pas si elle vous l'a raconté mais j'ai organisé des *Foulées du cœur* dans mon village à Marolles, cela m'a donné envie de renouer avec ma spécialité.

Et ils discutèrent longtemps de médecine de terrain. Moïse expliqua que sa consultation lui avait permis de rencontrer des patients très différents de ceux de l'hôpital Georges Pompidou.

224

Cela avait renforcé sa vocation et son envie de faire de la médecine de prévention. Au bout d'un moment, il finit par arriver à la véritable raison de son appel : il était intéressé par ce projet de *Bus du cœur* et se demandait s'il pourrait se joindre à l'aventure comme cardiologue.

Surprise, le professeur Cabau l'informa aussitôt que les participations des médecins étaient bénévoles. Moïse le savait et il était prêt à s'engager pour la durée d'une année. Le cabinet marchait très bien, la mairie lui trouverait sans difficulté un successeur. Il était certain que son expérience de généraliste en zone rurale serait utile, il avait l'habitude de prendre en charge des patients qui n'avaient pas l'habitude des dépistages.

Ils se mirent d'accord. Moïse lui adresserait un curriculum vitae qu'elle se chargerait de transmettre à Agnès Colin-Beurier la co-fondatrice de la fondation *Agir pour le cœur.*

6

La professeure Agnès Colin-Beurier, directrice du service de cardiologie au Centre Hospitalier universitaire de Lille examinait le curriculum vitae du docteur Miller. Elle venait d'avoir un entretien en visio avec ce candidat qui lui avait expliqué son parcours et ses motivations. Il avait la recommandation de sa confrère Martine Cabau et il connaissait aussi Estelle Beaupin, une gynécologue engagée, qu'elle avait rencontrée à la fondation Jean Jaurès au moment où elle cherchait des financements pour son nouveau bus.

Malgré tous ces éléments positifs, elle hésitait. Son équipe médicale était complète et le profil de ce cardiologue était atypique. Pourquoi avait-il brusquement quitté la fonction hospitalière et la cardiologie ? Etait-il prêt à travailler bénévolement alors qu'il n'était qu'au début de sa carrière ? Elle n'avait pas envie d'appeler son homologue, Jean Messini, à l'hôpital Georges Pompidou. Quand ils se croisaient à des colloques, elle avait toujours l'impression qu'il la jugeait avec condescendance, elle, ses engagements féministes et son CHU de province. De son côté, elle détestait ces professeurs parisiens qui cédaient de plus en plus à une médecine mercantile, encourageant les consultations privées, pratiquant sans hésitation des dépassements d'honoraires conséquents et développant au sein même de l'hôpital public une médecine à deux vitesses.

Elle consulta les avis laissés par les patients du docteur Miller. Hormis quelques grincheux qui se plaignaient de ses retards, ils étaient positifs. Puis, elle appela son amie Martine Cabau. Les deux femmes entretenaient, l'une pour l'autre, une admiration réciproque. Martine Cabau était connue pour avoir dénoncé les effets secondaires d'un médicament trop largement prescrit. Elle s'était d'abord attirée les foudres d'un laboratoire important puis celles de certains de ses collègues quand celui-ci s'était retiré du financement de plusieurs projets de recherche. La Haute Autorité de Santé avait finalement exigé une modification de la rédaction des effets secondaires du médicament et une meilleure régulation des prescriptions.

— Je comprends ton hésitation, dit Martine Cabau, mais c'est un excellent praticien, polyvalent, humain et surtout capable de travailler en équipe.

— D'accord, mais qu'est-ce qui s'est passé à l'hôpital Georges Pompidou ? Pourquoi a-t-il abandonné la cardiologie ?

— Il ne me l'a pas clairement expliqué mais je sais qu'il a eu des relations difficiles avec mon successeur. Tu connais Jean Messini, il aime avoir sa petite cour. Quand il n'apprécie pas un collègue, il est capable de le dégoûter de la médecine.

— D'après toi, ce serait une bonne recrue pour le *Bus du cœur ?* Il ne va pas nous laisser tomber en route au bout de quelques mois?

— J'ai travaillé deux ans avec Moïse Miller. Je l'ai formé. C'est un collègue avec lequel ton équipe devrait s'entendre : il n'a pas la grosse tête. Au contraire... Et puis il est gentil, dévoué envers ses patients qui l'appréciaient beaucoup. Il a juste besoin d'être encadré. Et ça tu sauras parfaitement le faire. Tu connais ces trentenaires, ils sont remplis d'égo mais certains sont encore de gros bébés.

Après avoir raccroché, Agnès Colin-Beurier était presque convaincue : le docteur Moïse Miller pouvait être une bonne recrue. Son expérience de généraliste dans un village lui donnait une expérience indéniable pour aborder des patientes parfois rétives à la médecine de prévention. Si l'expérience s'avérait concluante, elle n'excluait pas de lui proposer ensuite un poste dans son service de cardiologie au CHU de Lille.

7

Moïse prit la journée du vendredi de Pâques pour se rendre à Lille à un rendez-vous en présentiel avec Agnès Colin-Beurier. Il avait longuement échangé avec Estelle pour se mettre à jour concernant les dernières recommandations en termes de suivi gynécologique, il voulait aussi mieux connaître les compétences des sages-femmes. Arrivé au CHU de Lille, la fondatrice de Bus du cœur le reçut presqu'une heure et en profita pour lui faire

découvrir le service de cardiologie. A la fin de leur entre-
vue, elle le remercia chaleureusement mais ne lui donna
aucune réponse précise.

Il rentra le soir-même à Paris et prit un TER gare
Saint-Lazare pour se rendre à Trouville. Sa mère l'avait
convié pour le week-end pascal et, cette fois-ci, il avait accepté de rencontrer la famille d'Henri. Le train avançait
lentement, il en profita pour observer la nuit qui tombait
paisiblement sur le bocage normand. Il ressassait son rendez-vous, se demandant pourquoi Agnès Colin-Beurier
prenait autant de temps avant de prendre une décision. A
vingt-trois heures, le conducteur annonça leur arrivée en
gare de Deauville-Trouville. Il suivit le flot des passagers
et au bout du quai, il les aperçut, elle, au bras de Henri qui
se détacha aussitôt pour lui faire de grands signes.

Moïse embrassa sa mère, salua Henri et le trio se
dirigea vers le parking de la gare. Après quelques minutes
de route, ils arrivèrent sur les hauteurs de Trouville.
Quand il sortit de la voiture, Moïse découvrit « Les
Alouettes », une maison à colombages aux volets vert
sauge. Ils entrèrent sans faire de bruit pour ne pas déranger les enfants qui dormaient ; Lucia invita Moïse à le
suivre dans l'escalier et l'installa dans une chambre au premier étage qu'elle avait soigneusement préparée. Une lumière douce provenant d'une petite lampe en porcelaine
éclairait la pièce tapissée d'un motif floral légèrement dé-
fraîchi. Dans un coin, une chaise accueillait un peignoir
moelleux, prêt à être enfilé. Moïse se coucha dans un lit
confortable qui lui promettait une nuit reposante.

Le lendemain matin, il fit la connaissance des trois
enfants de Henri : Claire, Manuel, Anne, de leurs conjoints ainsi que des cinq petits-enfants. A la faveur d'une
éclaircie, on décida d'aller se promener sur la plage. Moïse
accepta de jouer au cerf-volant avec Martin et Émile. Un

peu plus tard, on s'amusa à courir pour ne pas se faire attraper par les vagues jusqu'à ce qu'Éléonore, la plus jeune des petites filles, se fige, les deux jambes immergées jusqu'aux genoux. Sa mère, Claire, essaya de dissimuler son irritation, elle en voulait à son conjoint qui devait surveiller la petite parce qu'elle toussait depuis une semaine. On décida de rentrer, Éléonore pleura jusqu'à ce que son père la prenne sur les épaules. Moïse proposa de l'ausculter, il avait toujours un ordonnancier avec lui. Claire lui fit un large sourire et regarda son mari qui, agacé, haussa les sourcils.

A midi, on s'installa pour déjeuner. Moïse sentit qu'il intimidait. On l'interrogea sur sa vie professionnelle, il s'efforçait de répondre avec tact et de manifester un vif intérêt pour le parcours des uns et des autres. Il dut convenir que la famille de Henri était sympathique ou faisait l'effort de l'être. Tandis qu'ils discutaient, Moïse regardait sa mère. Elle n'arrêtait pas de faire des allers-retours entre la cuisine et le salon, s'inquiétait pour savoir si tout allait bien. Émile n'avait rien mangé. Est-ce qu'elle lui préparait des pâtes ? Henri la rassurait, lui disait de s'asseoir, que tout allait bien. Il avait les joues un peu rouges, proposait à chacun de reprendre un peu de champagne.

A la fin du repas, Lucia apporta un cadeau destiné à son fils. Chacun se demanda ce que pouvait être cette surprise. C'était une poule en chocolat. On s'en amusa mais Lucia expliqua qu'elle ne dérogeait pas à cette tradition : son fils avait, chaque année, sa poule en chocolat. En quelques secondes, elle s'était rapprochée de lui, l'avait enlacé et le regardait comme la septième merveille du monde. Dans ce regard qui l'adorait, Moïse devina qu'elle l'aimerait toujours plus que tous, plus que Henri, plus que son père, et plus qu'elle-même. Etait-ce une chance d'être aimé ainsi sans mesure et sans mélange ? Il la serra à son tour dans ses bras.

Il quitta Trouville lundi en tout début d'après-midi. Les enfants insistèrent pour qu'il revienne parce qu'ils voulaient jouer au docteur avec lui. Claire le remercia de s'être occupé si gentiment d'Éléonore, c'était précieux d'avoir un médecin dans la famille. Henri était radieux que tout se soit bien passé. Quant à Lucia, au moment de dire au revoir à son fils, elle avait les larmes aux yeux. Pourtant il ne partait pas au bout du monde. Oui, mais, pour elle, c'était loin.

Le fils d'Henri le raccompagna à la gare. D'une certaine manière, ils avaient de la chance : leurs parents avaient l'air de bien s'entendre et d'être heureux. Comme il était en avance, Moïse resta sur le quai et écouta encore quelques minutes les cris des goélands. Quand il monta dans son wagon, il sentit la vibration de son portable, regarda l'écran : le nom d'Agnès Colin-Beurier s'afficha.

8

C'était fait. Sa candidature était retenue. Agnès Colin-Beurier lui avait même parlé d'un poste au CHU de Lille après une année de bénévolat pour le Bus du cœur. Il pouvait rejoindre l'équipe quand il voulait et le plus tôt serait le mieux. Cette nouvelle l'avait transporté de joie, Moïse avait immédiatement appelé Estelle. Maintenant, il s'agissait de trouver un remplaçant pour le cabinet le plus rapidement possible. Madeleine ne lui serait d'aucune utilité, il n'avait pas envie de l'inquiéter et redoutait aussi de possibles reproches. Comment allait-il s'y prendre sans provoquer des remous considérables au village ?

Il décida de confier ses projets à Marco et se rendit chez lui le lendemain.

— Je ne suis pas si surpris que ça, déclara l'adjoint au maire. Lila était convaincue que tu ne resterais pas à Marolles. C'est dommage ! Va falloir encore chercher un remplaçant.

— Est-ce que je préviens le maire, demanda Moïse.

Après réflexion ils décidèrent de ne rien lui dire. Pierre Coudon était en campagne pour les municipales, cette nouvelle allait mal tomber, d'autant plus qu'il vivait difficilement la virulence des attaques du candidat de la liste de gauche qui l'avait traité de « vendu au pouvoir ». Marco expliqua à Moïse qu'il allait prendre contact avec un cabinet spécialisé. Il avait récemment découvert l'existence de cabinet spécialisé dans le recrutement de médecins pour les déserts médicaux. Il allait s'en occuper très rapidement et le tenait au courant.

Le mois d'avril défila dans une sorte de schizophrénie. Moïse travaillait sans relâche tout en organisant secrètement son départ. Estelle acceptait qu'il stocke ses affaires chez elle à Paris pendant un an mais refusait strictement de garder Moka. Il avait beau lui expliquer que sortir son adorable Golden Retriever lui permettrait non seulement de lutter contre la sédentarité mais aussi d'avoir le plus merveilleux compagnon, elle restait intraitable.

Madeleine ne s'aperçut de rien, elle trouva juste dommage que Moïse n'ait plus l'énergie d'organiser à nouveau des *Foulées du cœur*. Seule Madame Raguenaude se demanda ce qu'il allait bien pouvoir faire des grands cartons plats qu'il avait tirés du coffre de sa voiture. Mais elle n'imagina pas un seul instant que ce fut pour déménager, il les avait tellement habitués à des idées saugrenues avec ses chiens, elle conclut qu'il devait prévoir de nouveaux aménagements intérieurs.

9

Alain Poutay sortait son matériel de pêche du coffre de son Land Rover en attendant ses amis. L'ouverture de la pêche avait eu lieu trois semaines plus tôt et maintenant que l'arrivée du printemps rimait avec la fermeture du carnassier, le président de l'Association Chasse, pêche et traditions de Marolles était impatient de taquiner la truite fario. Après avoir parcouru les forêts pendant la période de la chasse, il se réjouissait de profiter des ruisseaux, des rivières et de goûter au plaisir de débusquer une truite à la robe étincelante.

Avec Gilles et Paul, ses deux amis d'enfance, ils s'étaient donné rendez-vous au départ d'un circuit le long de la rivière du Courson connue des initiés. Ils enfilèrent leurs bottes et leurs cuissardes en néoprène, Paul sortit une boîte qui contenait une centaine d'appâts assortis par couleur et par taille, Gilles avait sa collection de vers de terre et de teignes. Alain préférait les appâts naturels ou le maïs, très efficaces en début de saison. On discuta technique, Alain et Paul étaient des inconditionnels de la pêche à la mouche, alors que Gilles préférait la pêche au toc.

Une fois prêts, ils commencèrent à emprunter l'étroit sentier qui longeait la rivière en quête d'un poste approprié. En début de journée, il était préférable de trouver une zone calme avec de la profondeur. Ils avançaient lentement, encombrés de leur matériel, attentifs aux nombreuses racines d'arbres qui faisaient autant de reliefs naturels que les rochers. La journée s'annonçait belle, encore fraîche, la lumière miroitait sur l'eau du Courson qui ondulait sur le lit brun de la rivière.

Alain l'aperçut en premier : une pancarte « NO KILL ». Il se retourna vers ses amis. Le groupuscule des écologistes avait encore frappé ! Au précédent conseil municipal, il s'était écharpé avec Camille Delattre et le candidat d'*Ensemble,* Étienne Pachti qui avait apporté des photographies de « poissons ensanglantés » et avait voulu les faire pleurer sur « la terrible agonie » des truites qui suffoquaient hors de l'eau. Depuis quelques semaines, la liste d'*Ensemble* faisait campagne pour imposer cette pratique qui consiste à relâcher les poissons qu'on avait attrapés. Le maire était intervenu en faveur d'Alain Poutay, il n'allait pas imposer la pratique du « No kill » sur les cours d'eau municipaux. Il avait trop souvent vu des poissons relâchés dans l'eau, à moitié morts, qui terminaient, le ventre en l'air, ou dévorés à moitié vivants par d'autres carnassiers.

Le long du Courson était maintenant régulièrement balisé de pancartes mais ce qui les amusa étaient les inscriptions qu'on avait ajoutées à la main. « NO KILL » sauf le président de la République, « NO KILL» sauf le Premier ministre. Défilaient ainsi les noms de plusieurs personnalités politiques mais ce furent les deux dernières pancartes qui attirèrent toute leur attention : « NO KILL » sauf Pierre Coudon, « NO KILL » sauf Moïse Miller. Personne ne s'attendait à lire le nom d'habitants du village. Une limite venait d'être franchie.

Alain Poutay prit en photo les deux pancartes et décida de les diffuser sur le groupe WhatsApp de l'association avec la mention « Des propos ignobles menacent le maire et le docteur ! L'Association Pêche, nature et traditions de Marolles apporte tout son soutien au maire Pierre Coudon ainsi qu'au docteur Moïse Miller et dénonce avec la plus grande fermeté ces agissements honteux ». La colère grondait contre ce ramassis de donneurs de leçons écologistes.

L'affaire fit grand bruit. Jamais jusqu'alors on n'avait menacé, à Marolles, un élu municipal. La violence et l'ignominie gagnaient aussi les paisibles villages du Loir-et-Cher. La discussion s'enflamma un soir à *l'Atelier* quand on prit à parti une poignée de sympathisants d'Ensemble. Certes, ils avaient reconnu avoir posé les pancartes mais ils réfutaient toute implication dans les inscriptions. N'importe qui aurait bien pu les écrire. Et plus particulièrement des membres de l'Association Chasse, pêche et tradition. Tout le monde savait que des personnes très éloignées politiquement d'Ensemble avaient tenu des propos ambivalents à l'égard du docteur et du maire.

Avec l'alcool, les esprits s'échauffèrent. Le patron de *l'Atelier* essaya de calmer le jeu mais finit par menacer d'appeler la gendarmerie. Le lendemain, qui était jour de marché, l'ambiance n'était plus la même au village. Chacun était scandalisé par ces derniers événements et le disait ouvertement. Mais au fond personne ne savait exactement ce que pensait son voisin. Prenait-il sincèrement fait et cause pour le maire et le docteur ? Pensait-il qu'il ne s'agissait que d'une mauvaise plaisanterie et qu'on en faisait trop ? Ou bien y voyait-il une forme d'avertissement bien mérité ?

Pour le principe, le maire décida de porter plainte : les menaces et agressions contre les maires étaient en constante augmentation, il devait réagir. Dans cette ambiance nauséabonde, Moïse renonça à des poursuites bien que Madeleine ait insisté pour qu'il le fasse. Elle finit par lui confier que, depuis son retour, elle s'était rendu compte que de mauvaises langues insinuaient que tous les examens qu'il avait prescrits n'étaient qu'un moyen pour manipuler les gens dans le but de s'enrichir. D'après elle, le caractère antisémite était sous-jacent.

Il s'efforça de ne pas prêter trop attention à l'événement. Ses patients, dont certains semblaient plus désolés que lui, exprimaient toute leur solidarité. Mais Moïse n'était déjà plus à Marolles, son esprit était ailleurs, il passait une partie de ses soirées à actualiser ses connaissances sur les pathologies cardiaques féminines et les problématiques en lien avec la gynécologie. Estelle s'était annoncée pour le week-end, elle voulait absolument fêter avec lui son nouveau départ. Au bout du compte, cette affaire de pancartes tombait à pic : il ressentait moins de culpabilité à partir. Certains le regretteraient, d'autres trouveraient une raison pour le salir.

11

Moïse accueillit Estelle comme un invité de marque. Il lui avait préparé sa chambre avec l'aide de Madeleine : une parure de draps en percale soigneusement repassée, un boutis coloré, des guides sur la région, un ouvrage sur les races de chiens, un bouquet de tulipes, une carafe d'eau, une paire de chaussons qu'elle ne mettrait jamais, un savon parfumé à la fleur d'oranger. Après avoir cohabité avec elle, il savait qu'elle appréciait, somme toute, un confort bien bourgeois.

L'arrivée de son amie lui apporta une immense bouffée d'air frais. Elle portait un débardeur blanc qui moulait l'arrondi de ses seins, arborait son air habituel de « je sais tout » et s'était coupée les cheveux très courts.

— Ta nouvelle coupe te va à ravir, dit Moïse, tu es encore plus charmante que Jean Seberg dans *Pierrot le Fou*.

— Tu trouves ? Jérémie m'a dit que c'était un peu court.

— Pas du tout. Je ne sais pas comment je vais faire pour te résister, plaisanta Moïse qui savait aussi Estelle sensible aux compliments bien qu'elle s'en défendît avec véhémence.

Moka s'approcha aussitôt de la visiteuse pour lui faire la fête.

— C'est ton fameux Golden Retriever, celui que tu veux me refiler pendant que tu t'amuseras dans ton bus ? demanda la jeune femme.

— Oui, c'est lui ton futur compagnon qui te regarde déjà avec amour et t'obéira au doigt et à l'œil !

— C'est hors de question, Moïse. Je te l'ai déjà dit. Il faut que tu trouves un autre dog-sitter. Je veux bien garder tes affaires pendant un an mais pas ton toutou.

—Tu vas le regretter. Tant pis pour toi.

Après avoir caressé quelques minutes Moka qui, les yeux remplis d'amour, se laissa faire, Estelle sortit de sa valise toute une série de comptes rendus : la *21eme journée de chirurgie gynéco-pelvienne*, la *45eme journée de la Société française de sénologie et de pathologie mammaire*, le *dernier congrès du Groupe d'Etudes sur la Ménopause et le Vieillissement hormonal*. Moïse fit un peu la tête.

— Pour un week-end, c'est une littérature particulièrement excitante…

Mais Estelle s'approcha de lui et l'embrassa, elle était tellement fière de lui.

— Tu as su convaincre Agnès Colin-Beurier. Tu te rends compte ! Tu vas partir avec le *Bus du cœur*, c'est une expérience formidable.

— Oui… mais je n'arriverai jamais à la cheville de ton Jérémie.

— Tu plaisantes ! Jérémie, la fondation Jean Jaurès, ses grands discours, c'est que du blabla ! Toi, tu vas apporter tes compétences de haut niveau au service des femmes les plus démunies : ça, c'est de l'engagement social !

Moïse l'arrêta. C'était si délicieux…. si nouveau pour lui. Jamais elle ne lui avait parlé comme cela ! Peut-être pouvait-elle lui redire tout ça, à l'étage, dans la chambre. Ils montèrent et Moïse d'un ton définitif intima à Moka de rester en bas.

12

Le plus compliqué, serait le partage des rôles avec les sages-femmes, affirmait Estelle. En cardiologie, ils n'avaient pas ce problème. Les infirmières ne discutaient pas les choix des médecins. Mais dès qu'il irait sur le terrain de la gynécologie, la cohabitation avec les sages-femmes pourrait s'avérer difficile. Tout dépendrait des personnalités auxquelles il aurait à faire. Moïse ne se sentait pas inquiet mais, pour se faire une idée de leur métier, il lirait le compte-rendu des dernières *Assises nationales des Sages-Femmes*. Maintenant il n'avait qu'une hâte : partir pour cette nouvelle expérience.

Avec le beau temps du dimanche, ils décidèrent de préparer un pique-nique pour partir se promener près du Beuvron, une rivière calme où Moïse connaissait un loueur de kayak. Pendant qu'ils roulaient, il lui raconta l'histoire des pancartes, son nom exposé, les rumeurs que certains colportaient autour de sa prétendue cupidité. Il n'en revenait pas. Ces tas de clichés qui à force d'être ré-pétés devenaient, pour certains, une réalité. Estelle n'était pas étonnée, elle avait déjà entendu de tels propos à l'hôpital. La question était de savoir jusqu'où la jalousie et la médiocrité pouvaient conduire.

Pour la première fois, il lui parla de ses origines juives russes, de ses grands-parents qu'il n'avait jamais connus et qui avaient poussé leur fils unique à quitter la Russie dans les années 80. Son père était toujours resté évasif sur leurs motivations. Maintenant que ses parents étaient décédés, Sacha prétendait ne plus avoir d'attache là-bas. Il n'aimait pas parler de sa vie en Russie et faisait comme si cette période n'avait jamais existé. De ses origines paternelles, Moïse ne conservait qu'un prénom hébraïque et un pénis circoncis.

Après une demi-heure de route, ils arrivèrent sur la base nautique de Brinon-sur-Beuvron et décidèrent de louer un canoë pour pouvoir emmener Moka avec eux. Le circuit qu'ils choisirent longeait la rivière sur une partie boisée. En cette fin d'avril, les arbres, saules, noisetiers, chênes se recouvraient de délicates feuilles d'un vert tendre. Des pétales blancs tombés d'arbustes en fleurs parsemaient l'eau de la rivière. Le canoë avançait sans effort, porté par un courant régulier et ses trois passagers se contentaient de quelques coups de rames pour orienter leur embarcation.

Ils passèrent une après-midi délicieuse mais trop courte et rentrèrent à regret à Marolles. Moïse n'avait pas envie qu'Estelle reparte ; alors il insista pour qu'elle reste et lui promit de la raccompagner à Paris en voiture à la fin de la soirée.

Le lendemain du départ d'Estelle, Marco appela Moïse.

— J'ai une bonne nouvelle : le cabinet de recrutement nous a proposé trois candidats, trois médecins étrangers qui peuvent exercer en France.

— Formidable ! s'exclama Moïse qui éprouvait de la culpabilité à laisser le village sans médecin. Ils ont été rapides.

— Le montant du chiffre d'affaires du cabinet a été un argument convaincant. Tu peux passer à la mairie ? Pierre veut avoir ton avis sur les candidats.

Après l'examen des candidatures, on décida de poursuivre la procédure de recrutement avec une jeune médecin roumaine qui faisait des remplacements en Seine-Saint-Denis et n'avait qu'une envie : s'établir à la campagne. Le docteur Iuliana Kowacs était originaire d'un petit village d'une région rurale de la Roumanie ; elle était célibataire, disposait de deux années d'autorisation d'exercice et avait envie de s'installer en France. On la contacta ; elle se libéra rapidement afin de rencontrer le maire et de visiter le cabinet. Elle fut enthousiaste, la campagne et le calme lui manquaient, elle avait très envie de rencontrer la population et était disponible immédiatement.

La venue de la jeune femme n'échappa à personne. Les habitants se demandèrent ce qu'elle venait faire. Pourquoi discutait-elle avec le maire et le docteur ? Aussi, peu de temps après sa visite, Pierre Coudon informa officiellement ses administrés : le docteur Miller avait décidé de partir, il quittait le cabinet au 1er juin et serait remplacé par le docteur Iuliana Kowacs. Le maire n'en dit pas plus, laissant planer le doute sur les raisons qui avaient poussé le docteur Miller à quitter ses fonctions.

Cette nouvelle fit l'effet d'une bombe et désola les Marollais. La colère grandit contre celles et ceux qui avaient ourdi des rumeurs contre le docteur en écrivant cette pancarte menaçante. Certains des plus vindicatifs semblaient même avoir oublié qu'ils avaient eux-mêmes participé à ce mauvais esprit. Personne n'osait le dire ouvertement mais on doutait des compétences de cette jeune médecin roumaine. Un diplôme étranger avait-il réellement la même valeur qu'un diplôme français ? On était certain du contraire.

Tous les patients se lamentèrent. Moïse leur expliqua son nouveau projet, leur promit qu'il viendrait à Marolles avec son Bus. Il les rassura sur les compétences du docteur Kowacs. Mais tous restèrent consternés. Il reçut même, un soir, la visite inattendue de Camille Delattre. Elle se sentait responsable et espérait qu'il n'avait pas cru un instant qu'elle était à l'origine de cette inscription sur la pancarte. Peut-être avait-il été contrarié par les modifications concernant les avantages matériels de son contrat avec la mairie ? Elle convenait qu'il avait pu ressentir de l'injustice mais tout était peut-être renégociable. Les habitants l'appréciaient vraiment et tous regrettaient son départ.

Moïse la laissa parler. Il se rappela le nombre de fois où il l'avait reçue en urgence. Elle ne venait ni pour le compte de la municipalité ni comme représentante de ses amis politiques mais tout simplement comme une mère de famille bien contente qu'il vérifie entre deux patients les tympans de ses enfants. Il la rassura, il ne portait aucune accusation contre elle et partait sans amertume, heureux de savoir que sa patientèle était entre de bonnes mains. Camille Delattre repartit bredouille et en colère.

14

« Vous n'êtes pas le centre du monde. » Madeleine lui avait dit ces paroles gentiment mais elles s'étaient incrustées dans l'esprit de Moïse. « Vous n'êtes pas le centre du monde. » Il avait tellement appréhendé de lui annoncer son départ. Certes il lui faisait de la peine, Madeleine aurait préféré qu'il reste quelques années de plus à Marolles mais elle l'avait rassuré : c'était normal qu'il parte pour de nouveaux projets. Le village était trop petit pour lui. Finalement, ce départ était une très bonne chose. Moïse avait dû admettre non sans un soupçon d'autodérision que son départ n'allait pas entraîner le chaos affectif qu'il s'était imaginé. « Vous n'êtes pas le centre du monde » : il avait fallu trente ans pour s'apercevoir de cette vérité. Le monde tournait sans sa personne. Son départ de l'hôpital Georges Pompidou était passé relativement inaperçu. D'ici quelques mois, le docteur Iuliana Kowacs aurait gommé son passage dans le village, il deviendrait bientôt un souvenir pittoresque dans l'esprit des habitants.

Même sa mère ne s'était pas particulièrement émue de son nouveau projet. Elle ne s'était inquiétée ni de ce qu'il allait faire de ses affaires, ni de comment il gagnerait sa vie ensuite et où il irait. Elle lui avait surtout parlé de son couple. Elle s'installait définitivement avec Henri, était en train de louer son appartement et de refaire la décoration de la maison de Trouville. Elle ne s'était d'ailleurs pas éternisée au téléphone parce qu'Henri l'attendait dans la voiture, ils s'apprêtaient à partir pour la Normandie.

Quant à son père, Moïse avait tout simplement décidé de ne pas le prévenir. De toute façon, la vie de son fils aîné lui avait toujours été indifférente. Sa compagne Daria lui avait donné un petit Noé dont il s'occupait maintenant avec beaucoup plus d'intérêt.

15

Déménager
Vider les lieux.
Décamper. Faire place nette. Débarrasser le plancher.
Inventorier ranger classer trier
Éliminer jeter fourguer
Descendre desceller déclouer décoller dévisser décrocher
Débrancher détacher couper tirer démonter plier couper
Rouler
Empaqueter emballer sangler nouer empiler rassembler entasser ficeler envelopper protéger recouvrir entourer serrer
Enlever porter soulever
Balayer
Fermer
Partir

Assis sur le canapé au milieu de ses cartons, Moïse parcourait le livre que son psychiatre lui avait envoyé par la poste en guise de cadeau de séparation après trois ans de thérapie. C'était un livre de Georges Perec, *Espèces d'espaces*. Un livre sans intrigue, étrange, à l'image du docteur Loewen. Le passage que lisait Moïse était en exacte correspondance avec ce qu'il vivait : il quittait sa maison, il déménageait. Après avoir parcouru une dizaine de pages, Moïse envisagea de laisser le livre dans la bibliothèque de la salle d'attente. Ce n'était pas le genre de roman qu'il affectionnait. Finalement, il le déposa dans un carton sur un tas de vêtements.

Même s'il n'était pas le centre du monde, tous ses patients lui avaient témoigné un sincère attachement. Si Madeleine ne s'était pas efforcée de les raisonner, il aurait dû repartir à Paris avec des kilos de pots de confiture, de miel, de conserves, de tourtes et de pâtés. La municipalité avait organisé un pot d'adieu et il avait pu dire au revoir à tous ceux qui avaient compté : l'équipe municipale, les responsables des différentes associations, le patron de *l'Atelier*, les commerçants, la directrice de l'école, la pharmacienne qui pleurait son départ et le vétérinaire. François de Mareuil accompagné de Ludivine étaient également venus le saluer.

Maintenant qu'il était sûr de partir, il sentait les quitter à regret, il avait presque envie de rester. Certes une nouvelle aventure l'attendait. Excitante. Il allait de nouveau travailler en équipe, faire de la cardiologie. Agnès Beurier-Colin s'était engagée à lui trouver ensuite un poste à l'hôpital de Lille. Il était motivé comme jamais. Mais il éprouvait un pincement au cœur, il savait qu'il emporterait avec lui les paysages verdoyants du Loir-et-Cher, le silence discret des fermes isolées, le murmure apaisant de la fontaine du village qu'il entendait, le soir avant de fermer les volets. Jamais il n'oublierait la sincérité et la générosité de Madeleine, le contact rugueux avec ses patients agriculteurs, l'engagement du maire et de Marco pour la vie de leur village.

La veille de son départ, Madeleine, Kevin, Marco et Lila vinrent l'aider à terminer ses cartons et à ranger. Pour les remercier, Moïse les invita à dîner à *l'Atelier*.

— Je ne veux personne demain matin quand je pars, avait-il déclaré les larmes aux yeux, sinon je vais rester.

On n'avait pas insisté. C'était difficile pour tout le monde. Après le repas, il les avait embrassés une dernière fois en promettant de les tenir informés de sa nouvelle aventure.

Puis, le lendemain arriva. De la fenêtre, Moïse vit la camionnette de déménagement se garer dans la rue du

Bout d'en Haut. A cette heure matinale, le village était silencieux. Il sortit et poussa la grille en fer forgé recouverte d'une clématite dont les fleurs bleues délicates s'enroulaient comme des lianes. Les thuyas avaient été coupés et le gazon tondu répandait son parfum frais et tenace.

Partir. Quitter un lieu. Pendant que le déménageur chargeait ses cartons, Moïse fit encore un tour dans la maison. Le vide habitait déjà l'espace. Il parcourut du regard le jardin puis traversa la salle d'attente. Deux années durant il avait si souvent répété ces mêmes gestes. Il ferma à clé la porte d'entrée, claqua la grille en fer forgé et se retourna pour contempler une dernière fois la large bâtisse blanche.

Epilogue

Estelle tenait serrée dans sa main droite l'enveloppe qui contenait son échographie. Plus elle y songeait, plus elle se disait que c'était à la fois évident et incompréhensible de ne pas y avoir pensé avant. Ce matin, quand elle avait eu la nausée, une bouffée de panique l'avait soudain envahie, elle s'était précipitée dans une pharmacie pour acheter un test de grossesse. Revenue chez elle, le résultat n'avait pas tardé : elle était enceinte. Son regard avait croisé celui de Moka et elle s'était dit que Moïse ne lui avait peut-être pas laissé que son Golden Retriever. Il était tellement convaincant et voilà où elle en était !

Seule une échographie de datation lui permettrait de savoir avec certitude s'il était bien le père. Comme il était hors de question de la faire à l'hôpital, elle avait appelé un centre d'urgence vers lequel elle adressait ses patientes. Trois longues heures plus tard, le radiologue avait posé une sonde sur son ventre et il était apparu sur l'écran : un fœtus de sept semaines qui correspondait exactement à la date de son dernier week-end à Marolles. La nouvelle l'avait plongée dans un état de sidération. Elle, enceinte ? A la fois angoissée et émerveillée, son cerveau ne savait plus par quel bout prendre la situation. Voulait-elle le garder ? Est-ce qu'elle était prête à créer un lien indélébile entre elle, cet enfant et Moïse ? Et lui, Moïse ? Est-ce qu'il avait envie d'avoir un enfant ? Les questions se bousculaient dans sa tête.

Quand elle rentra à la maison, elle entendit le bruit des pattes de Moka sur le parquet ; le Golden Retriever la regarda d'un air surpris : elle rentrait plus tôt que d'habitude. Il vint poser son museau sur ses genoux et elle lui raconta tout : le bébé, son maître qui était le papa, qui roulait dans un bus et qui n'en savait rien. Puis elle pénétra dans la chambre où Moïse avait laissé ses cartons et, distraitement, commença à en ouvrir un. Sur un tas de vêtements, il y avait un livre de Georges Perec, un Rubiks cube, une boîte contenant une collection de pièces de monnaie et une photographie de Madeleine avec sa petite fille.

Estelle eut l'impression de déchiffrer un signe du destin. Avait-elle tort ? Avait-elle raison ? Tout ce qu'elle savait maintenant, c'est qu'elle avait envie de garder cet enfant. Même si Moïse était loin, même s'il n'en savait rien, elle avait envie d'écrire un nouveau chapitre de sa vie avec lui.

Remerciements

Un grand merci à tous ceux qui m'ont soutenue dans cette aventure : à Isabelle, ma première lectrice ; à mon mari, merci pour ton soutien infaillible. A mes enfants qui m'ont lue et apporté leur aide précieuse, à ma famille. Et à tous mes amis et collègues qui m'ont encouragée et qui, mois après mois, année après année, m'ont demandé des nouvelles de ce bébé ! Que dire de tous les médecins généralistes et spécialistes qui m'ont inspirée, et de tous ces médecins de campagne… merci encore d'exercer ce si beau métier avec foi et courage. Je pense aussi aux maires, aux bénévoles, aux associations, aux enseignants qui apportent du dynamisme à nos beaux villages. Enfin, merci à toi lecteur inconnu qui a eu la curiosité de suivre ma plume et de découvrir les aventures du docteur Miller.

Si vous avez aimé cette lecture, vous pouvez m'aider à la faire connaître en laissant un petit mot sur Amazon ou Babelio ; même quelques lignes font une grande différence ! Merci infiniment !

Pour prolonger l'aventure, retrouvez-moi sur Instagram : **@emma.lechapt** pour les coulisses de l'écriture, des infos et échanger!

 # Voici la liste des références cachées...

- . « Marolles, à nous deux maintenant », p. 31 la formule de Rastignac dans *le Père Goriot de Balzac*, sauf qu'il s'agit de Paris.
- . « Il préférait une France rouge à une France qui rougisse », p. 57 ***L'Armée des ombres*, Kessel**
- « tout le malheur des hommes vient d'une seule chose, qui est de ne savoir pas demeurer en repos, dans une chambre » p. 62, ***Les Pensées*, Pascal**
- « tout allait pour le mieux dans le meilleur des mondes possibles » p. 82, ***Candide*, Voltaire**.
- « un fouillis de vieilles vieilleries posées sur un large buffet sculpté en chêne sombre » p 91, ***Le Buffet*, Rimbaud**.
- « elle laissa le vent baigner sa tête nue » p. 117, ***Sensation*, Rimbaud**.
- « Parce que c'était bien de l'amour … il en ressentait toute la fureur triste » p 131, ***Cyrano de Bergerac*, Rostand**, scène du balcon III7 mais aussi un écho à ***Phèdre*** de **Racine** « De l'amour, j'ai toutes le fureurs ».
- Le baiser comparé à « Un instant d'infini » , p.149, **Cyrano de Bergerac,** Acte III, scène 10.
- Lettre de Marco à Lila p 161, **Cyrano de Bergerac**, scène du balcon mais aussi ***Ruy Blas*, Hugo** II2 « ver de terre amoureux d'une étoile/ Et qui se meurt en bas quand vous brillez en haut ».
- La foire agricole 166-67, petit clin d'œil à la scène des Comices agricoles dans ***Madame Bovary*, Flaubert**.
- Rose était belle p. 204, ***Vieille chanson du jeune temps*, Hugo**.
- « celle-ci, éconduite, l'avait trop aimé pour ne pas le haïr avec fureur » p. 218, ***Andromaque*, Racine**, I4.
- C'était si délicieux, si nouveau pour lui p. 238, encore la scène du balcon…
- Déménager p. 242 ***Espèces d'espaces*, Perec**.

Table des matières

www.ingramcontent.com/pod-product-compliance
Lightning Source LLC
Chambersburg PA
CBHW021347150726
47989CB00005B/2144